Zum Buch:

Nach siebenjähriger Beziehung machen Rieke und Marco zum ersten Mal getrennt Urlaub. Während er mit Freunden in die Berge zum Skilaufen fährt, erfüllt Rieke sich einen Kindheitstraum und reist nach Schweden, um in unberührter Natur auszuspannen. Ein unverhofftes Wiedersehen mit ihrem ehemaligen Studienkollegen Theo hinterlässt nicht nur tiefe Spuren im Schnee, sondern wirbelt auch ihre Gefühlswelt gewaltig durcheinander. Unter dem magischen Schein der Polarlichter beginnt Rieke, ihr bisheriges Leben zu hinterfragen. Was als Kurztrip geplant war, entwickelt sich zu einer emotionalen Reise, die anders endet, als alle Beteiligten angenommen hatten.

Zur Autorin:

Frieda Lamberti ist das Pseudonym einer gebürtigen Hamburgerin. Die Autorin lebt gemeinsam mit ihrer Golden-Retriever-Hündin Lotte in der Lüneburger Heide. Frieda Lamberti ist erst spät in ihrem Leben zum Schreiben gekommen und veröffentlichte ihr Debüt mit 50 Jahren. Inzwischen hat sie jedoch mehr als fünfzig Romane geschrieben.

FRIEDA LAMBERTI

Die Eisfischerin vom Helgasjön

Roman

HarperCollins

1. Auflage 2023
Originalausgabe

Umschlaggestaltung von Zero Media, München
Umschlagabbildung von mauritius images / Johnér; DEEPOL by plainpicture /
Sara Winsnes / plainpicture; FinePic®, München
Gesetzt aus der Minion
von GGP Media GmbH, Pößneck
Druck und Bindung von GGP Media GmbH, Pößneck
Printed in Germany
ISBN 978-3-365-00432-6
www.harpercollins.de

Klimaneutral
Druckprodukt
ClimatePartner.com/15109-2009-1001

MIX
Papier
FSC FSC® C014496

KAPITEL 1

Mit Ach und Krach

Das Geschäft meiner Eltern geriet zum ersten Mal in Schieflage, als ich noch Studentin an der Kunsthochschule war. Im digitalen Zeitalter von WhatsApp und Co. hatte niemand mehr Interesse an Postkarten und Briefpapier. Für Vater und mich kam es nicht infrage, einfach aufzugeben. Optimistisch modernisierten wir das traditionsreiche Familienunternehmen. Aus ›Schreibwaren Christian Kohler‹ wurde ›Die Papeterie‹. Das neue Sortiment umfasste keinen Schul- und Bürobedarf mehr, sondern erlesene Buntpapiere aus aller Welt und alles, was man daraus basteln kann. Mit feinem Gespür für hochwertige Materialien und kreativer Leidenschaft stellten wir individuelle Geschenkverpackungen, Tüten, Alben und Kartonagen für jeden Anlass her, die bei den Kunden zunächst großen Anklang fanden.

Dennoch war meine Mutter felsenfest davon überzeugt, dass der Einzelhandel keine Zukunft mehr habe. Nach dem plötzlichen Tod meines Vaters hat sie kurzerhand entschieden, das Geschäft endgültig zu schließen und sich in den wohlverdienten Ruhestand zu begeben.

Länger als ein Jahr steht der Laden am Alten Markt nun leer. Es ist nicht so, dass es keine Interessenten für die

Räumlichkeiten in bester Lage gäbe. Das Gegenteil ist der Fall. Es liegt bereits ein lukratives Angebot einer Drogeriekette vor, das meine Mutter wohlwollend prüfen will.

Heute ist eine weitere Bewerberin gekommen, die sich die Räume ansehen möchte. Es handelt sich um Julia, die Mutter einer Hockeyspielerin meiner Jugendmannschaft, die ich einmal wöchentlich trainiere. Gern würde sie hier einen Bioladen eröffnen.

Ich führe sie herum, obwohl ich weiß, dass sie die Räumlichkeiten nicht bekommen wird. Mutter will keine Mieter aus der Lebensmittelbranche.

Julia ist hellauf begeistert. Allerdings nur so lange, bis sie die entscheidende Frage stellt. »Gibt es hier keine Toiletten?«

»Doch, aber die befinden sich im Privatbereich. Aber einer der hinteren Lagerräume bietet sich für ein stilles Örtchen an.«

»Und wer bezahlt den Einbau?«

»Das wäre Mietersache.«

Damit hat sich die Führung erledigt.

Kaum hat Julia den Laden verlassen, öffne ich die Verbindungstür und betrete die Wohnung meiner Mutter. Sie hat es sich im Wohnzimmer gemütlich gemacht. In eine Wolldecke gemummelt sitzt sie im Ohrensessel und sieht fern. Gerade läuft ihr geliebtes Boulevardmagazin, das sie nur ungern verpasst, weil sie über Klatsch und Tratsch der Promis und Königshäuser stets informiert sein will.

»Brr, ist es ungemütlich bei dir. Warum stellst du nicht die Heizung an?«

Sie schaut gar nicht auf. »Ich mache mir warme Gedanken, das spart Energie. Aber wenn dir kalt ist, dann koche ich uns einen Tee.«

»Dafür fehlt mir die Zeit. Ich muss dringend nach Hause. Bevor unsere Gäste eintrudeln, habe ich noch eine Menge zu tun. Der Tisch muss noch gedeckt werden, und das Dessert habe ich auch noch nicht zubereitet.«

»Du betreibst einen viel zu großen Aufwand. Wenn dein Vater früher seinen Männerabend hatte, gab es belegte Brote oder einen deftigen Eintopf aus der Dose.«

»Heute kommen nicht Marcos Jungs zum Kartenspielen, sondern Johanna und Paul zu Besuch. Ihnen kann ich keine Konserve vorsetzen.«

Johanna und Paul sind unsere engsten Freunde. Seit sie außerhalb der Stadt im Grünen gebaut haben und über einen großen Garten verfügen, waren wir im Sommer häufig bei ihnen zu Gast. Obwohl es uns bei ihnen gefällt, würde Marco niemals ins Umland ziehen. Für kein Geld der Welt würde er unsere Wohnung unter dem Dach aufgeben. Zwar verfügt die Mansarde weder über einen Lift noch über einen Balkon, den ich gelegentlich vermisse, doch haben wir vom Wohnzimmerfenster freien Blick auf den Isebekkanal. Ich mag unser Viertel im Herzen von Hamburg mit der wunderbar erhaltenen Altbausubstanz, den hervorragenden Einkaufs- und Ausgehmöglichkeiten und der idealen Anbindung an das öffentliche Verkehrsnetz.

»Dann viel Spaß«, wünscht meine Mutter, wickelt sich fester in die Decke und stellt den Fernseher lauter.

Als ich zu Hause eintreffe, ist Marco noch nicht da. Ich hoffe, dass er am Freitagabend nicht wie üblich im Stau steckt und es noch rechtzeitig geschafft hat, zum Getränkemarkt zu fahren. Andernfalls werden wir auf dem Trockenen sitzen.

Nachdem ich den vorbereiteten Auflauf ins Rohr geschoben habe, kümmere ich mich ums Geschirr und nehme die Gläser aus der Spülmaschine, auf denen sich unansehnliche Wasserflecken befinden.

Die Tür klappt. Laut schnaubend schleppt Marco die Getränkekisten in die Küche.

»Hey, Schatz«, begrüßt er mich und drückt mir einen Kuss in den Nacken.

»Unser Geschirrspüler hat ausgedient. Wenn ich jedes Mal nachpolieren muss, kann ich gleich alles per Hand abwaschen und abtrocknen.«

»Bestelle einen neuen, aber bitte nicht vor dem Urlaub«, erwidert er, nimmt eine Flasche Wasser aus der Kiste und löscht seinen Durst direkt aus der Pulle. »Schaffe ich es noch zu duschen, bevor die beiden eintreffen?«

Ohne meine Antwort abzuwarten, marschiert er ins Bad.

»Rieke!«, tönt es gleich darauf. »Wo ist mein Shampoo?«

»Im Schrank, wo es immer steht.«

»Die Tube ist leer.«

Ich verdrehe die Augen. »Dann benutze meins!«

»Von deinem laden sich meine Haare statisch auf.«

»Sei froh, dass du überhaupt welche hast«, antworte ich in Anspielung auf Paul, der sich bereits mit Anfang dreißig mit einer Vollglatze abfinden musste. Seither trägt er eine Kopfbedeckung. Im Sommer ein Baseball Cap, von Herbst bis Frühjahr eine Mütze.

Der Wein, den Marco für Johanna und mich mitgebracht hat, muss dringend kaltgestellt werden. Mir fällt sogleich das befremdliche Etikett auf. »Wieso hast du dir lieblichen Wein aufschwatzen lassen?«, rufe ich verärgert.

»Der ist nicht lieblich, sondern halbtrocken.«

»Nicht trocken genug!«

Er kommt in ein Handtuch gehüllt zu mir in die Küche und bietet an, noch einmal loszugehen, um den richtigen in der Vinothek zu kaufen.

»Besser, du ziehst dich schnell an. Ich erledige das selbst.«

Ich nehme mein Portemonnaie und mache mich auf den Weg ums Eck.

Im Treppenhaus kommen mir bereits Johanna und Paul entgegen. Wir begrüßen uns mit Bussi auf die Wange. »Sind wir zu früh?«, fragt meine Freundin. Das sind sie, aber das behalte ich für mich.

»Auf gar keinen Fall. Marco ist oben. Macht es euch schon mal gemütlich. Ich muss nur noch rasch etwas besorgen.«

Paul hält mich zurück. »Es hat geklappt. Wir bekommen die Skihütte doch.«

»Das ist toll«, quietsche ich. »Wie hast du das bloß geschafft? Auf meine Nachfrage hieß es, dass alle Lodges ausgebucht seien.«

»Das Zauberwort heißt: Connections.«

»Ich weiß zwar nicht, über welche Beziehungen du verfügst, aber ich freue mich wie verrückt. Du bist der Größte.«

Ich verspreche, mich zu beeilen, und nehme die Beine in die Hand.

Auf dem Weg zum Laden stellt sich vor meinem inneren Auge das schneebedeckte Tiroler Bergpanorama auf. Bei klirrender Kälte, aber unter strahlend blauem Himmel sehe ich mich die Pisten hinunterbrettern. Die Vorstellung ist so real, dass ich den kalten Fahrtwind auf meinen Wangen spüren kann. Ich träume von Glühwein und Kaiserschmarrn und rufe mir das urige Blockhaus in Erinnerung, in dem wir im letzten Jahr zu viert einen wunderschönen Winterurlaub verbracht haben. In weniger als zwei Monaten werden Johanna und ich wieder auf der massiven Eckbank sitzen und einen Birnenbrand schnasseln. Derweil wird Paul in der Sauna schwitzen, während Marco den Kamin entzündet und wie Tom Hanks im Film ›The Cast‹ die lodernden Flammen feiert. »Seht her! Ich habe Feuer gemacht«, imitiert er den Schauspieler und breitet stolz seine Arme aus.

»Vorsicht!«, höre ich eine Männerstimme brüllen. Marco ist es nicht. Ich befinde mich auch nicht in Tirol, sondern liege mit unvorstellbaren Schmerzen auf dem Bürgersteig.

»Hiergeblieben, junger Mann!«, befiehlt die fremde Stimme, indes ich mich krümme.

Ein älterer Herr beugt sich über mich. »Können Sie aufstehen?«

»Mein Bein«, jaule ich und begreife noch immer nicht, was mir gerade widerfahren ist.

»Jemand muss einen Krankenwagen rufen!«

»Und die Polizei!«, wirft einer der umstehenden Passanten ein.

»Was ist passiert?«, krächze ich und wische mir mit dem Handrücken über das blutende Gesicht.

»Dieser Rüpel hat Sie frontal mit seinem E-Scooter erwischt. Ich habe es kommen sehen. Aber es ging so schnell, dass ich Sie nicht mehr rechtzeitig warnen konnte.« Der Mann wird lauter. »Das ist ein Bürgersteig! Mal davon abgesehen, dass du hier gar nicht fahren darfst, warst du außerdem in falscher Richtung unterwegs. Das hat ein Nachspiel!«

Das Nächste, das ich wahrnehme, ist eine Streifenpolizistin, die mich nach meinem Namen fragt.

»Bleiben Sie ganz ruhig liegen, Frau Kohler. Der Rettungswagen ist unterwegs.«

Ich beiße die Zähne zusammen. Als ich kurz darauf auf die Trage gelegt werde, würde ich am liebsten laut schreien. »Mein Knie«, wimmere ich, aber zuerst wird meine Wunde am Kopf versorgt.

»Können Sie das Bein strecken?«

»Keine Chance. Wo ist mein Handy? Ich muss dringend zu Hause Bescheid geben.«

»Darum kümmern wir uns später.«

»Ich habe Gäste, die mich erwarten.«

»Die werden heute ohne Sie feiern müssen.«

»Bitte, lassen Sie mich nur kurz telefonieren.«

»Womit? Bis auf eine Geldbörse hatten Sie nichts dabei.«

Verdammt. Der Sanitäter hat recht. Mein Handy liegt in der Küche auf der Arbeitsplatte.

Im Krankenhaus angekommen, geht alles ganz schnell.

»MRT«, höre ich, während ich durch den langen Gang geschoben werde. Bisher war ich noch nie in der Röhre, aber ich ahne, dass es kein Vergnügen werden wird. Es soll extrem laut und eng sein. Gut, dass ich nicht unter Platzangst leide.

»Bitte legen Sie Ihren Schmuck ab, Frau Kohler.«

Das gelingt mir ohne Hilfe. Aber als ich aufgefordert werde, die hautenge Jeans auszuziehen, sehe ich mich dazu außerstande.

»Das schaffe ich nicht. Mein Knie schmerzt zu sehr.«

Die Schwester rückt mit einer Schere an und schneidet das Hosenbein auf.

»Haben Sie Piercings?«

»Keine Piercings.«

»Tragen Sie einen Bügel-BH?«

»Nein.«

»Fein, dann geht es gleich los.«

Ich schließe die Augen und denke an Marco und an unsere Freunde, die sich bestimmt schon fragen, wo ich bleibe. Hätte ich nicht darauf bestanden, trockenen Wein zu trinken, wäre das alles nicht passiert. Ich würde jetzt gemütlich am Tisch sitzen, Moussaka essen und Urlaubspläne schmieden. Ich ärgere mich dermaßen über mich selbst, dass mir das dröhnende Hämmern gar nichts ausmacht.

Gleich habe ich es überstanden, rede ich mir ein. Ich bekomme ein Schmerzmittel und darf nach Hause.

»Ihr vorderes Kreuzband ist gerissen«, teilt mir der Kittelträger in ernster Tonlage mit. »Treiben Sie viel Sport?«

»Nicht mehr. Früher habe ich aktiv Hockey gespielt, aber vor zwei Jahren habe ich damit aufgehört.«

»Schauen Sie her«, fordert er mich auf und deutet mit einem Stift über den Monitor, auf dem die Aufnahmen meines Knies zu sehen sind. »Ich werde gleich mal schauen, wann ich einen OP-Termin für Sie finde.«

»Sie wollen mich hierbehalten?«

Die Panik in meiner Stimme ist ihm nicht entgangen.

»Ich kann Sie nicht zwingen, aber ich rate Ihnen, sich schnellstens dem Eingriff zu unterziehen. Innerhalb der ersten Tage nach der Verletzung sind die Heilungschancen am besten.«

»Muss ich unbedingt stationär aufgenommen werden? Ich denke, das könnte doch ebenso gut ambulant erfolgen, oder?«

Nun lächelt er. »Gefällt es Ihnen nicht bei uns?«

Der Doc telefoniert, während ein Pfleger mir eine Orthese anlegt und mir Anweisungen gibt. »Sie müssen das Knie hochlegen, ruhigstellen und kühlen. Auf gar keinen Fall dürfen Sie es belasten. Schaffen Sie das?«

»Ich wohne im vierten Stock ohne Fahrstuhl.«

»Damit sollte entschieden sein, dass Sie bei uns bleiben«, meint der Doc und verlässt den Raum.

»Was passiert denn nun mit mir?«, frage ich den jungen Mann in hellblauer Kluft.

»Ich besorge einen Rollstuhl und bringe Sie auf Station acht.«

»Vorher muss ich dringend telefonieren.«

Ohne zu zögern, reicht er mir sein Handy.

Ich bedanke mich und wähle die Nummer von unserem Festnetzanschluss.

Sobald Marco meine Stimme hört, blubbert er los. »Verdammt, Rieke. Wo steckst du? Holst du den Chardonnay direkt aus Frankreich? Dein Auflauf ist mittlerweile verkohlt. Den können wir nicht mehr essen.«

Als er endlich eine Pause einlegt, komme ich dazu, ihm zu sagen, wo ich bin.

»Wieso im Krankenhaus?«

»Ich hatte einen Unfall, ein E-Scooter hat mich angefahren. Kannst du herkommen und mir ein paar Sachen bringen? Ich muss bis zur OP hierbleiben.«

»Was brauchst du denn?«

Bitte? Er fragt nicht, ob ich schwer verletzt bin, sondern will nur wissen, was er einpacken soll.

»Was man halt so braucht. Nachthemd, Bademantel, Unterwäsche, Zahnputzzeug, Bürste und insbesondere mein Handy und das Ladekabel.«

»Wo finde ich dich denn?«

»Irgendwo auf Station acht.«

Ich lege auf und bitte darum, noch einen zweiten Anruf tätigen zu dürfen. Der freundliche Pfleger nickt, und ich informiere auch meine Mutter.

Sie reagiert, wie man es von einem Menschen erwartet, der einem nahesteht.

»Oh, mein Gott, Rieke-Mäuschen. Was ist denn passiert? – Diese verdammten Elektroroller! Die sollten in der Stadt verboten werden. Hast du starke Schmerzen? Wann wirst du operiert?«

»Das steht noch nicht fest. Ich melde mich später noch einmal bei dir. Mach dir keine Sorgen.«

»Dafür ist es zu spät.«

Ich lege auf und greife zu meinem Portemonnaie. »Was bin ich Ihnen schuldig?«

»Nichts. Ich habe eine Flatrate.«

Nachdem er mein Geld abgelehnt hat, gebe ich ihm das Telefon zurück und werfe einen Blick auf sein Namensschild. Seinen Namen muss ich mir unbedingt einprägen, denn ich beabsichtige, mich auf jeden Fall für seine Hilfsbereitschaft erkenntlich zu zeigen.

Obwohl ich nicht privat versichert bin, bekomme ich ein Einzelzimmer. Er schiebt mich ans Fenster und kündigt an, mir gleich zwei Krücken zu bringen. Ich blicke in den dunklen Abendhimmel und kämpfe mit den Tränen.

Gefühlte zwanzig Minuten später öffnet sich die Tür. Aber nicht der Pfleger betritt das Krankenzimmer, sondern die

Nachtschwester. Sie reicht mir die versprochenen Gehhilfen und lässt mich wissen, dass meine OP am Montagvormittag stattfinden wird.

»Möchten Sie zur Nacht etwas gegen die Schmerzen einnehmen?«

Ich nicke und frage mich, wo Marco bleibt. Er lässt sich recht lange Zeit, wenn man bedenkt, dass er lediglich zwei Kilometer von mir entfernt ist.

Als er endlich eintrifft, riecht er, als hätte er in Desinfektionsmittel gebadet.

Ich möchte gern von ihm umarmt werden, aber ich bekomme nur ein flüchtiges Küsschen auf die Wange. »Ich hoffe, Johanna hat an alles gedacht«, erklärt er und öffnet die Tasche. »Soll ich deine Sachen in den Schrank räumen oder auf dem Tisch ausbreiten?«

»Lass doch jetzt die blöde Tasche und setz dich zu mir.«

Er schaut mich an, als hätte ich etwas Unzumutbares von ihm verlangt.

»Rieke, du weißt, wie sehr ich Krankenhäuser verabscheue. Dieser penetrante Geruch verursacht mir Übelkeit. Nun hast du alles, was du brauchst. Ich gehe jetzt. Wenn du magst, können wir später telefonieren.« Er deutet einen Luftkuss an und entfernt sich rückwärts von mir.

Kurz bevor er die Tür erreicht, kommt die Nachtschwester herein.

»Sie dürfen gern noch bleiben«, sagt sie, doch Marco winkt entschieden ab.

»Mein Freund hat eine Krankenhaus-Phobie«, verteidige ich seinen überstürzten Abgang und nehme das Schmerzmittel entgegen. Die Tablette wandert sofort in meinen Mund.

Mit einem Schluck Wasser würge ich sie hinunter. »Können Sie mir sagen, was auf mich zukommt?«

»Je nach Schwere der Verletzung dauert die OP eine bis zwei Stunden. Ob Sie eine Voll- oder eine Teilnarkose erhalten, werden die Ärzte mit Ihnen besprechen.«

»Und danach?«

»Erfahrungsgemäß bleiben Sie bis zur Entlassung noch zwei, drei Tage bei uns.«

»Das meine ich nicht. Wann bin ich vollständig wiederhergestellt?«

Ihr Gesichtsausdruck lässt nichts Gutes vermuten. »Nun«, beginnt sie zögerlich, »die ersten Wochen werden Sie eine Schiene tragen und auf die Krücken angewiesen sein.«

»Wann kann ich wieder Sport machen? Wir wollen nämlich zum Skilaufen nach Tirol.«

»In diesem Winter?« Sie schüttelt den Kopf. »Nein, Frau Kohler, das wird gewiss nichts. – Nun schauen Sie doch nicht so traurig. Sie sollten dankbar sein, dass Ihr Unfall so glimpflich verlaufen ist. Auf dieser Station befinden sich Patienten, die es weitaus schlimmer getroffen haben.«

Ich schäme mich augenblicklich. »Sie haben vollkommen recht. Bitte vergessen Sie meine Frage.«

»Wenn Sie noch etwas brauchen, dann klingeln Sie.«

»Mach ich. Danke.«

Ich rufe weder meine Mutter noch Marco an. Ihr schreibe ich allerdings eine Kurznachricht, weil ich weiß, wie gespannt sie auf meine Rückmeldung wartet.

OP am Montag. Mach dir keinen Kopf.
Man kümmert sich hier rührend um
mich. Ich habe gerade ein Schmerzmittel

bekommen und werde nun schlafen.
Bussi, Rieke.

Die Tablette, die ich von der Nachtschwester bekommen habe, muss mit einem starken Schlafmittel versetzt gewesen sein, denn ich habe so fest geschlafen, dass ich gar nicht mitbekommen habe, dass in der Nacht eine weitere Patientin ins Zimmer gebracht wurde.

»Guten Morgen«, rufe ich meiner Bettnachbarin zu. Die Frau, die ich auf Anfang fünfzig schätze, fragt mich, ob ich auch verunfallt sei.

»Zusammenstoß mit einem Elektroscooter.«

»Treppensturz. Doppelter Schienbeinbruch.«

»Ist es für Sie in Ordnung, wenn ich vor Ihnen das Bad aufsuche?«

Meine Leidensgenossin lässt mir den Vortritt.

Auf Krücken humple ich in die Nasszelle und schaue in den Spiegel. Mir wird ein Bild des Grauens geboten. Auf meiner linken Gesichtshälfte befindet sich eine dicke Schorfkruste. Meine Haare sind von getrocknetem Blut verklebt. Kein Wunder, dass Marco bei meinem Anblick sofort das Weite gesucht hat. Ich halte mich am Waschtisch fest und versuche, mich zu säubern.

Durch die geschlossene Tür nehme ich die Stimme meiner Mutter wahr.

»Ich bin hier, Mama«, rufe ich und recke mich, um die Klinke zu erreichen. Es gelingt mir, die Tür einen Spalt zu öffnen. »Komm rein.«

»Ich habe dir Frühstück mitgebracht.«

»Das ist lieb von dir. Würdest du mir helfen, meine Haare zu waschen?«

Sie zögert nicht, legt ihren Mantel ab, krempelt die Ärmel ihrer Bluse hoch und befiehlt mir, mich über das Becken zu beugen.

Gleich darauf spüre ich lauwarmes Wasser auf meiner Kopfhaut.

»Bitte, beeile dich. Ich schaffe es nicht, lange auf einem Bein zu stehen«, quengle ich.

Sie dreht sofort den Hahn zu und legt mir ein Handtuch um.

»Die Nachtschwester hat mir gestern Abend gesagt, dass ich mir den Skiurlaub abschminken kann.«

»Das sollte dein geringstes Problem sein. Sag mir lieber, wie es die nächsten Wochen weitergehen soll? Du kannst unmöglich in deiner Wohnung bleiben. Denk nur an die Treppe.«

»Du machst dir viel zu viele Gedanken. Ich muss es nur ein Mal hinaufschaffen. Sobald ich oben angekommen bin, wird Marco sich um mich kümmern.«

»So, meinst du?«

»Ja sicher!«

Leise murmelt meine Mutter vor sich hin. Dennoch habe ich ihre Worte deutlich verstanden. »Die Botschaft höre ich wohl, allein mir fehlt der Glaube.«

»Mama, was soll das?«

»Ich will dir nur sagen, dass du bei mir besser aufgehoben wärst. Anders als Marco habe ich den ganzen Tag Zeit und kann mich um dich kümmern. Ich würde dich zur Krankengymnastik fahren und …«

Ich falle ihr ins Wort. »Wie kommst du auf die Idee, ich bräuchte Physiotherapie?«

»Die wirst du hundertprozentig brauchen. Ich habe mich ausführlich informiert.«

»Hast du Doktor Google konsultiert?«, amüsiere ich mich. »Sei mir bitte nicht böse, Mama, aber ich verlasse mich lieber auf die Aussagen richtiger Mediziner.«

»Wie gesagt, mein Angebot steht.«

KAPITEL 2

Zartbitter

Dem Drängen meiner Mutter habe ich nicht nachgegeben und darauf bestanden, mich zu Hause zu kurieren. Zwar könnte ich warten, bis Marco mich nach Feierabend abholt, aber es kann mir nicht schnell genug gehen, die Klinik zu verlassen. Direkt vor dem Haupteingang besteige ich ein Taxi. Der Fahrer zieht sofort eine Flappe, als ich ihm das Ziel nenne. Für ihn lohnt sich die kurze Fahrt nicht. Ich hingegen bin auf seine Hilfe angewiesen. Erst als ich ihm ein gutes Trinkgeld verspreche, wenn er mir das Gepäck hinaufträgt, entspannen sich seine Gesichtszüge.

Bereits im zweiten Stock muss ich eine Pause einlegen. »Du schaffst das«, sporne ich mich an und halte mich am Geländer fest.

Der Fahrer wird zusehend ungeduldiger.

»Stellen Sie die Tasche einfach vor meine Wohnungstür. Ab hier komme ich ohne Sie klar.«

»Das kommt gar nicht infrage. Ich lasse Sie doch nicht auf halber Strecke allein.«

Beharrlich begleitet er mich bis zur letzten Stufe und reicht mir seine Karte. »Sollten Sie mal wieder ein Taxi benötigen, dann rufen Sie mich an.«

Ich zeige Daumen hoch und schließe auf.

Es waren nur sechs Nächte, die ich in der Klinik verbracht habe, aber es kam mir vor wie eine Ewigkeit.

Verwundert nehme ich ein blumiges Aroma wahr, das mir schon im Flur in die Nase kriecht. Auf dem Wohnzimmertisch entdecke ich einen üppigen Strauß mit Herbstastern. Ich stecke meine Nase in das Bouquet und sauge den Duft tief ein. Dass Marco Blumen für mich besorgt hat, rührt mich und zaubert mir ein Lächeln ins Gesicht.

Ich begebe mich in die Küche, werfe einen Blick in den Kühlschrank und entdecke einen Rest Penne vom Vortag. Vermutlich wurden hier während meiner Abwesenheit täglich Nudeln gekocht, denn nur die kann mein Schatz zubereiten. Marco hat viele Talente, aber Kochen gehört nicht dazu. Er ist musikalisch. Als wir uns kennenlernten, spielte er in seiner Freizeit mit drei anderen Jungs in einer Band. Doch kurz darauf machte er sich mit einem Dentallabor selbstständig und hängte seine Bassgitarre an den Nagel. Marco hätte es gern gesehen, dass ich kündige und ihm den lästigen Schriftkram abnehme. Aber ich mag meinen Job, und wir sind auf mein Gehalt angewiesen. Das Fitnessstudio, in dem ich mir während des Studiums lediglich etwas dazuverdient habe, hat mir ausgezeichnete Aufstiegsmöglichkeiten geboten. Binnen kurzer Zeit wurde ich von der Aushilfe am Empfang zur Assistentin der Geschäftsleitung befördert.

Mit den Fingern fische ich eine kalte Rigatoni aus der Schüssel und probiere. »Oh, Arrabiata«, nuschle ich, als ich höre, dass die Wohnungstür aufgeschlossen wird.

»Du bist schon da? Ich wollte noch aufräumen, bevor du kommst.«

Endlich bekomme ich eine warme Umarmung, die ich seit Tagen entbehren musste.

»Danke für die schönen Blumen.«

Er lässt von mir ab. »Die sind nicht von mir, sondern von deiner Firma. Der Strauß wurde gestern Abend geliefert. Warte! Es lag noch eine Karte dabei.«

Marco reicht mir den Umschlag, den er bereits geöffnet hat. Ich lese die Zeilen, die mein Chef persönlich geschrieben hat.

Gute Besserung, Rieke. Komm schnell wieder auf die Beine. Wir brauchen dich hier. Liebe Grüße von der ganzen Crew.

»Weiß dein Boss schon, dass du für Monate ausfällst?«, fragt Marco erheitert.

»Wie kommst du darauf, dass ich so lange krankgeschrieben werde? Sobald ich die Schiene ablegen darf, werde ich wieder arbeiten.«

Er verschwindet im Schlafzimmer und ruft mich. »Komm mal her. Ich will dir was zeigen.«

Ich nehme die Krücken und humple zu ihm.

»Na, was sagst du? Wie findest du den?«

Mir klappt das Visier runter, als ich erkenne, was er aus dem Schrank nimmt. »Du hast dir einen neuen Skianzug gekauft?«

»Der ist doch der Hammer, oder?«

Mir wird augenblicklich klar, dass er nicht vorhat, unseren Urlaub abzusagen.

»Du willst die Reise tatsächlich antreten, obwohl ich nicht laufen kann?«

»Keiner von uns kann etwas dafür, dass du dir das Knie

verletzt hast. Erwartest du etwa, dass wir deinetwegen alle auf unseren Spaß verzichten?«

Ich bin zu keiner Regung fähig.

»Zieh kein Gesicht. Die Sache hat doch auch etwas Gutes. Für das Geld, das wir für deinen Skipass sparen, kannst du dir früher einen neuen Geschirrspüler bestellen.«

»Ich mir?«, empöre ich mich.

Er korrigiert sofort. »Ich meine, du kannst uns einen neuen bestellen.«

»Das ist ja ein toller Deal«, erwidere ich und kann meine Enttäuschung kaum verbergen.

Die Luft ist zum Schneiden dick.

Wir haben uns bereits eine Stunde angeschwiegen, als es unerwartet klingelt. Statt ihn zu bitten, gehe ich in den Flur. Gerade will ich den Summer betätigen, als ich Stimmen im Treppenhaus wahrnehme. Neugierig blinzle ich durch den Spion und erkenne eine mir fremde Frau. Neben ihr steht ein Junge, der stur auf den Boden starrt. Ich öffne die Tür.

»Guten Abend, Frau Kohler. Mein Name ist Beatrice Behrens. Ich bin Louis' Mutter. Wir waren schon im Krankenhaus, um Ihnen unsere Aufwartung zu machen. Aber dort hieß es, dass Sie bereits entlassen wurden. Gut, dass Louis sich Ihre Adresse gemerkt hat, als Sie die der Polizei gegeben haben.«

Langsam fällt bei mir der Groschen. »Dann bist du der Held, dem ich mein kaputtes Knie zu verdanken habe«, fasse ich treffend zusammen. Der Bengel schafft es noch immer nicht, mich anzusehen.

Einen Wimpernschlag später erhält er von seiner Mutter einen Klaps auf den Hinterkopf.

»Louis ist gekommen, um sich bei Ihnen zu entschuldigen.«

Ach was? Den Eindruck macht er nicht. Noch immer meidet er Augenkontakt und kaut nervös auf seiner Unterlippe.

»Wir haben Ihnen etwas Süßes mitgebracht«, verkündet seine Mutter und öffnet ihre Handtasche.

»Tut mir leid«, stammelt Louis wenig überzeugend.

»Ja, mir auch«, grummle ich und frage, ob sie eintreten möchten.

»Was gibt es denn?«, höre ich Marco hinter mir fragen.

Frau Behrens grüßt freundlich und stellt sich erneut vor. »Wir sind gekommen, um Frau Kohler …«

Er fällt ihr sofort ins Wort. »Hören Sie auf, uns etwas vorzumachen! Sie sind lediglich hier, weil Ihr Anwalt Ihnen dazu geraten hat. Wenn es Ihnen wirklich leidgetan hätte, wären Sie unverzüglich aufgetaucht, um sich nach dem Befinden meiner Freundin zu erkundigen. Nehmen Sie Ihre Schokolade wieder mit. So billig kommen Sie nicht davon. Wir werden Sie auf Schmerzensgeld verklagen!«

Mir ist Marcos Auftritt unfassbar unangenehm.

»Es ist nicht nötig, dass du für mich sprichst«, stelle ich klar, bevor ich mich wieder Frau Behrens widme. »Ich weiß Ihre Geste zu schätzen. Vielen Dank, dass Sie sich herbemüht haben.«

»Es tut mir wirklich aufrichtig leid«, versichert sie und wünscht mir baldige Genesung.

Ich harre noch einen Moment im Flur aus und warte, bis Mutter und Sohn sich nicht mehr in Hörweite befinden. Danach lege ich wutentbrannt los. »Was zum Teufel hast du dir dabei gedacht, die Frau derartig runterzuputzen?«

»Wie sollte ich nach dieser Unverschämtheit die Ruhe bewahren? Sie wollte dich mit einer Tafel Zartbitterschokolade abspeisen. Das werde ich nicht zulassen. Für das, was ihr Filius uns angetan hat, wird die Behrens blechen!«

»Uns angetan? Ich bin die Geschädigte. Du hast damit doch gar nichts zu tun.«

»Das siehst du falsch! Johanna, Paul und ich sind auch betroffen. Oder glaubst du, wir könnten den Winterurlaub genießen, wenn wir ständig auf dich Rücksicht nehmen müssen?«

Wow! Ich kann nicht fassen, was Marco mir gerade unverblümt vor den Latz geknallt hat. Obgleich mich seine unverschämte Reaktion erzürnt, komme ich zu dem Schluss, dass er recht hat und ich eine Last für ihn und unsere Freunde wäre. Das möchte ich auf keinen Fall riskieren.

»Besser, ihr fahrt ohne mich.«

KAPITEL 3

Allein zu Haus

Ohne zu murren, habe ich mich die letzten Wochen tapfer geschlagen. Mittlerweile schaffe ich es, mich ohne Krücken fortzubewegen. Heute steht hoffentlich die letzte Kontrolluntersuchung an.

Bei Windstärke fünf warte ich auf meinen Taxifahrer, der inzwischen zu meinem Privatchauffeur geworden ist. Er staunt nicht schlecht, als er erkennt, dass ich bereits vor dem Haus auf ihn warte. Bibbernd steige ich in seinen Wagen.

»Sagen Sie bloß, Sie sind ganz allein die Treppe heruntergestiegen?«

»So ist es. Aber fragen Sie nicht, wie lange ich gebraucht habe.«

Nachdem ich mich angeschnallt habe, bitte ich ihn, mir die Daumen zu drücken. »Ich hoffe inständig, dass ich heute gesundgeschrieben werde und ab Montag wieder arbeiten darf. Mir fällt nämlich langsam die Decke auf den Kopf.«

In meinem ganzen Leben habe ich noch nie so viel ferngesehen wie in den letzten Wochen. Gleich nach dem Erwachen stellte Marco für mich die Kiste an. Ab sechs folgte ich dem Morgenmagazin, das sich halbstündig in Wort und Bild wiederholte. Ich kam mir vor wie in einer Dauerschleife, die erst unterbrochen wurde, wenn er die Wohnung verließ. »Ich muss jetzt los. Mach dir einen schönen Tag.«

Sein Wunsch klang wie Hohn. Einen schönen Tag hatte ich schon lange nicht mehr. Schön wäre es, einen Plausch mit meinen Kollegen zu halten. Wie es wohl in der Firma läuft? Ob meine Hockey-Mädchen mich vermissen? Weder das eine noch das andere scheint der Fall zu sein. Offensichtlich kommen alle wunderbar ohne mich zurecht, denn seit meiner Unfallmeldung hat sich niemand mehr bei mir gemeldet.

»Soll ich für unseren letzten gemeinsamen Abend Kasspatzln zubereiten?«, hatte ich Marco vorgeschlagen. »Die isst du doch so gerne.«

»Wieso denn das? Die kann ich mir ab morgen täglich bestellen. Besser, du ruhst dich aus.«

»Ich bin ausgeruht.«

Er belegte mich mit einem Blick, den ich zunächst nicht deuten konnte. »Was soll das, Rieke? Willst du mir auf dem letzten Meter doch noch ein schlechtes Gewissen einreden? Du hast dich entschieden, hierzubleiben. Also sag jetzt nicht, du hättest deine Meinung geändert.«

»Unsinn! Es bleibt dabei. Ihr reist ohne mich«, beteuerte ich.

»Dann ist es ja gut.«

Ich musste schlucken, denn insgeheim hatte ich gehofft, dass er mich bittet, doch mitzukommen.

›Schatz, bitte überlege es dir. Auch wenn du nicht mit zum Skilaufen kannst, ist es doch die Hauptsache, dass wir zusammen sind. Ich würde dich viel zu sehr vermissen, um die Zeit genießen zu können‹.

Ja, diese Worte hatte ich mir von ihm erhofft. Aber die erwiderte er nicht. Stattdessen wirkte er erleichtert.

Doch dann überraschte er mich. »Für unseren letzten Abend habe ich mir etwas ganz Besonderes überlegt. Ich werde dich ganz groß ausführen. Wir schlemmen bei Franco. Schon vor Wochen habe ich uns einen Tisch reserviert. Wir schmeißen uns schick in Schale und lassen uns kulinarisch verwöhnen. Fünf Gänge sind Minimum.«

Ich war davon ausgegangen, dass er die Zeche aus unserer Gemeinschaftskasse begleicht. Aber mein knauseriger Marco hat die Rechnung tatsächlich aus eigener Tasche gezahlt.

»Das machen wir viel zu selten. Sobald ich wieder zurück bin und du vollständig wiederhergestellt bist, werden wir uns dieses Vergnügen häufiger gönnen«, versprach er hoch und heilig, beugte sich über den Tisch und küsste mich.

Mein Taxifahrer holt mich ins Hier und Jetzt zurück. »Soll ich auf Sie warten?«

»Ich fürchte, das lohnt sich nicht für Sie.«

Er grinst. »Taxifahren lohnt sich schon lange nicht mehr. Aber für einen toughen Fahrgast warte ich gern.«

»Sie halten mich für tough?«

»Absolut. Ich hole ständig Leute vom Krankenhaus ab. Meist jammern sie und bemitleiden sich. Aber Sie habe ich noch kein einziges Mal klagen hören.«

»Augen zu und durch, lautet mein Motto.«

Wenig später verlasse ich erfreut die Praxis. Noch bevor ich wieder ins Taxi steige, rufe ich in der Firma an. Überglücklich verkünde ich meinem Chef, dass er in der kommenden Woche mit mir rechnen könne.

»In der nächsten Woche?«

»Ja, Montag werde ich wieder an Bord kommen. Zwar bin ich noch nicht zu hundert Prozent leistungsfähig, aber ich kann es kaum erwarten, endlich wieder anzupacken.«

»Ab Montag hast du Urlaub, Rieke.«

»Ich brauche keine weitere Schonzeit.«

»Es freut mich zu hören, dass es dir besser geht, aber hier wirst du nicht gebraucht. Ich war gezwungen, Ersatz für dich einzustellen. Deine Vertretung hat noch einen Vertrag für die nächsten drei Wochen. Werde erst wieder topfit. Wir sehen uns im März in alter Frische.«

Dass er mir, ohne mit der Wimper zu zucken, erklärt, ich würde nicht gebraucht werden, fühlt sich an wie ein Schlag ins Gesicht.

»Alles klar«, stammle ich und beende das Gespräch.

Meine Euphorie ist abrupt verflogen. Das entgeht auch meinem Fahrer nicht. Ich bin froh, dass er nicht fragt, wer oder was mir die Laune verhagelt hat, sondern sich lediglich erkundigt, ob er mich nach Hause fahren soll.

Ich nicke, obwohl mir davor graut, weitere vierzehn Tage in Einzelhaft verbringen zu müssen.

Gerade schließe ich auf, als das Telefon im Wohnzimmer klingelt. So schnell, wie es mir möglich ist, nehme ich den Anruf entgegen.

»Ist er noch gar nicht weg?«, höre ich meine Mutter fragen.

Ich mag es gar nicht, wenn sie Marco nicht beim Namen nennt.

»Schon längst. Wieso fragst du?«

»Weil sein Wagen auf dem Parkplatz steht.«

»Er ist bei Paul und Johanna mitgefahren.«

Ich überlege, woher sie das wissen kann, als es klingelt. Kurzum betätige ich den Summer und warte, bis sie mit ihrer Weekendtasche unter dem Arm die vierte Etage erreicht.

»Was hast du denn alles mitgebracht?«

»Vorspeise, Hauptgericht, Dessert und mein Nachthemd.«

Sie stellt diverse Töpfe auf die Herdplatten und deckt den Tisch. Weil ich ihr nicht zur Hand gehen darf, schaue ich gedankenversunken aus dem Fenster und betrachte die Regentropfen, die an die Scheibe prasseln. Laut Vorhersage soll das Wetter die nächsten Tage wechselhaft bleiben. Eine nette Umschreibung für trübes Grau in Grau. In Tirol hat es geschneit. Die Gegend gleicht einem weißen Winterwunderland, wie Marco mir gerade per SMS mitteilt.

Mutter bittet zu Tisch. Wortlos stelle ich mein Handy aus und lege es auf die Anrichte.

Wir beginnen mit einer klaren Suppe, die sie meisterlich zubereiten kann. In der kräftigen Brühe schwimmen Eierstich, Möhren, Lauch und Spargelspitzen.

»Es ist wissenschaftlich erwiesen, dass Hühnersuppe medizinische Wirkung besitzt und als bestes Heilmittel für Körper, Herz und Seele gilt.«

»Übertreibe nicht, Mama. Erwiesen ist lediglich, dass Hühnersuppe bei Erkältung hilft.«

Mit ihrem gefürchteten Röntgenblick schaut sie mich an. »Wenn du nicht verschnupft bist, was ist denn mit dir los?«

»Nichts. Alles ist gut.«

Wir essen, ohne ein Wort zu wechseln.

»Sehr gesprächig bist du nicht«, beschwert sie sich.

»Was soll ich dir erzählen? Ich erlebe doch nichts.«

»Wenn das der einzige Grund für deine Verschwiegenheit

ist, dann weiß ich was für dich«, erklärt sie, erhebt sich vom Stuhl und verschwindet im Flur. Mit ihrer Handtasche kehrt sie an den Tisch zurück und überreicht mir einen Umschlag. »Mach mal auf!«, befiehlt sie in einer Tonlage, die keinen Widerspruch zulässt.

Während ich einen Reisegutschein aus dem Kuvert ziehe, räumt sie das Geschirr ab.

»Was hat das zu bedeuten?«

»Das war der zweite Preis in einer Tombola, bei der ich gewonnen habe. Eigentlich hatte ich es auf den Hauptgewinn abgesehen. Das wäre eine zweiwöchige Kreuzfahrt durch die Karibik gewesen, aber leider ist es nur ein Kurztrip nach Lappland geworden. Für mich ist das nichts. Aber dir könnte das vielleicht gefallen.«

»Gefallen?«, quietsche ich. »Von Polarlichtern, Hundeschlittenfahrten und einem Besuch im Eishotel habe ich schon als Kind geträumt. Immer wenn wir in Südschweden die Sommerferien verbracht haben, hat Papa versprochen, irgendwann im Winter mit uns zum nördlichen Polarkreis zu fahren.«

»Das ist mir zum Glück erspart geblieben. Ich mag keine Kälte.«

Prüfend schaue ich sie an. »Seit wann?«

»Ich bitte dich, Rieke, du kennst mich doch. Ich war schon immer ein Sommertyp. Was ist nun? Willst du statt meiner die Reise antreten, oder wäre es dir lieber, wenn ich sie verfallen lasse?«

»Ist es denn überhaupt vorstellbar, dass ich deinen Platz einnehme? Meist sind Gewinne gar nicht auf Dritte übertragbar.«

»In diesem Fall ist das möglich. Ich habe extra nachgefragt. Sowohl die Flug- und Bahntickets als auch die Hotelreservierungen können auf dich umgeschrieben werden. Allerdings solltest du dich schnell entscheiden. Am Sonntag geht es bereits los.«

Ich fühle mich überrumpelt. »Übermorgen schon? Das ist sehr kurzfristig.«

»Welche wichtigen Verpflichtungen hast du denn, die dich zögern lassen?«

Ich werfe einen Blick auf den Voucher, der mich via Stockholm in die Provinz Norrbottens län führen würde. Die Gelegenheit, gratis Schwedens nördlichste Stadt zu besuchen, lasse ich mir nicht entgehen. Dankbar falle ich meiner Mutter um den Hals.

»Selbstverständlich nehme ich dein Angebot an.«

Noch vor dem Hauptgang rufe ich Marco an, um ihm die Neuigkeit mitzuteilen. »Er wird Augen machen, wenn ich ihm erzähle, was ich vorhabe«, töne ich. Leider geht er nicht ran.

»Er wird es noch früh genug erfahren, dass du nicht auf sein Wohlwollen angewiesen bist«, lästert Mutter.

Ich nutze den ungestörten Moment, um ihr auf den Zahn zu fühlen. »Was hast du bloß gegen ihn?«

»Nichts. Ich muss schließlich nicht mit ihm leben.«

»Sprich Klartext, bitte. Ich möchte wissen, was deine ständigen Andeutungen zu bedeuten haben.«

»Das musst du schon selbst herausfinden. Lass uns lieber überlegen, was wir noch für deine Reise besorgen müssen. Aktuell beträgt die Tagestemperatur in Kiruna minus zwanzig Grad. Ich will nicht riskieren, dass du Gefrierbrand bekommst.«

Mal wieder ist Mutter mir geschickt ausgewichen. Ich werde sie später noch mal auf Marco ansprechen. So leicht lasse ich sie nicht davonkommen.

»Das wird nicht passieren. Ich verfüge über eine komplette Winterausrüstung.«

Doch meine Beteuerung reicht ihr nicht. Wie ein Schulkind, das sich zum ersten Mal auf Klassenfahrt begibt, bombardiert sie mich mit Ratschlägen, die ich geduldig über mich ergehen lasse. Auf keinen Fall werde ich widersprechen und sie verärgern, nachdem sie mir diesen tollen Trip ermöglicht hat.

»Du musst unbedingt eine Flasche Hochprozentigen einpacken. Schnaps ist in Schweden unbezahlbar.«

Das ist der erste vernünftige Vorschlag aus ihrem Mund, den ich beherzigen werde. Meine Wahl fällt auf eine Buddel Rum, mit dem ich den alkoholfreien Glögg aufmotzen werde.

KAPITEL 4

Kindheitstraum

Mutter wollte mich unbedingt zum Flughafen bringen. Aber nachdem sie sich geweigert hat, mich in ›seinem Wagen‹ zu kutschieren, habe ich ein Machtwort gesprochen und entschieden, den Bus zu nehmen. Mit dem Versprechen, mich zu melden, sobald ich in Stockholm gelandet bin, verabschieden wir uns an der Haltestelle.

Schneller als gedacht gebe ich mein Gepäck auf, passiere die Sicherheitskontrolle und begebe mich zum Gate.

Dort warten bereits einige Passagiere auf den Flug EW7218, der uns planmäßig binnen einer Stunde und zwanzig Minuten in Schwedens Hauptstadt bringen wird.

Ich nutze die Wartezeit und kontrolliere mein Handy. Immer noch keine Nachricht von Marco.

»Rieke? Rieke Kohler?«, tönt es plötzlich hinter mir. Ich drehe mich um und schärfe meinen Blick. Täusche ich mich, oder steht meine ehemalige Studienkollegin Alina Nowak vor mir? Nach unserem Abschluss haben wir uns aus den Augen verloren. Hätte sie mich nicht angesprochen, wäre sie mir gar nicht aufgefallen. Allein an ihrer schrillen Stimme habe ich sie erkannt.

Statt sie zu begrüßen, spreche ich meinen ersten Gedanken aus. »Was hast du mit deinen schönen Haaren angestellt?«

Sie lacht. »Abgeschnitten. Ich war die langen Zotteln leid.«

Welch ein Jammer, denke ich, sage aber: »Der Bubikopf steht dir.«

»Lass uns nicht über Frisuren reden. Verrate mir lieber, weshalb du hier bist. Hat Theo dich auch zu seiner Vernissage eingeladen?«

Ich schüttle den Kopf. »Wir haben schon lange keinen Kontakt mehr. Stockholm ist die erste Etappe meiner Reise nach Schwedisch-Lappland. Ich werde nach der Landung zur Central Station fahren und in den Nachtzug nach Kiruna steigen.«

»Freiwillig?« Sie lacht und setzt sich neben mich. »Für kein Geld der Welt würde ich eine fünfzehnstündige Anreise in Kauf nehmen, wenn ich das Ziel mit dem Flieger in neunzig Minuten erreichen kann.«

»Ich reise gern mit der Bahn. Auf diese Weise kann ich die Landschaft genießen.«

»Was glaubst du denn, unterwegs sehen zu können? Die meiste Zeit ist es stockfinster.«

Bravo, ihr ist es binnen Sekunden gelungen, mir meine Vorfreude zu nehmen.

»Es ist schon beeindruckend, was unser Theo alles auf die Beine gestellt hat, oder? Er hat eine beneidenswerte Karriere hingelegt. Und du? Wo bist du beruflich gelandet?«

Ich will ihr nicht unter die Nase reiben, dass ich der Kunst den Rücken gekehrt habe und in der Fitnessbranche tätig bin. Aber sie lässt nicht locker.

»Sag mir nicht, dass auch du geheiratet hast und Mutter

von Kindern bist, die dich daran hindern, dein Talent auszuleben.«

»Wieso ›auch‹?« Ich schaue auf ihre rechte Hand, an der sie einen Weißgoldring am Finger trägt. »Sprichst du von dir?«

Sie kramt ihr Handy aus der Tasche und zeigt mir Fotos von ihren Jungs. »Sam ist sechs. Adrian wird vier.«

»Niedlich, und nein, ich bin nicht verheiratet und habe keine Kinder.« Bevor sie mich weiter ins Verhör nehmen kann, komme ich auf Theo zurück. Über ihn zu sprechen, fällt mir leichter, als mein Privatleben vor ihr auszubreiten. »Was ist denn aus ihm geworden?«

Meine Unwissenheit scheint sie zu schockieren. »Er zählt zu den renommiertesten Paper-Artisten der westlichen Welt. Seine Werke werden in allen Metropolen ausgestellt.«

Während sie auf ihr Smartphone tippt, erinnere ich mich an unser damaliges Projekt. Theo und ich hatten ein Brautkleid aus Zellstoff designt und damit einen Nachwuchspreis gewonnen. Meine Güte, ist das lange her.

»Schau mal. Das ist seine Website.«

Ich staune nicht schlecht, als ich sehe, was er bisher zustande gebracht hat. Seine Kunstwerke bestehen ausschließlich aus gefaltetem Papier oder geschnittener Pappe. Für Premiummarken aus dem Mode- und Luxusgütersektor erstellt er aufwendige Installationen, die Schaufenster oder ganze Wände und Decken schmücken und den Betrachter in eine Fantasiewelt entführen.

»Beeindruckend.« Ich gebe ihr das Handy zurück. Zwei Mitarbeiter der Fluggesellschaft erscheinen am Gate und rufen zum Boarding auf. Ich schnappe mir meinen Rucksack und erhebe mich. »War schön, dich mal wiederzusehen«, versichere ich, reihe mich in die Schlange ein und zeige wenig später meine mobile Bordkarte vor.

Die Maschine ist voll besetzt. Doch das hält Alina nicht davon ab, meinen Sitznachbarn zu bitten, den Platz mit ihr zu tauschen. Er willigt ein.

Wir rollen zur Startbahn. Die Flugbegleiterin gibt ihr Bestes, um den Passagieren die Sicherheitshinweise begreiflich zu machen. Die meisten schauen gar nicht hin. Auch Alina hört nicht zu, sondern tippt unaufhörlich auf das Display ihres Handys.

»Du musst das Gerät entweder ausstellen oder in den Flugmodus schalten.«

»Gleich. Ich will Theo nur rasch mitteilen, dass du auch an Bord bist. Der wird staunen.«

Offenbar staunt er nur kurz, denn er antwortet sogleich.

»Lies selbst«, fordert sie mich auf und hält mir grinsend ihr iPhone unter die Nase.

Ich lese: Cool! Ich hole euch ab. Bis später.

Noch bevor wir abheben, steckt Alina sich In-Ear-Kopfhörer in die Ohren und stülpt sich eine schwarze Schlafmaske über die Augen. Ich frage, ob sie unter Flugangst leidet.

»Nee, ich nutze die Anreise immer gern, um runterzukommen. Mit zwei kleinen Kindern komme ich zu Hause nicht dazu, mal abzuschalten. Ich will fit sein, wenn die Party steigt.«

Sie verschläft den Getränkeausschank und wird erst wach, als wir uns im Sinkflug befinden. Tiefenentspannt meldet sie sich zurück. »Es geht doch nichts über ein kurzes Nickerchen. Jetzt bin ich zu allen Schandtaten bereit.«

Es ist nicht zu übersehen, wie sehr sie sich auf das Event

freut. Obwohl sie Ehefrau und Mutter ist, verkehrt sie noch immer mit der alten Bande. Ich habe mich nach und nach von ihnen losgesagt, weil Marco mit meinen Freunden nichts anfangen konnte. Er hielt sie alle für Spinner und nannte ihre Arbeiten ›Werke, die die Welt nicht braucht‹.

Als wäre es Gedankenübertragung, erkundigt Alina sich nach ihm. »Bist du noch mit dem Zahnklempner zusammen?«

Ich nicke. Sie hebt die Brauen. »Ich hätte nicht gedacht, dass es mit euch auf Dauer klappt.«

»Was das angeht, hast du dich geirrt. Es funktioniert mit Marco und mir schon seit sieben Jahren wunderbar.«

»Und weshalb fährst du ohne ihn in den Urlaub?«

Zwar bin ich ihr keine Erklärung schuldig, dennoch berichte ich von meinem Unfall. »Für Ski Alpine bin ich noch nicht fit genug.«

Es erfolgt eine Durchsage, in der wir gebeten werden, uns anzuschnallen, die Tische einzuklappen und den Sitz in eine aufrechte Position zu stellen.

Wir landen im Hellen. Doch bis wir unser Gepäck erhalten, ist die Sonne bereits untergegangen.

»Wann fährt dein Zug ab?«, fragt sie und nimmt ihren Koffer vom Laufband.

»Erst zehn nach sechs. Ich habe genügend Zeit, um herauszufinden, wie ich zum Bahnhof komme.«

»Das wird Theo nicht zulassen«, unkt sie. »Er lässt es sich gewiss nicht nehmen, dich persönlich hinzubringen.«

Ich verspüre unbändige Wiedersehensfreude, als ich neben Alina durch die Tür der Ankunftshalle ins Freie trete und Theo unter den Wartenden entdecke. Lässig, die Hände in den Hosentaschen versteckt, hält er Ausschau. Es kommt mir vor wie damals, als er morgens vor der U-Bahn-Station auf mich gewartet hat und wir gemeinsam zur Hochschule gefahren sind. Hin und auch wieder zurück. Für eine Weile waren wir unzertrennlich, was uns den Namen »The Couple« einbrachte. Doch das traf in keiner Weise auf uns zu. Wir waren nie ein Paar.

Jetzt hat er uns erblickt. Entzückt hebt er das Kinn und zwinkert uns zu. Bei der Begrüßung erhalte ich den Vortritt. In seiner festen Umarmung haucht er mir meinen alten Spitznamen ins Ohr. »Origami, wie schön. Es ist nicht zu fassen, du siehst noch immer aus wie früher.«

»Was hast du erwartet? Dass ich im Laufe der Jahre gewachsen bin?«

»Sag, wie lange ist es her?«

»Zu lange«, erwidere ich und löse mich von ihm.

Nun bekommt auch Alina eine Umarmung. »Die Überraschung ist dir gelungen«, lobt er sie. Doch sie stellt sogleich klar, dass wir uns rein zufällig getroffen haben. »Rieke ist auf dem Weg nach Kiruna. Können wir sie bis zur Central Station mitnehmen?«

Enttäuscht schaut er mich an. »Du bist lediglich auf der Durchreise?«

Ich bejahe. »Es ist nicht nötig, dass du mich fährst. Ich habe ausreichend Zeit, um den Nachtzug zu erreichen.«

»Das ist Unsinn. Der Bahnhof liegt auf dem Weg.« Kurzerhand greift er meinen Koffer und marschiert vor.

Alina grinst. »Was habe ich gesagt? Ich habe gewusst, dass er sich die Gelegenheit nicht entgehen lässt, ein wenig Zeit mit dir zu verbringen.«

Im Parkhaus angekommen, kümmert er sich um unser Gepäck und verstaut es im Kofferraum seiner Limousine.

Ich nehme hinten Platz und überlasse Alina den Beifahrersitz und die Gesprächsführung.

»Bist du aufgeregt? – Wann geht es offiziell los? – Wie viele Gäste erwartest du? – Wirst du selbst eine Rede halten, oder überlässt du das deiner Galeristin? – Wo werden wir nach der Veranstaltung feiern?«

Theo antwortet einsilbig auf ihre Fragen, während er ständig in den Rückspiegel schaut und mich beobachtet.

»Wie lange bleibst du im Norden?«, will er von mir wissen.

»Nur eine knappe Woche. Es handelt sich um eine Rundreise, die mich an die spektakulärsten Orte führen wird.«

»Ach, du Schreck«, mischt Alina sich ein. »Das wäre gar nichts für mich. Wenn ich Urlaub mache, dann auf eigene Faust.«

»Meine Mutter hat diesen Trip in der Lotterie gewonnen, den sie mir großzügig überlassen hat. Der Preis beinhaltet nur An- und Rückreise sowie die Übernachtungen in verschiedenen Unterkünften. Was ich tagsüber anstelle, bleibt mir überlassen.«

»Na ja, wie heißt es so treffend? Einem geschenkten Gaul …«

Theo schneidet ihr das Wort ab. »Wann geht dein Zug?«

»In knapp zwei Stunden.«

»Dann handelt es sich um den Abendzug und nicht um den Nachtzug. Es gibt noch eine spätere Verbindung. Nimm doch die. Auf diese Weise könnten wir uns einen netten Abend machen.«

Ich beuge mich vor und umklammere seine Kopfstütze. »Das klingt verlockend, ist aber leider nicht möglich. Mein Ticket ist fest gebucht. Genau wie das Abteil im Schlafwagen.«

»Rieke, ich bitte dich. Lass die Fahrt sausen und sei mein Gast.«

Ich schaue an mir hinunter. Meine Kleidung ist viel zu leger für einen festlichen Anlass. Deshalb lehne ich ab, obwohl ich mir seine Arbeiten liebend gern ansehen würde.

Wir haben den Bahnhof erreicht. Theo hält in fußläufiger Entfernung zum Haupteingang und steigt aus dem Wagen. Alina bleibt sitzen und lässt nur das Fenster herunterfahren. »Viel Spaß in der Wildnis«, wünscht sie mir und schüttelt sich, als ob sie frieren würde.

»Vielleicht treffen wir uns mal, wenn ich wieder in Hamburg bin«, schlage ich vor.

»Wir werden sehen«, erwidert sie unverbindlich. Nachdem sie wenig Interesse an meiner Idee gezeigt hat, spare ich es mir, sie um ihre Handynummer zu bitten.

Theo hat zwischenzeitlich meinen Koffer und meinen Rucksack von der Ladefläche genommen. Er nutzt den Moment, in dem Alina uns nicht belauschen kann, und umgreift meine Hände. »Warum mussten Jahre vergehen, bis wir uns wiedersehen?«

Verschämt hebe ich die Schultern. »Ist es nicht der normale Lauf der Zeit? Jeder von uns lebt in seiner Welt.« Ich drücke ihm ein angedeutetes Küsschen auf die Wange und lächle ihn an. »Für heute Abend wünsche ich dir ganz viel Erfolg.«

»Wird schon. Hast du genug Proviant dabei? Fünfzehn Stunden Zugfahrt können sehr lang sein, wenn man hungrig und durstig ist. Nutze die Zeit bis zur Abfahrt und besorge dir ein paar leckere Snacks.«

Er klingt wie meine Mutter. »Es gibt einen Speisewagen.«

Sekundenlang schaut er mir tief in die Augen. Gerade setzt er an, mir etwas zu sagen, als Alina nach ihm ruft.

»Komm in die Hufe, Theo! Ich muss mich noch umziehen.«

Ich bedanke mich für den Shuttle und begebe mich zur Wandelhalle.

Obwohl ich Theos Rat belächelt habe, folge ich seiner Empfehlung und besorge mir heißen Kaffee und Kanelbullar zum Mitnehmen. Diese Zimtschnecken sind für mich der Inbegriff von schwedischem Gebäck. Die Hefeteilchen sind noch ofenwarm und duften derartig köstlich, dass ich es mir nicht verkneifen kann, einen großen Bissen zu probieren.

Kauend begebe ich mich zum Bahnsteig, suche mir eine freie Bank und lasse die typische Bahnhofsatmosphäre auf mich wirken. Die Geräusche von ein- und abfahrenden Zügen, die monotonen Durchsagen auf Schwedisch und Englisch und nicht zuletzt das Stimmengewirr um mich herum befördern meine Abenteuerlust. Gern möchte ich Marco an meiner Aufregung teilhaben lassen. Bisher ist er noch ahnungslos und verortet mich auf das Sofa in unserem Wohnzimmer.

Ich starte einen erneuten Versuch und rufe ihn an. Es klingelt mehrmals, aber er geht wieder nicht ran. Stutzig schaue ich auf die Uhr. Es ist gleich achtzehn Uhr. Auch in Tirol ist es mittlerweile dunkel geworden, und die Skilifte haben den Betrieb eingestellt. Ich rede mir ein, dass die drei zum Essen ausgegangen sind, und nehme mir vor, es später noch einmal zu versuchen.

Der Zug fährt ein. Als er zum Stehen kommt, erkenne ich, dass ich mich an der falschen Stelle postiert habe. Ich ziehe meinen Koffer hinter mir her, bis ich das richtige Abteil erreicht habe, und besteige die Bahn.

Mein Gepäck durch den schmalen Gang zu schleppen, gestaltet sich recht beschwerlich. Aber zum Glück finde ich meine reservierte Doppelkabine schnell.

Ich habe keinen Luxus erwartet. Schließlich befinde ich mich in einem Zug aus den Achtzigern und nicht auf einem mondänen Luxusliner, von dem meine Mutter träumt. Aber so klein und eng habe ich es mir nicht vorgestellt. Ich bin heilfroh, dass ich die Kabine allein nutzen kann und sie nicht mit einer weiteren Person teilen muss.

Mit wenigen Handgriffen gelingt es mir, das obere Etagenbett an die Wand zu klappen. Danach verstaue ich mein Gepäck unterhalb der unteren Liege und versuche, das Fenster zu öffnen. Es klappt nicht. Immerhin gibt es eine Klimaanlage, mit der sich die Temperatur einstellen lässt. Zur weiteren Ausstattung gehört ein kleiner Waschtisch, an dem ich mich frischmachen kann. Hocherfreut bin ich, als ich neben einer Steckdose auch einen USB-Slot entdecke, denn das bedeutet, dass meinem Smartphone auf der langen Fahrt nicht der Saft ausgehen wird. Dank der Ladestation ist es möglich, jederzeit online zu gehen, um mich noch intensiver über das ferne Reiseziel zu informieren.

Doch bevor ich mich auf Recherche begebe, schreibe ich meiner Mutter wie versprochen eine Nachricht.

Bin im Zug. Werde gleich erkunden, wo sich die Toiletten befinden. Bussi, Rieke.

Stundenlanges Lesen ermüdet meine Augen. Ich lege das Buch zur Seite und überlege, ob ich vor dem Schlafengehen noch das WC aufsuchen soll, als Marco anruft. Im Hintergrund ist laute Musik und schallendes Lachen zu hören.

Beim besten Willen kann ich sein Gestammel nicht verstehen. Ich fühle mich genötigt, lauter zu sprechen. »Schatz, ich sitze im Zug.«

»Ja, wir machen einen Zug durch die Gemeinde«, brüllt er mit schwerer Zunge.

»Ich bin in Schweden!«

»Ja, lass uns morgen reden.« Dann macht es Klick.

»Vielen Dank für das nette Gespräch«, grummle ich und verlasse das Abteil in Richtung Speisewagen.

Ich passiere einen Waggon, in dem die Fahrgäste auf Sitzen übernachten. Einige von ihnen schlafen, andere hocken in Gruppen zusammen und unterhalten sich angeregt. Wir alle haben das gleiche Ziel.

Im Bistro herrscht Selbstbedienung. Am Getränkeautomaten wähle ich Kakao, zahle und setze mich. Mit beiden Händen umfasse ich den Becher und puste in die heiße Schokoladenmilch.

»Smakar den bra? Is it good? Schmeckt's?«, werde ich von der Seite mehrsprachig angesprochen.

»Keine Geschmacksexplosion, aber genießbar«, antworte ich dem Mann mittleren Alters, der sich für eine Flasche Bier entschieden hat.

»Ich bin Michael aus Köln.«

»Rieke aus Hamburg.«

Er erhebt sich und kommt zu mir rüber. »Darf ich?«

Nickend deute ich mit der Hand auf den freien Platz.

»Auf Urlaub oder Geschäftsreise?«, will er wissen.

Ob er auch in ganzen Sätzen sprechen kann, frage ich mich. Aber ich spiele mit. »Urlaub.«

»Ich bin beruflich unterwegs. Seit Jahren dokumentiere ich die Verlegung der Stadt.«

Hätte ich es bei einem kurzen »Aha« belassen, wäre mir sein Vortrag erspart geblieben. Aber ich habe den Fehler begangen, nachzufragen. »Von welcher Verlegung ist die Rede?«

»Unter der Stadt befindet sich die größte Eisenerzgrube der Welt. Weil der Ort droht zu versinken, wurde vor Jahren beschlossen, alle Gebäude und den Großteil der Bevölkerung aus dem traditionellen Stadtkern zu entfernen und umzusiedeln. Kulturhistorische Holzhäuser wurden demontiert und an anderer Stelle wiedererrichtet. Andere mussten abgerissen und neu gebaut werden. Rund drei bis vier Kilometer östlich ist das neue moderne Kiruna entstanden. Ich reise jedes Jahr dorthin, um den Fortschritt zu dokumentieren.«

Das moderne Kiruna? »Bedeutet das, dass es die ursprüngliche Altstadt gar nicht mehr gibt?«

»Doch, doch. So schnell geht das nicht. Es handelt sich um ein Mammutprojekt. Die finale Umsiedelung dauert mindestens zehn Jahre. Jetzt kannst du noch gefahrlos durch die alte Fußgängerzone schlendern.«

»Warum hat man das Bergwerk nicht einfach geschlossen und den Bewohnern ihr gewohntes Zuhause gelassen?«

»An der Mine hängen Tausende Arbeitsplätze. Zudem ist Erz ein wichtiger Rohstoff für die Stahlerzeugung und gilt als unverzichtbar für die Elektroindustrie.«

Drei junge Frauen stolpern in den Speisewagen. Sie kichern albern. Als sie uns bemerken, tätschelt eine von ihnen Michaels Schulter. »Na, hast du wieder ein Opfer gefunden, dem du deine Eisenerz-Story erzählen kannst? Wenn du so dringend Gesellschaft suchst, dann gib uns einen aus. In dem Fall hören wir dir noch ein weiteres Mal geduldig zu.«

»Ich denke, ihr habt bereits mehr als genug gebechert«, erwidert er genervt.

»Die Nacht ist lang«, kontert sie und schaut auf die Uhr. »Präzise gesagt dauert es noch zehn Stunden, bis wir Tageslicht erblicken.« Nun schaut die Mittzwanzigerin mich an und stellt sich vor. »Ich bin Fenja, das sind meine Schwestern.«

»Hej«, grüße ich die drei und nehme einen Schluck von meinem mittlerweile erkalteten Kakao. Nach wenigen Minuten habe ich genug von der Giggelei der angetrunkenen Mädels und ziehe mich zurück.

Zunächst habe ich befürchtet, nicht einschlafen zu können. Doch das Klopfen und Ruckeln, das entsteht, wenn der Zug über die Schienen rast, übt eine meditative Wirkung auf mich aus.

KAPITEL 5

Im Eishotel

Lautes Quietschen reißt mich aus dem Schlaf. Der Zug hat abrupt gebremst und steht auf freier Strecke. Ich drücke meine Nase ans eiskalte Fensterglas und schaue hinaus. Dicke Schneeflocken fallen vom schwarzen Himmel und landen auf der Scheibe. In Windeseile schneit das Fenster gänzlich zu.

Ich bin beunruhigt und fürchte, dass wir in der Tundra feststecken und erfrieren werden. Rasch ziehe ich den Rollkragenpulli über mein Shirt, öffne die Tür und trete auf den Gang.

Dort haben sich bereits mehrere Fahrgäste eingefunden, die sich ebenfalls fragen, was passiert ist.

»Alles in Ordnung«, beruhigt uns kurz darauf der Zugbegleiter. »Es geht gleich weiter.«

Nun bin ich wach und verspüre Lust auf einen Kaffee.

Den Wunsch teilen offensichtlich alle Mitreisenden, denn das Bistro ist komplett überfüllt.

Ich will warten, bis sich der erste Ansturm gelegt hat, und begnüge mich derweil mit dem Rest aus meiner Wasserflasche.

Es geht weiter. Erleichterung macht sich in mir breit. Erst recht, als ich die Durchsage höre, dass wir unser Ziel voraussichtlich planmäßig erreichen werden.

Doch das ist nicht der Fall. Wir kommen am Bahnhof von Kiruna mit zwanzig Minuten Verspätung an.

Bevor ich mein Gepäck hinausschleppe, recke ich mich und spüre jeden einzelnen Rückenwirbel, der leise knackt.

Beim Ausstieg schlägt mir eine unvorstellbare Eiseskälte entgegen.

»Heftig. Minus zweiundzwanzig Grad am Morgen habe ich zu dieser Jahreszeit hier auch noch nicht erlebt«, höre ich Michael stöhnen.

Weil ich weiß, dass wir in derselben Unterkunft logieren werden, folge ich ihm wie ein Hündchen.

Der Hotel-Shuttle wartet bereits auf uns. Wir übergeben dem Fahrer unser Gepäck und setzen uns in den Kleinbus.

»Sieh nur. Hier türmt sich der Schnee meterhoch«, staune ich und merke an, dass in Deutschland bei diesen Witterungsbedingungen der Notstand ausgerufen werden würde. »In Hamburg bricht der Verkehr bereits bei einer Schneedecke von fünf Zentimeter zusammen.«

»Willkommen in der Arktis«, erwidert Michael und zieht seine Mütze weiter ins Gesicht. »Achte stets darauf, dass deine Ohren, Hände und Füße gut verpackt sind«, rät er mir. »Sonst wird es unangenehm.«

Sehe ich aus, als wäre ich auf derartige Tipps angewiesen? Verdammt. Ich bin eine Frau von Mitte dreißig und kein Kleinkind, dem man ständig Ratschläge geben muss.

»Meine Güte, ist es hier schön. So habe ich mir Lappland immer vorgestellt.«

»Sage bloß nicht Lappland, sondern Sápmi. Die Bewohner sind keine Lappen. Sie heißen Samen.«

»Wie gebildet du bist«, erwidere ich spöttisch. Doch er kapiert nicht, dass ich ihn nur hochnehme, und hält meine Worte für ein Kompliment.

»Es ist erschreckend, wie dumm die jungen Leute heutzutage sind. Sie denken nur an ihr Vergnügen und haben null Ahnung von Geschichte und Kultur«, mokiert er sich und deutet auf Fenja und ihre Geschwister, die gerade Kurs auf den Shuttlebus nehmen.

Offensichtlich scheinen sie bei der Suche nach Gönnern, die ihnen Getränke spendieren, erfolgreich gewesen zu sein. Völlig verkatert nehmen sie hinter uns Platz.

Als vier weitere Personen zusteigen wollen, kommt es zum Eklat.

»Was heißt, wir sind komplett?«, ereifert sich ihr Rädelsführer und zeigt seine Reiseunterlagen und die seiner Begleiter vor.

Die drei Schwestern treten kommentarlos den Rücktritt an. Danach setzt sich der Kleinbus in Bewegung.

»Das ist wohl das neue Kiruna«, entweicht es mir betrübt, als wir nach kurzer Fahrt vor einem Koloss von Hotel halten. Mit meiner romantischen Vorstellung von einem gemütlichen Holzhaus, wie ich es aus Südschweden kenne und liebe, hat dieser Betonklotz nichts gemein.

Was hatte Alina gesagt? ›Einem geschenkten Gaul guckt man nicht ins Maul.‹

Die Unterkunft entpuppt sich als modernes Designerhotel, das keine Wünsche an Komfort offenlässt. Ich beziehe ein top gestyltes Zimmer in der dritten Etage mit Blick auf das Rathaus.

Mir steht der Sinn nach einer Dusche, aber weil ich die kurze Zeit, in der Tageslicht herrscht, nicht im Bad verbringen will, verschiebe ich mein Vorhaben. Ohne meinen Koffer auszupacken, verlasse ich das Zimmer und fahre bequem mit dem Lift in die Lobby.

Am Counter erkundige ich mich, wie ich von hier zum Eishotel komme. Noch heute möchte ich dorthin, um mir die Kunstwerke aus Eis anzusehen.

»Der Bus ist gerade weg«, erfahre ich. Meine Frage nach einem Taxi wird mit einem müden Lächeln beantwortet.

»Sollen wir dich hinbringen?«, tönt es hinter mir.

Ich drehe mich um und bringe vor lauter Erstaunen keinen Ton heraus.

»Theo hat sich nicht davon abbringen lassen, dir hinterherzufliegen.«

»Er ist auch hier?«, frage ich Alina verblüfft.

»Ja, wir sind vor einer halben Stunde gelandet. Ich habe dir doch gesagt, dass es weitaus schnellere Verbindungen gibt.«

»Woher habt ihr gewusst, in welchem Hotel ich absteige?«

»Theo hat die Auskunft bemüht und sich die Rufnummer deiner Eltern ansagen lassen. Deine Mutter hat nicht gezögert, ihm zu verraten, wo du heute logierst.«

»Verstehe.« Was ich allerdings nicht begreife, ist, weshalb die beiden mir gefolgt sind.

Ihr Handy klingelt. »Ja, sie steht direkt neben mir. – Das ist nicht nötig. Wir kommen raus zu dir.«

Ich wickle den Schal um meinen Hals und folge ihr nach draußen. Theo hat einen Wagen gemietet und wartet direkt vor dem Portal bei laufendem Motor. Er öffnet von innen die Beifahrertür und strahlt mich an. »Na, wie war deine Anreise?«

Kopfschüttelnd steige ich neben ihm ein. »Wieso seid ihr hier?«

»Das hat sich gestern Abend aus einer Laune heraus ergeben.«

Was ist denn das für eine nichtssagende Antwort, wundere ich mich, frage aber nicht weiter nach, sondern freue mich, am ersten Tag doch noch nach Jukkasjärvi zu kommen.

Theo scheint den Weg zu kennen. Ohne das Navi zu bemühen, lenkt er den Volvo über die vereiste Fahrbahn.

Während der zwanzigminütigen Fahrt genieße ich die Aussicht auf schneebedeckte Bäume, die unter der schweren Last ihre Zweige hängen lassen. Weder sind vor uns Autos unterwegs, noch kommen uns welche entgegen. Erst kurz vor dem Ziel treffen wir auf einen Reisebus, der wie wir der Ausschilderung zum Eishotel folgt.

Es ist Theo, der meinen Gedanken laut ausspricht. »Ich bin so gespannt auf das, was uns erwartet.«

»Ich bezweifle, dass sich der Besuch überhaupt lohnt«, mosert Alina und zieht mit ihrer Bemerkung Theos Zorn auf sich.

»Niemand hat dich gezwungen, mitzukommen. Es war dein ausdrücklicher Wunsch, mich zu begleiten.«

»Es war meine Idee, dich von Gunnars Eiskunst inspirieren zu lassen!«, regt sie sich auf. »Allerdings hatte ich angenommen, wir würden uns die Ausstellung im Netz anschauen, was völlig ausreichend gewesen wäre.«

Jetzt fällt bei mir der Groschen. »Ihr seid gar nicht meinetwegen hier? Es geht euch wirklich nur um die Eisskulpturen?«

Statt mir zu antworten, fragt Theo mich, ob ich mich an Gunnar erinnern würde. »Er war Gastdozent im zweiten Semester und hat sich inzwischen einen Namen als Ice Carver gemacht.«

»Na klar weiß ich noch, wer das ist. Und der stellt hier aus?«

»Ob er in diesem Jahr wieder dabei ist, bleibt abzuwarten. Lassen wir uns überraschen.«

Theo besorgt an der Kasse drei Besuchertickets. Während er mit Karte bezahlt, erkundigt Alina sich, wo sich die Art-Suiten befinden.

»Alle Zimmer verfügen über Eiskunst. Jedes einzelne ist einen Besuch wert«, erklärt die freundliche Mitarbeiterin.

Alina verzieht das Gesicht. »Wir haben aber nicht den ganzen Tag Zeit.« Meinen irritierten Blick beantwortet sie sogleich. »Wir fliegen heute noch zurück.«

Ich habe genug von ihrer negativen Haltung und halte mich an Theo. »Ist es nicht atemberaubend hier?«

Er teilt meine Begeisterung. »Durch das blaue Licht wirkt das Eis noch kühler. Genau das muss ich auch irgendwie hinkriegen. Aber wie?«

»Das lässt sich mit Papier nicht umsetzen«, mischt Alina sich ein.

»Sag das nicht mir, sondern meinem beratungsresistenten Auftraggeber«, raunzt Theo und marschiert voran.

Ich würde gern wissen, von welchem Auftrag die Rede ist, aber Alina lässt mich im Ungewissen. Stattdessen beschwert sie sich fortlaufend darüber, dass es unerträglich kalt sei.

»Ich habe gelesen, dass man sich an der Rezeption wärmere Kleidung ausleihen kann.«

Doch sie schlägt meinen Vorschlag pikiert aus. »Ich ziehe doch keine benutzten Klamotten an.«

»Dann friere weiter!«

»Rieke, komm doch mal«, ruft Theo und winkt mich in eine Suite. »Sag mir, was du davon hältst.«

Der Raum trägt die Bezeichnung ›Alanthus nivalis‹ und

wurde von zwei schwedischen Landschaftsarchitektinnen gestaltet. Obwohl ich keine Expertin bin, was Botanik angeht, erkenne ich die Blüten. »Das sind Schneeglöckchen.«

»Quatsch! Das sind Krokusse«, widerspricht Alina.

»Wie auch immer. Sie gefallen mir«, kontert Theo, zückt sein Handy und fotografiert die Blumenobjekte, die aus gefrorenem Wasser des Flusses Torne älv gemeißelt wurden.

»Sie sehen aus, als wären sie mit Puderzucker bestäubt worden.«

Alina weiß es mal wieder besser. »Das ist Schnee, Rieke!«

»Do not touch! Nicht berühren!«, wird sie von einem Guide zurechtgewiesen, der eine Schar Touristen durch die Anlage führt.

Nun hat sie endgültig genug von unserem Ausflug. »Mir reicht es. Ich warte an der Eisbar auf euch.«

Theo wirkt erleichtert. »Ist sie nicht unvorstellbar anstrengend?«

Ich lache. »Das war sie doch früher schon.«

»Ja, aber es wird von Jahr zu Jahr schlimmer.«

»Trotzdem seid ihr noch immer befreundet.«

Er wechselt das Thema und fragt, ob ich Lust hätte, eine Nacht in einer dieser Suiten zu verbringen.

»Ganz ehrlich? Das wäre mir viel zu teuer. Außerdem bevorzuge ich Zimmer mit Türen und einem eigenen Bad.«

»Dann gefällt es dir in deinem Stadthotel?«

»Es ist schön, obwohl es nicht gerade das ist, was ich mir erhofft hatte. Eine kleine Holzhütte im Wald wäre mir lieber gewesen. Wusstest du, dass ich schon viele Male in Schweden war, aber noch nie einen Elch in freier Natur gesehen habe?«

»Nein, das wusste ich nicht.«

»Verrätst du mir, was das für eine Arbeit ist, die dir Kopfzerbrechen bereitet? Ich habe Alina gefragt, aber sie wollte mir nichts darüber verraten.«

»Vermutlich hat sie geschwiegen, weil ich mir noch gar nicht sicher bin, ob ich die Herausforderung überhaupt annehme.«

Macht er mir etwas vor? Wenn er den Auftrag gar nicht will, frage ich mich, weshalb er jedes Detail fotografiert.

Ich möchte auch Bilder knipsen und nehme mein Smartphone aus der Schutzhülle. Allein besuche ich die anderen Suiten und Standardzimmer, als ich eine Nachricht von Marco erhalte. Er wünscht mir einen guten Morgen und teilt mir mit, dass es stark schneit und sie wegen schlechter Sichtverhältnisse heute im Tal bleiben müssen.

Ich nehme mir vor, ihn später anzurufen. Jetzt zieht es mich an die Bar. ›Spielt eine Runde Eisstockschießen‹, schreibe ich kurz zurück und füge drei Kuss-Emojis an.

Alina hat bereits für uns bestellt. Auf einem riesigen Eisblock, der als Tresen dient, stehen drei bunte Drinks, die darauf warten, von uns gekippt zu werden.

»Sogar die Gläser bestehen aus Eis«, stelle ich begeistert fest und wähle das rote Getränk, das nach Aussage des Bartenders aus Wodka und Preiselbeersirup besteht.

Alina will nicht warten, bis Theo sich blicken lässt, und prostet mir zu. Zum ersten Mal sind wir einer Meinung. »Lecker, oder?« Aber damit endet unsere Konversation auch schon.

Während sie permanent auf die Uhr schaut, werde ich von zwei Engländern angesprochen. Sie sind auf der Suche nach Leuten, die sich spontan einer dreistündigen Hundeschlittenfahrt anschließen wollen.

Ich bin sofort Feuer und Flamme. Nachdem mir versichert wurde, dass es einen Transfer gebe, der mich danach wieder zurück ins Hotel bringen wird, stimme ich zu.

Alina zeigt mir einen Vogel. »Du bist verrückt. Diese Tour ist keine gemütliche Kutschfahrt, sondern erfordert eine gute körperliche Verfassung. Glaubst du, dass das auf dich zutrifft? Denk an dein Knie!«

Theo ist aufgetaucht. »Worum geht es?«, will er wissen.

»Rieke hat sich gerade bequatschen lassen, an einer Hundeschlittenfahrt teilzunehmen.«

»Klingt nach viel Spaß. Dazu hätte ich auch Lust. Sollte noch ein Platz frei sein, bin ich dabei.«

»Bitte? Spinnst du? Unser Flieger geht in zwei Stunden.«

»Wo ist das Problem? Wir nehmen halt den nächsten.«

»Dann verpasse ich meinen Anschlussflug nach Hamburg. Wage es nicht, mich hängenzulassen!«

Die beiden kabbeln sich wie ein altes Ehepaar. Ich unterbreche ihren Streit und verabschiede mich.

»Hals- und Beinbruch«, wünscht Alina mir. Von Theo erhalte ich einen Nasenstupser. Er trägt mir auf, vorsichtig zu sein.

KAPITEL 6

Hundeschlittenfahrt

Mit zwei vor Testosteron strotzenden Briten im Schlepptau lasse ich mich zur Farm bringen. Der Weg führt über eine gerade Straße direkt entlang der Zugstrecke. Der Fahrer erklärt seine vorsichtige Fahrweise damit, dass jederzeit Rentiere oder Elche unvermittelt auf der Fahrbahn auftauchen könnten.

»Oh ja, Elche bitte«, wünsche ich mir und ziehe mit meiner Bemerkung den ungläubigen Blick unseres Chauffeurs auf mich. Er schüttelt verständnislos den Kopf. »Wieso habt ihr Deutschen bloß so eine Leidenschaft für diese Tiere? Ein ausgewachsener Elchbulle kann bis zu 700 Kilo wiegen. Ein Zusammenstoß könnte tödlich für uns enden.«

Fortan halte ich den Mund.

Nach einer Viertelstunde erscheint inmitten einer endlos erscheinenden Eis- und Schneelandschaft ein rotes Holzhaus. Je weiter wir uns dem Gebäude nähern, desto lauter wird das Jaulen und Heulen der Hunde.

Unser Eintreffen löst Erstaunen aus. »Seid ihr nur zu dritt?«

Phil bejaht und erklärt sich bereit, den vollen Preis für die vorgeschriebenen sechs Teilnehmer zu zahlen. »Bitte lehne nicht ab«, bettelt er. »Heute ist die letzte Gelegenheit, dieses Abenteuer zu erleben, denn morgen reisen wir ab.«

Nachdem das Finanzielle geklärt ist, führt uns der Eigentümer über seinen Hof, auf dem die Hunde in Außengehegen gehalten werden.

Wir treffen auf eine junge Frau, die unsere Schlitten vorbereitet und den Huskys Geschirre anlegt. Als sie aufschaut, erkenne ich sie sofort.

»Das ist meine Tochter Fenja. Sie leitet als Musher eure kurze Expedition.«

»Bist du denn schon wieder nüchtern?«, frage ich sie leise.

Mit großen Augen starrt sie mich an. Langsam scheint ihr zu dämmern, wo wir uns begegnet sind. Sie drückt den Zeigefinger auf ihre Lippen und signalisiert mir, ihrem Vater gegenüber den Mund zu halten. »Meine Schwestern und ich waren nie im Zug von Stockholm. Alles klar?«, flüstert sie mir unter vorgehaltener Hand zu.

Ich verspreche, sie nicht zu verraten. Dennoch will ich von ihr wissen, weshalb ihre Hunde in Zwingern gehalten werden. »Das ist doch Tierquälerei.«

»Quatsch! Das ist artgerechte Haltung. Huskys fühlen sich draußen am wohlsten. Sie lieben die Kälte.« Eingehend mustert sie mich. »Aber du musst dich unbedingt wärmer einpacken. Komm mit mir!«

Während die Männer draußen eine Einweisung erhalten, folge ich ihr ins Nebengebäude. Dort befinden sich Hosen, Jacken und Schuhe in allen Größen. Sie reicht mir einen Thermoanzug, von dem sie annimmt, dass er mir passen würde. Danach begutachtet sie meine Stiefel. Ihrer Meinung nach schützen auch die nicht ausreichend gegen die vorherrschende Kälte. Ich muss an Alina denken, die sich strikt geweigert hat, in fremde Klamotten zu schlüpfen. Ich habe damit weniger Probleme und vertraue auf Fenjas Erfahrung. Meine Fäustlinge und meine Mütze werden von ihr als akzeptabel eingestuft. »Andernfalls stülpst du dir die Kapuze über und steckst deine Hände in den Muff. Hast du dich mit ausreichend Fettcreme eingeschmiert?«

Ich streiche mit den Fingerspitzen über meine Wange. »Ich habe heute Morgen eine Tagescreme aufgetragen.«

»Das ist bei Weitem nicht genug! Sollte es sich um eine Emulsion gehandelt haben, läufst du sogar Gefahr, erst recht Erfrierungen davonzutragen.« Sie reicht mir einen Tiegel. »Trage das großzügig auf!«

»Was ist das?«

»Pures Melkfett. Es wird Kühen auf die Zitzen geschmiert, um die Haut vor der Witterung zu schützen.«

»Aha. Und wohin soll ich mir das schmieren?«

»Wie gesagt, auf die Nippel!«

»Bitte?«

Ich werde schallend ausgelacht. »Natürlich sollst du dein Gesicht damit eincremen!«

»Witzbold!«

Das Geheule der Hunde wird lauter. Das ist ein eindeutiges Zeichen dafür, dass sie aufbrechen wollen.

Ich bin startklar. Die Engländer benötigen noch einen Moment, um sich Kopfgurte anzulegen, an denen sie ihre Actionkameras befestigen.

Mit zwei Gespannen, die jeweils von sechs Hunden gezogen werden, geht es kurz darauf in die Wildnis. Mein von Fenja geführter Schlitten fährt voran.

Mein Herz klopft, während die Kufen auf dem harschen Untergrund gleiten.

Nachdem wir die Farm verlassen haben, spornt Fenja die Hunde an, schneller zu laufen. Noch geht es stur geradeaus. Dennoch sitze ich verkrampft auf einem Rentierfell und sehe die erste Kurve mit Schaudern auf uns zukommen. Ob das gut geht?

Es geht gut, und ich fange an, mich zu entspannen. Die Hunde kennen die Strecke, und ich genieße die unberührte Natur. So fühlt sich Freiheit an, denke ich und kann nicht fassen, dass gerade ein lang gehegter Kindheitstraum für mich in Erfüllung geht.

Genau wie die Hunde, die gerne weiterlaufen würden, könnte auch ich endlos weiterfahren, aber nach einer Stunde drosselt meine Schlittenführerin das Tempo und lenkt das Gespann vor eine Hütte.

Fenjas Mutter erwartet uns in einem Tipi. Sie hat heißen Tee vorbereitet und reicht uns Sandwiches. Ich stelle mich neben die Engländer und bedanke mich bei ihnen. »Ihr ahnt nicht, wie froh ich bin, dass ihr mich angesprochen habt. Ist es möglich, dass ich einen Mitschnitt von eurem Video bekomme?«, erkundige ich mich in ihrer Muttersprache.

Phil nickt. Auch er strotzt vor Glückshormonen, zumal es ihm gelungen ist, den Schlitten ganz allein zu lenken.

Wir tauschen Mailadressen und Handynummern aus, während Fenja von Hund zu Hund wandert und jeden einzelnen streichelt und lobt.

»Darf ich auch?«, erkundige ich mich.

Ich darf nicht nur, ich soll sogar. Mir hat es der Leithund angetan. Eine vierjährige Hündin mit einem unsagbar schönen Kopf. Sie hat stahlblaue Augen, die mich spontan an Theo erinnern. Zu schade, dass Alina gezickt hat. Ich bin mir sicher, dass mein alter Freund auch Spaß an diesem viel zu kurzen Erlebnis gehabt hätte.

»Nächstes Jahr kommen wir wieder und buchen eine Dreitagestour bei euch«, verkünden die Engländer. Ohne zu fragen, ob sie mich dabeihaben wollen, stimme ich ihnen zu.

»Ja, ich auch. Mindestens drei Tage.«

Es geht zurück zur Farm. Die untergehende Sonne taucht den Himmel in ein spektakuläres Farbenspiel aus Blautönen, Orange und Gold. Es ist so ergreifend, dass ich weinen möchte. In diesem Moment vermisse ich Marco unfassbar arg. Ich würde alles geben, um diesen berührenden Moment mit ihm teilen zu können.

Bevor ich mich versehe, ist die Zeit um. Ich nehme mit letzten Streicheleinheiten Abschied von meinem knuffigen Leithund.

Fenjas Schwester bringt uns nach Kiruna. Ich nutze die Fahrt, um mehr von ihr und ihrer Familie zu erfahren. Ihre Eltern sind vor fünfzehn Jahren mit Kind und Kegel von Kassel nach Lappland ausgewandert, um ihren Traum zu leben. Ohne ein Wort Schwedisch zu sprechen, haben sie sich hier eine Existenz aufgebaut. Bewundernswert.

»Ist es auch dein Wunsch, hier zu leben?«, frage ich.

Sie schüttelt den Kopf. »Ich sehe meine Zukunft in der Großstadt.«

Verrückt, denke ich. Warum begehrt der Mensch meist das, was er nicht hat? Die Landbevölkerung sehnt sich nach Trubel, Stadtmenschen lechzen nach Ruhe auf dem Land. Was ist mit mir? Wovon träume ich? Bin ich zufrieden? Gerade bewerte ich den heutigen Tag auf einer Skala von eins bis zehn mit einer fetten Neun, als wir meine Unterkunft erreichen und ich aussteigen muss.

»Vielen Dank für die unvergessliche Erfahrung«, rufe ich dem abfahrenden Wagen hinterher und begebe mich beseelt auf mein Zimmer.

Statt zu duschen, lasse ich mir ein Vollbad ein. Im wohlig warmen Wasser entspanne ich und hole mir die vielen Eindrücke des Tages noch einmal zurück. In Gedanken schlendere ich durch das Eishotel, als mein Handy klingelt. Ich verlasse die Nasszelle, schlüpfe in einen flauschigen Bademantel und nehme den Anruf entgegen.

»Hey, Schatz«, begrüße ich Marco und werfe mich rücklings aufs Bett. »Wie habt ihr den Tag verbracht?«

Seine Stimme klingt mürrisch. »Viel gegessen, viel getrunken und gebetet, dass es endlich aufhört zu schneien.«

»Ich hatte einen wunderbaren Tag«, schwärme ich und gebe ihm eine Kurzfassung.

»Wie? Du bist am Polarkreis?«

»Genau genommen befinde ich mich zweihundert Kilometer nördlich.«

Er nimmt an, dass ich mir einen Spaß mit ihm erlaube. Während wir telefonieren, sende ich ihm Beweisfotos.

»Dann kann ich mir die Frage nach dem Vermissen wohl sparen«, grummelt er.

»Heute habe ich mir sehnlich gewünscht, dass du bei mir wärst. Es war aufregend, beeindruckend. Hach, mir fehlen die Worte, um es treffend auszudrücken.«

»Fein, dann muss ich kein schlechtes Gewissen haben.«

»Nein, das musst du ganz gewiss nicht. Genieße du deinen Urlaub. Ich werde es auch tun.«

»Was hast du morgen vor?«

Ich bitte ihn, einen Moment zu warten, damit ich einen

Blick auf meine Reiseunterlagen werfen kann. »Laut Plan geht es nach Abisko zur Aurora Sky Station. Angeblich besteht dort die größte Wahrscheinlichkeit, Polarlichter zu bestaunen. Bitte drück mir die Daumen, denn es gibt keine Garantie, dass ich überhaupt welche zu sehen bekomme. – Marco, bist du noch dran?«

»Ich schaue mir gerade deine Fotos an. Wer ist der Typ, der mit dir auf dem Hundebild zu sehen ist?«

»Ach, das war Phil, einer der Engländer, die ich heute kennengelernt habe.«

»Heute kennengelernt«, wiederholt er. Eine lange Pause entsteht.

»Du bist doch wohl nicht eifersüchtig?«, veralbere ich ihn, bekomme jedoch keine Antwort.

»Ich lege jetzt auf. Paul und Johanna wollen Karten spielen.«

»Grüße die beiden von mir.«

»Mach ich«, knurrt er und beendet das Gespräch.

Über seine Reaktion kann ich nur den Kopf schütteln. Doch ich nehme mir vor, mir nicht die gute Stimmung verderben zu lassen. Ich beabsichtige, den ereignisreichen Tag bei einem guten Essen ausklingen zu lassen, und ziehe mich an.

Bevor ich das Restaurant aufsuche, erkundige ich mich an der Rezeption, wie ich am schnellsten ins einhundert Kilometer entfernte Abisko komme.

Mir wird empfohlen, die Bahn zu nehmen. Ich bitte um Zettel und Stift. Als ich mir die Abfahrtzeit notiere, werde ich von der Seite angesprochen.

»Hast du Elche gesehen?«

»Theo! Habt ihr euren Flug verpasst?«

»Alina ist geflogen. Ich wollte noch bleiben und habe mir ein Zimmer genommen, denn ich möchte etwas mit dir besprechen. Beim Abendessen?«

Ich grinse ihn an. »Unbedingt. Ich habe einen Bärenhunger.«

Wir speisen vorzüglich. Theo hängt an meinen Lippen, während ich unentwegt rede. Nach Wochen der Stille sprudelt es regelrecht aus mir heraus. Anders als Marco scheint es ihn wirklich zu interessieren, was ich zu sagen habe. Aufmerksam hört er mir seit Stunden zu. Erst als der Ober am Tisch erscheint und darum bittet, abkassieren zu dürfen, wird mir bewusst, dass Theo bisher keine Gelegenheit hatte, sein Anliegen vorzutragen.

»Entschuldige. Ich habe dich gar nicht zu Wort kommen lassen. Worüber wolltest du mit mir reden?«

»Das erzähle ich dir morgen«, versichert er und zieht seine Kreditkarte aus der Brieftasche.

Ich möchte nicht, dass er die Rechnung übernimmt, und schlage vor, den Betrag zu teilen. Doch er lässt es sich nicht nehmen, mich einzuladen.

»Darf ich dir wenigstens einen Absacker in der Sky Bar ausgeben? Dann sprichst du und ich höre nur zu.«

Theo schaut auf die Uhr. »Ich fürchte, daraus wird nichts. Die Bar schließt in wenigen Minuten.«

Es ist bereits kurz vor elf. Nach dem bewegten Tag sollte ich eigentlich müde sein, aber ich fühle mich putzmunter.

»Lass es uns trotzdem versuchen. Selbst wenn wir nichts mehr bekommen, können wir zumindest einen Blick auf die Stadt werfen. Vielleicht haben wir Glück, und es zeigen sich Polarlichter am Himmel.«

Wir eilen zu den Aufzügen und lassen uns in die oberste Etage fahren. Doch wir sind zu spät. Direkt vor unseren Augen wird die Tür abgeschlossen. Die Enttäuschung steht mir im Gesicht geschrieben.

»Zwar kann ich dir keinen Ausblick vom Rooftop bieten, aber die Aussicht von meinem Zimmer ist auch nicht zu verachten.«

Für mich kommt es nicht infrage, ihn auf sein Zimmer zu begleiten. Ich rede mich heraus. »Es ist Zeit, schlafen zu gehen. Morgen muss ich früh raus, wenn ich vor dem Checkout noch frühstücken will.«

»Okay«, erwidert er verständnisvoll und drückt im Lift den Knopf für die achte Etage. Als sich die Fahrstuhltür öffnet, wünscht er mir eine gute Nacht.

In dem Moment, als ich mein Zimmer erreiche, signalisiert mir mein Handy, dass ich eine SMS erhalten habe. Die Nummer des Versenders ist unbekannt. Normalerweise ignoriere ich anonyme Nachrichten, aber meine Neugierde überwiegt in diesem Fall. Theo hat mir geschrieben und ein Foto von Kiruna bei Nacht geschickt.

Keine Polarlichter zu sehen. Schlaf gut.

Ich rufe ihn sofort an. »Woher hast du meine Handynummer?«

»Von deiner Mutter. Von ihr weiß ich auch, dass du morgen nach Abisko zur Aurora Sky Station reist.«

»Kommst du mit?«

»Wenn du mich dabeihaben willst, schließe ich mich sehr gerne an. Aber Mehrbettzimmer mit einer Gemeinschaftstoilette sind nicht mein Ding.«

»Wie kommst du jetzt darauf?«

»Hast du dir deine nächste Unterkunft noch gar nicht im Netz angeschaut?«

Ich verneine. »Ich lasse mich überraschen.«

»Glaub mir, das wird eine böse Überraschung.«

»Sei kein Snob! Es ist doch nur für eine Nacht.«

Er lacht. »Die wird gewiss unvergesslich.«

Nun ist es ihm gelungen, mich zu verunsichern. Ich beende das Gespräch und gehe online, um zu überprüfen, ob es stimmt, was er behauptet hat.

Theo hat nicht übertrieben. Es handelt sich tatsächlich um eine in die Jahre gekommene Jugendherberge, in der man Privatsphäre vergeblich sucht. Wenn die Fotos schon abstoßend wirken, wie wird es in der Realität dort aussehen?

Hätte ich doch nur meinen Mund gehalten und ihn nicht als Snob betitelt. Nun gibt es kein Zurück für mich. Irgendwie muss ich die kommende Nacht dort überstehen.

KAPITEL 7

Polarlichter

Als mein Wecker am nächsten Morgen um Viertel nach acht klingelt, ist es draußen noch stockdunkel. Ich gehe duschen und koste noch einmal die Annehmlichkeiten eines eigenen Badezimmers aus, bevor ich mich mit Theo zum Frühstück treffe.

Er hat bereits im Restaurant Platz genommen und fixiert sein Handy.

»Guten Morgen«, wünsche ich und hänge meine Handtasche über die Stuhllehne.

»Ich sehe mir gerade die Wettervorhersage an. ›Überwiegend bewölkt‹, heißt es. Die Wahrscheinlichkeit, heute Nordlichter zu sehen, ist verschwindend gering.«

Ich zucke gleichgültig die Achseln. »Nicht schlimm. Dann bleiben wir hier und unternehmen etwas anderes.«

Theo lacht mich schallend aus. »Ich habe dich durchschaut. Du hast dir doch noch die Herberge im Internet angesehen. Dass der Himmel wolkenverhangen ist, kommt dir gerade recht, um nicht in Abisko übernachten zu müssen.«

»Ertappt«, gebe ich zu und marschiere zum Buffet.

Während ich Butter und Käse auf einen Teller lege, zapft Theo sich einen Becher Kaffee.

»Ist das alles?«, frage ich erstaunt, als ich mit meiner Auswahl an den Tisch zurückkehre.

»Ich mag so frühmorgens noch nichts essen.«

Frühmorgens? Es ist nach neun Uhr. »Wann stehst du denn gewöhnlich auf?«

»Nie vor elf. Ich bin ein Nachtmensch. Meine kreative Schaffensphase beginnt meist kurz vor Mitternacht und endet gegen sechs Uhr morgens.«

»Du kommst mit so wenig Schlaf aus? Ich benötige mindestens sieben Stunden, sonst bin ich nicht zu gebrauchen.«

»Wenn ich mich nicht täusche, konntest du früher die Nächte durchfeiern und warst am nächsten Morgen stets topfit.«

Ich erinnere mich. »Ja, das waren wilde Zeiten.«

»Ich denke gern daran zurück. Wir waren so ambitioniert, steckten voller Tatendrang. Und heute?«

»Heute hast du es geschafft. Du bist erfolgreich und kannst von deiner Kunst leben. Das können nicht alle von sich behaupten.«

»Arbeitest du deshalb in einer Muckibude?«

»Woher weißt du das? – Sag nichts! Meine Mutter hat es dir erzählt.« Worüber haben die beiden wohl noch gesprochen? Sobald ich wieder zu Hause bin, werde ich sie mir zur Brust nehmen und ihr untersagen, hinter meinem Rücken über mich zu reden.

»Das muss dir doch nicht peinlich sein.«

»Wer sagt denn, dass mir mein Job peinlich ist?«

»Weshalb verheimlichst du ihn vor mir?«

»Bisher hast du mich nicht danach gefragt. Apropos fragen. Ich werde mich gleich an der Rezeption erkundigen, ob es möglich ist, den Aufenthalt zu verlängern.«

»Den Weg kannst du dir sparen. Das Hotel ist ausgebucht. Aber ich habe mich bereits um eine Alternative gekümmert.« Er reicht mir sein Handy, auf dem sich Bilder einer massiven Holzhütte befinden. Der sechseckige Bau befindet sich in direkter Uferlage.

»Ist das der Torne älv?«

»Nein, das ist kein Fluss, sondern ein zugefrorener See. Ich habe das Häuschen für zwei Tage gebucht. Gegen Mittag kann es bezogen werden. Wenn es auch für dich in Betracht kommt, sollten wir uns vorher mit Lebensmitteln eindecken, denn dort ist Selbstversorgung angesagt.«

Theo muss mir genau zugehört haben, denn das Objekt, das er ausgesucht hat, entspricht exakt der Beschreibung, die ich ihm gestern gegeben habe.

»Warum tust du das? Weshalb legst du dich derartig für mich ins Zeug?«

»Aus reinem Eigennutz. Magst du auch noch einen Kaffee?«

»Nein, ich hätte lieber eine Antwort auf meine Frage.«

»Später, Rieke. Lass uns erst auschecken.«

Ich habe meinen Koffer und den Rucksack aus dem Zimmer geholt und die Schlüsselkarte am Counter abgegeben.

Als ich ins Freie trete, entdecke ich Theo an seinem komplett vereisten Leihwagen. Er nimmt mir das Gepäck ab und schlägt vor, dass ich in der warmen Lobby warten soll, bis er die Scheiben freigekratzt hat.

»Wenn mir die Kälte etwas ausmachen würde, wäre ich nicht nach Lappland gereist.«

Bevor ich einsteige, schaltet er die Standheizung ein. Sie läuft auch während der kurzen Fahrt zum Supermarkt.

In Gedanken erstelle ich eine Einkaufsliste mit Sachen, die man unbedingt braucht. Klopapier, Instantkaffee, Tee, Milch, Kakao, Knäckebrot und Butter.

Gemeinsam schlendern wir durch die Gänge, als ich vor einem Regal in Jubelschreie ausbreche. »Ich werde verrückt. Schau dir diese Auswahl an.«

»Du magst Lakritze?«

»Mögen? Ich liebe sie in allen Variationen. Ob als Schlange, Schnecke oder Kugel, mit oder ohne Füllung, aber mein Favorit sind die salzigen.«

»Die mag ich auch am liebsten. Halte dich nicht zurück und packe ein, soviel du tragen kannst.«

Fünf transparente Dosen wandern in den Einkaufskorb. Was mich betrifft, könnten wir zur Kasse gehen, aber Theo meint, wir sollten noch Kekse, Marmelade und Eier mitnehmen.

Da ich davon ausgehe, dass er wieder bezahlen wird, greife ich zu einer List. Während ich die Sachen aufs Laufband lege, bitte ich ihn, noch eine Flasche Glögg zu holen. Ich nutze seine Abwesenheit und begleiche den Einkauf mit meiner Karte, packe alles in eine Papiertüte und verlasse das Geschäft.

Zufrieden, ihn ausgetrickst zu haben, warte ich draußen.

Als er wenig später mit einer Flasche Schwedenpunsch aus dem Laden tritt, belegt er mich mit einem ernsten Blick. »Geht es dir jetzt besser?«

»Ja, ich möchte nicht, dass du mich ständig freihältst. Schon gestern hast du alles bezahlt.«

»Du bist eine Erbsenzählerin!«, schilt er mich und öffnet per Knopfdruck die Wagentüren.

Wir sind seit einer halben Stunde unterwegs. Das Thermometer zeigt achtzehn Minusgrade, die Sonne versteckt sich hinter einer dicken Wolkendecke. Meine Hoffnung, der Himmel würde heute noch aufreißen, schwindet mit jedem gefahrenen Kilometer. Gerade will ich Theo fragen, wann wir ankommen werden, als er mich anstupst.

»Sieh mal. Da vorne rechts. Sind das Elche?«

Ich schärfe meinen Blick. Doch erst als wir auf gleicher Höhe sind, erkenne ich, dass es sich um Rentiere handelt.

»Unfassbar. Die laufen hier frei herum«, stelle ich begeistert fest.

»Hast du schon mal Rentierfleisch gegessen? Es schmeckt ausgezeichnet. Hm, bei dem Gedanken an ein herzhaftes Ragout mit Rotkohl und Bratkartoffeln läuft mir das Wasser im Mund zusammen.«

»Kein Wunder, dass du Hunger verspürst. Du hättest frühstücken sollen. Möchtest du etwas aus der Einkaufstüte? Ich könnte versuchen, die Kekse herauszufischen.«

Als ich mich anstelle, hinter meinen Sitz zu greifen, winkt Theo ab. »Ich habe eine bessere Idee. Bis wir ins Haus können, müssen wir ohnehin noch Zeit überbrücken. Was hältst du davon, die nahe gelegene Rentierfarm zu besuchen und dort mittagzuessen?«

»Ich bin dabei.«

Wenige Minuten später setzt er den Blinker. »Wieso kennst du dich hier so gut aus? Warst du schon mal hier?«

»Nein, Lappland ist auch für mich eine Premiere. Ich weiß, wohin ich fahren muss, weil ich mich in der Nacht mit den Örtlichkeiten vertraut gemacht habe. Schließlich möchte ich, dass dir dieser Urlaub in unvergesslicher Erinnerung bleibt.«

Schon wieder macht er so komische Andeutungen, die ich nicht einordnen kann. »Warum willst du das?«

»Weil du es verdienst.«

»Was hat meine Mutter dir über mich erzählt?«

Er gibt vor, nicht zu verstehen, was ich meine. Ich werde konkreter. »Hat sie mit dir über meine Beziehung zu Marco gesprochen?«

Er grinst mich auf unverschämt freche Art an. »Wer ist Marco?«

Ich bin mir absolut sicher, dass er genau weiß, von wem die Rede ist. »Vergiss es!«

Die Rentierfarm ist ein Touristenmagnet. Bei bedecktem Himmel zieht sie besonders viele Besucher an. Unmittelbar nach unserer Ankunft wird uns mitgeteilt, dass sämtliche Schlittenfahrten ausgebucht seien.

»Sie hätten vorbestellen sollen. Aber Sie dürfen ins Gehege und die Tiere füttern.« Ehe wir uns versehen, drückt man uns zwei Tüten mit Flechten in die Hand.

»Bist du jetzt enttäuscht?«, erkundigt Theo sich mit schuldbewusster Miene.

»Weil wir uns nicht im Schritttempo durch den Wald ziehen lassen können? Nein, ganz sicher nicht.«

»Und ich dachte, es wäre einer deiner Herzenswünsche.«

»Das können wir nachholen, wenn wir alt und grau sind.«

»Deal!« Er streckt mir die Hand entgegen und fordert mich auf, mit ihm abzuklatschen.

Nachdem wir das Futter bezahlt haben, dürfen wir das Gehege betreten. Die gefräßigen Tiere legen keinen großen Wert darauf, gestreichelt zu werden. Das Island Moos ist ihnen wichtiger. Sie sind regelrecht auf die Papiertüten konditioniert und lassen erst von mir ab, nachdem sie alles verputzt haben.

Ich lasse mir erklären, dass es ausschließlich die weiblichen Rentiere sind, die ein Geweih tragen.

»Interessant. Ich dachte, es wäre genau andersherum.«

»Die Hirsche verlieren ihr Geweih im Herbst, die Kühe erst im Frühjahr.«

Wieder etwas dazugelernt, denke ich, verlasse das Gehege und folge Theo zur überdachten Feuerstelle. Dort wird in riesigen Pfannen Essen zubereitet. Es gibt Ragout und Wurzelgemüse. Zwar bin ich nicht so hungrig wie er, aber ich möchte das traditionelle Essen unbedingt probieren.

»Schmeckt's?«, tönt es kurz darauf.

Diese Stimme kenne ich doch. Und richtig. Es handelt sich um Michael, den gefürchteten Besserwisser.

»Ich kann nicht klagen«, antwortet Theo und isst unbeirrt weiter.

Heute hält Michael sich nicht mit Höflichkeiten auf, sondern setzt sich wie selbstverständlich zu uns auf die Bank. Mit Argusaugen begutachtet er unsere Teller.

»Mit authentischer Esskultur hat dieses Mahl nichts zu tun. Wie vielerorts hat man sich auch hier dem europäischen Geschmack angepasst. Schade, denn die ursprüngliche Küche der Samen hat viel zu bieten.«

Weil zu befürchten ist, dass er uns gleich einen ellenlangen Vortrag halten wird, nehme ich ihm den Wind aus den Segeln. »Nichtsdestotrotz sagt es uns zu.«

»Na, du hast aber schnell Anschluss gefunden, Rieke.«

Ich stoße Theo unter dem Tisch an und hoffe, dass er mitspielt. »Du liegst falsch. Wir sind frisch verheiratet und befinden uns in den Flitterwochen. Deshalb wären wir jetzt lieber unter uns.«

Michael gratuliert und zieht sich wie erhofft zurück.

»Wer war der Knilch?«

»Ein Klugscheißer erster Güte. Wenn ich nicht zu einer Notlüge gegriffen hätte, wären wir ihn nicht wieder losgeworden.«

»Flitterwochen? Du schwindelst, ohne mit der Wimper zu zucken.«

»Aber ich war überzeugend, oder?« Ich grinse verschmitzt.

»Absolut, Liebling«, kontert er und drückt mir einen Kuss auf den Mund.

Ich bin doppelt perplex. Zum einen, weil Theo sich getraut hat, mich aus heiterem Himmel zu küssen, zum anderen, weil es mir nicht unangenehm war.

»Spar dir das! Er ist weg.«

»Und wenn er wiederkommt? Bitte, lieber Gott, lass ihn wiederkommen.«

Leise kichere ich vor mich hin. »Du bist verrückt, aber lustig.«

»Ich bin auch gern mit dir zusammen.«

Sein Handy vibriert. Er schaut aufs Display und fährt mit seinen Mätzchen fort. »Willst du, Rieke, jetzt mit dem hier anwesenden Theo in die Honeymoon Lodge ziehen?«

Demonstrativ lege ich meine Hand auf seine, schaue ihm tief in die Augen und hauche: »Ja, ich will.«

Der Weg durch den verschneiten Wald führt über eine schmale Trasse. Vor uns muss ein Wagen gefahren sein, denn die Reifenspuren sind deutlich zu erkennen. Theo stoppt vor einem Briefkasten, der mit einem Zahlenschloss versehen ist.

»Vier, zwei, fünf, sieben«, höre ich ihn sagen. Gleich darauf springt eine Klappe auf, in der ein Schlüsselbund für uns deponiert wurde. Wir lassen den Wagen stehen und gehen die restlichen Meter zu Fuß weiter.

Neben der Hütte, die ich schon von Bildern kenne, stehen zwei kleinere Pavillons gleicher Bauart.

»Eins der beiden wird die Sauna sein«, mutmaßt Theo und schließt das Haupthäuschen auf. »Klein, aber fein«, lautet sein Urteil.

»Wirklich fein«, stimme ich ihm zu. »Aber es gibt hier keine Trennwände. Wir wohnen, kochen und schlafen in einem Raum.«

»Dann werden sich Bad und Toilette im Nebengebäude befinden. Hast du ein Problem damit?«

»Nicht damit, dass sich die sanitären Anlagen außerhalb befinden, sondern mit der Tatsache, dass es hier keine Trennwände gibt.«

»Wenn es nur das ist. Ich kann hinausgehen, wenn du lieber alleine kochst.«

Ich schnappe mir ein Sofakissen und pfeffere es dem Frechdachs direkt ins Gesicht.

»Geht es dir um die Schlafsituation? Keine Sorge. Obwohl wir frisch vermählt sind, bestehe ich nicht darauf, dass wir die Betten zusammenschieben.«

In meinem Kopf rattert es. Bisher könnte ich Marco die Sache mit Theo und mir mühelos erklären. Dass ich jedoch mit meinem ehemaligen Studienfreund inmitten der Wildnis in einem Raum übernachte, könnte Marcos Toleranzgrenze übersteigen.

»Sieh dir mal das Dach an, Rieke. Es besteht nicht aus

Schindeln, sondern es ist komplett verglast.« Theo lässt sich auf eines der Betten fallen. »Hier kann man bequem im Liegen die Nordlichter betrachten. Sofern sie erscheinen.«

»Wunderbar«, stammle ich, nehme den Schlüsselbund an mich und stiefle zu den Nebengebäuden.

Wie vermutet, sind in einem das Bad, die Toilette und die Sauna untergebracht. Mit großen Schritten schreite ich den freien Boden ab. Ich komme auf gute zwei Meter Länge und einen Meter Breite. Der Platz reicht aus, um eine Schlafliege unterzubringen. Damit ist es beschlossene Sache. Einer von uns wird hier pennen. Wer das sein wird, können wir später ausknobeln.

Theo lugt durch die Tür. »Warst du auch schon nebenan?«

Ich verneine. »Dann komm schnell. Du wirst Augen machen.« An der Hand zieht er mich aus der Sauna.

Der dritte Pavillon ist eine sogenannte Feuerkota.

»Wow«, platzt es aus mir heraus.

»Das Beste hast du noch gar nicht gesehen.« Er führt mich auf die Rückseite des Grillhäuschens, wo sich unter einer Plane ein Motorschlitten versteckt.

»Sag bloß, den dürfen wir benutzen?«

»So steht es im Vertrag.«

Wir beschließen, rasch unsere Sachen aus dem Wagen zu holen und die Zeit bis zum Einbruch der Dunkelheit für eine Spritztour zu nutzen.

In einem Thermoanzug und mit einem Helm auf dem Kopf düsen wir mit achtzig PS im Zweisitzer über den vereisten Torneträsk. Jauchzend kralle ich mich an Theo fest.

Nach einer gefühlten Viertelstunde stoppt er und bietet mir an, die Plätze zu tauschen.

»Du lässt mich fahren?«

»Es ist ganz einfach. Oder hast du Angst?«

»›Angst‹ kommt in meinem Wortschatz gar nicht vor.«

Nach einer kurzen Instruktion gebe ich Gas. Der peitschende Fahrtwind kann mir nichts anhaben. Ich erlebe den ultimativen Adrenalinkick.

Stunden nach unserer Rückkehr fühle ich mich noch immer wie im Rausch. »Meine Güte, war das aufregend«, wiederhole ich zum x-ten Mal, während Theo einen heißen Kakao für uns zubereitet. »Möchtest du Gebäck dazu?«

»Auch«, erwidere ich, öffne meinen Koffer und präsentiere die Flasche Rum, die ich mitgebracht habe.

Theo hebt skeptisch die Brauen. »Lumumba? Du lässt wohl nichts aus.«

Ich kippe einen kräftigen Schluck in die Becher und fordere ihn auf, mir endlich zu verraten, bei welchem Problem ich ihm helfen kann.

»Du willst jetzt wirklich über Berufliches sprechen?«

Ich bestehe darauf. Er holt sein Tablet hervor. Aber es lässt sich nicht anstellen.

»Bei der Kälte hält kein Akku«, murrt er, verbindet das Gerät mit einem Kabel und steckt es in die Steckdose. »Ich kenne niemanden, der sich so gut mit Papier auskennt wie du. Für mein neues Projekt bin ich seit Monaten auf der Suche nach dem richtigen Werkstoff.«

Das Display leuchtet auf. Gleich darauf zeigt Theo mir eine Skizze seiner geplanten 3D-Wandskulptur.

»Ich suche etwas Nachhaltiges, das umweltverträglich hergestellt wird, aber dennoch wertig wirkt.«

»Was hältst du von Hanf oder Gras? Beide sind hervorragende Alternativen zu Papier aus Holz.«

Er schüttelt den Kopf. »Die Fasern sind zu sperrig.«

»Und wenn du es mit der Nasstechnik versuchst?«

»Das habe ich ausprobiert, aber das Ergebnis hat mich nicht überzeugt. Hinzu kommt, dass ich kein maschinell gefertigtes Papier verwenden möchte, sondern etwas Ursprüngliches. Was hast du früher stets gesagt? ›Nicht das Werk, sondern das Material steht für wahre Kunst.‹«

»Lass mich überlegen.« Das kann ich am besten bei einem Heißgetränk. Ich erwärme Glühwein, pimpe auch den mit Rum auf und stoße mit Theo an.

»Planst du mich abzufüllen? Ich vertrage nicht viel Alkohol.«

Ich überhöre seinen Einwand und denke laut nach. »Traditionell soll es sein. Dann fällt mir nur handgeschöpftes Büttenpapier ein.«

»Kennst du Manufakturen, die dieses alte Handwerk beherrschen?«

»In der Eifel gibt es einen Betrieb. Aber der Name fällt mir nicht ein. Meine Mutter könnte es wissen. Sie hat ein Gedächtnis wie ein Elefant. Wenn du willst, rufe ich sie an und frage nach. – Theo? Alles klar?«

Er hat sich aufs Sofa fallen lassen, bettet seinen Kopf auf die Seitenlehne und schaut durch die Dachfenster. »Ich sehe Sterne.«

»Sag bloß, du bist nach zwei Drinks schon blau?«

»Ich fantasiere nicht. Es stehen Sterne am Himmel. Komm her und überzeuge dich selbst.«

Ich gehe zu ihm und fordere ihn auf, ein Stück zu rücken,

damit ich mich neben ihn quetschen kann. »Tatsächlich. Die Wolken sind verschwunden. Vielleicht bekommen wir doch noch Polarlichter zu sehen. Lass uns einfach abwarten.«

»Aber nicht in dieser Position. Du klemmst mir nämlich den Arm ab.« Er zieht ihn unter mir heraus und breitet ihn hinter meinem Nacken für mich aus. Mein Kopf landet in seiner Beuge. »Ja, so ist es gemütlich«, raunt er, während ich seinen Atem an meinem Hals spüre.

Wie lange wir vergeblich auf das Naturschauspiel gewartet haben, vermag ich nicht zu sagen. Fest steht, dass Theo neben mir eingeschlafen ist. Auch meine Augen sind schwer und fallen mir vor Müdigkeit ständig zu.

Ich verspüre ein dringendes Bedürfnis. Weil ich ihn nicht wecken will, erhebe ich mich vorsichtig vom Sofa und schleiche auf Zehenspitzen zur Garderobe. Dort schlüpfe ich in meine Boots, nehme meine Daunenjacke vom Haken und stecke mein Handy ein, das mir als Taschenlampe auf dem kurzen Weg zum Bad leuchten soll.

Im Pavillon ist es bitterkalt. Es kostet mich große Überwindung, die Hose runterzuziehen. Während ich befürchte, auf der Klobrille festzufrieren, erhalte ich einen Anruf von Johanna.

»Hey«, flüstere ich, obwohl es gar keinen Grund gibt, leise zu sprechen. Ich klemme mir das Telefon unters Kinn und betätige die Spülung.

»Bist du etwa auf Toilette?«, fragt sie amüsiert.

»In einer ohne Heizung.«

»Wie kalt ist es bei dir?«

»Ich weiß es nicht. Saukalt!«

»Es war ein Fehler, dass du uns nicht begleitet hast. Ohne dich ist es hier nicht nur stinklangweilig, es herrscht seit heute übelste Stimmung. Sollten die Männer sich nicht schnellstens wieder einkriegen, reise ich ab.«

»Wieso? Was ist denn passiert? Haben sich Marco und Paul mal wieder beim Skat in die Wolle bekommen? An deiner Stelle hätte ich die Karten vor ihnen versteckt.«

»In weiser Voraussicht habe ich gar keine mitgenommen. Wir wissen doch beide, dass unsere Kerle nicht verlieren können.«

Das verstehe ich nicht. Hatte Marco unser gestriges Telefonat nicht mit der Begründung beendet, Johanna und Paul hätten ihn zum Kartenspielen gerufen?

»Weshalb sind sie denn aneinandergeraten?«

»Ich habe keine Ahnung. Paul mauert, wenn ich ihn danach frage. Fakt ist, dass sie kein Wort mehr miteinander wechseln.«

Das klingt nicht gut. »Soll ich mal mit Marco reden?«

»Ja, bitte. Vielleicht hast du mehr Glück als ich.«

Ich verspreche, ihn sofort anzurufen, und lege auf.

Freizeichen. Es klingelt bereits zum vierten Mal, als ich weggedrückt werde. Ich bin außer mir.

»Rutsch mir doch den Buckel runter«, schimpfe ich, stelle den Ofen aus und verlasse die Sauna, die zwischenzeitlich für angenehme Temperaturen gesorgt hat.

Raus aus der Wärme, hinein in die klirrende Kälte. Ich laufe zurück, als ich plötzlich schräg über mir einen blassgrünen Schimmer am Himmel entdecke.

Wie von Sinnen stürme ich ins Haupthaus und schreie: »Theo, wach auf! Es geht los! – Nun komm schon«, sporne ich ihn an und flitze wieder hinaus.

Erwartungsvoll richte ich meinen Blick in den sternenübersäten Nachthimmel. Das Grün wird intensiver, und ich frage mich, wo Theo bleibt.

Als er endlich neben mir erscheint, flammt das grüne Band auf und tanzt wie ein breiter Vorhang, der im Wind flattert, direkt über uns.

»Hast du schon einmal etwas so Schönes gesehen?«

»Es ist faszinierend, einfach magisch«, stimmt er mir zu.

Wortlos stehen wir nebeneinander im Schnee und genießen das Naturspektakel, das sich direkt vor unseren Augen abspielt. Leider ist das Schauspiel nach wenigen Minuten vorbei. »Schade«, seufze ich und kehre, von Theo gefolgt, ins Haus zurück.

»Es ist gut, dass es nicht länger gedauert hat. Sonst wärst du noch Gefahr gelaufen, zu erfrieren.« Mit beiden Händen umrahmt er mein eisiges Gesicht. »Hast du die Kälte gar nicht gespürt?«

»Nein, ich war viel zu aufgeregt.«

»Falsche Antwort.«

»Welche Antwort wäre dir lieber?«

»Zum Beispiel, dass dir in meiner Gegenwart stets warm ums Herz ist. Denn so ergeht es mir mit dir.«

In mir erhärtet sich der Verdacht, dass Theo mit mir flirtet und sich mehr von mir erhofft als nur einen fachlichen Rat. Ich hole tief Luft und nehme meinen ganzen Mut zusammen, um ihm zu sagen, dass wir uns keine romantischen Gefühle erlauben dürfen. Schließlich bin ich gebunden. »Bitte sag so etwas nicht zu mir. Du weißt, ich bin …«

»Müde? Das bin ich auch. Entscheide du, wo ich schlafen soll.«

Meine Idee, dass einer von uns im Pavillon übernachtet, kann ich aufgrund der nicht vorhandenen Heizung vergessen.

»Such dir was aus. Mir ist es egal.«

»Gut, dann bleibe ich auf dem Sofa.«

Er nimmt sich eine Decke vom Bett und legt sich hin. Ich warte darauf, dass er ›gute Nacht‹ sagt, doch der schönste Tag, den ich seit Langem erlebt habe, endet schweigend.

KAPITEL 8

Büttenpapier

Theo, der eigentlich Langschläfer ist, hat das Haus bereits in der Morgendämmerung verlassen. Vielleicht ist er im Bad, mutmaße ich und stehe auf, um den Wasserkessel aufzusetzen.

Als ich den Frühstückstisch für uns vorbereite, entdecke ich eine Notiz von ihm.

Bin unterwegs und besorge Benzin für das Snowmobil. Habe die Sauna für dich angestellt, damit du es warm hast. Frühstücke ohne mich. Ich besorge mir unterwegs einen Kaffee. Gruß, Theo.

Ich bin gerührt, denn so viel Umsicht und Fürsorge bin ich nicht gewohnt. Mit dem Vorsatz, mich später für die schöne Zeit zu bedanken, die er mir beschert hat, beschmiere ich eine Scheibe Knäckebrot mit Butter und Marmelade.

Ein schnödes Dankeschön wird kaum ausreichen, mahnt meine innere Stimme. Für eine angemessene Wiedergutmachung muss ich mir mehr einfallen lassen. Ich weiß auch schon, wie ich mich erkenntlich zeigen kann, und rufe meine Mutter an.

Als sie sich meldet, komme ich ohne Umschweife auf den Punkt. »Fällt dir spontan der Name des Herstellers aus der Eifel ein, von dem wir früher handgeschöpfte Büttenpapiere bezogen haben?«

»Meinst du Gruber?«

»Genau den. Hast du seine Telefonnummer zur Hand?«

»Wozu brauchst du die?«

»Ich frage für einen Freund, der händeringend Büttenpapier benötigt.«

»Aber von Gruber wird er nichts bekommen. Der hat sich schon vor Jahren zur Ruhe gesetzt.«

»Mist. Kennst du noch ein anderes Unternehmen?«

»Ad hoc fällt mir nur Brigitta ein.«

Ich fasse mir an den Kopf. Wieso bin ich nicht selbst darauf gekommen? Sie ist eine Institution, was Büttenpapier angeht. Die Frau, bei der wir viele Sommer Urlaub gemacht haben, arbeitet seit Jahrzehnten in der ältesten Handpappersbruk Schwedens. Ich bitte meine Mutter, mir Brigittas Kontaktdaten zu schicken.

»Und sonst, Mäuschen? Ist es schön am Nordpol?«

Ich schmunzle. »Ob es am Nordpol schön ist, kann ich dir nicht sagen, aber hier am Polarkreis gefällt es mir ausgesprochen gut. Ich werde dir ausführlich berichten, wenn ich wieder in Hamburg bin.« Wir legen auf.

Ich habe bereits gefrühstückt und meine Morgentoilette erledigt, aber Theo ist noch immer nicht zurück. Statt im Haus auf ihn zu warten, ziehe ich mich an und unternehme einen Spaziergang auf dem See.

Schon nach wenigen Minuten kreuzt ein Schneemobil meinen Weg. Dreihundert Meter von mir entfernt kommt das

Gefährt zum Stehen. Ich beobachte, wie der Fahrer absteigt und einen riesigen Bohrer aus seinem Anhänger nimmt. Noch bevor ich den Eisfischer erreiche, fräst er ein Loch durch die dicke Eisschicht.

»Hej«, begrüße ich ihn und frage, auf welche Fische er es abgesehen habe.

»Hecht«, antwortet er einsilbig und bückt sich, um das Loch von Schnee und Eis zu befreien. Danach lotet er die Tiefe aus, um die Schnurlänge zu bestimmen. »Willst du das übernehmen?«, fragt er und reicht mir einen kleinen Fisch. Ich überlasse es ihm, den Köder am Haken zu befestigen. An einem Stöckchen lässt er die Schnur ins Loch gleiten. »Mal sehen, ob ich heute Glück habe«, grummelt er, befestigt den Angelstock mit Schnee und setzt sich auf seinen Motorschlitten.

»Wie? Du wartest nicht, bis einer anbeißt, sondern fährst weiter?«

»Ich will noch weitere Fallen auslegen«, erklärt er und düst davon. Eisfischen habe ich mir anders vorgestellt.

Ich kehre auch um und erkenne Rauch, der aus dem Schornstein der Kota steigt. Ich zähle eins und eins zusammen. Theo muss zurück sein und ein Feuer entzündet haben.

»Du warst aber lange fort«, rufe ich, als er sich mir auf Sichtweite nähert.

»Hast du mich vermisst?«

»Ich habe dich sehnlich erwartet, denn es gibt gute Neuigkeiten.«

Bevor ich ihm von meinem Gespräch mit meiner Mutter berichte, schaue ich mir an, was er für uns mitgebracht hat. Fisch, Kartoffeln und Alufolie. Ich muss nicht fragen, was er damit vorhat, sondern lobe ihn begeistert für die Idee, unser Abendessen heute im Grillhäuschen zuzubereiten.

»Wie kommen wir von hier am schnellsten nach Växjö?«, frage ich bei einer Tasse Tee.

»Das liegt in Småland, richtig?« Er nimmt sein Smartphone zu Hilfe. »Hui. Das ist eine stattliche Entfernung von rund 1650 Kilometern. Mit dem Auto braucht man mindestens achtzehn Stunden, wenn nicht sogar länger.«

Ich rücke näher an ihn heran. »Dort möchte ich mit dir hin.«

»Warum? Gefällt es dir hier nicht mehr?«

»Das ist es nicht. Ich möchte dich mit Brigitta bekannt machen. Sie ist die Lösung für unser Problem.«

Verwundert schaut er mich an. »Wir haben ein Problem?«

»Büttenpapier! Klingelt da was bei dir? Brigitta arbeitet in einer Manufaktur, die seit über dreihundert Jahren nach altem Prinzip handgeschöpfte Papiere herstellt. Für interessierte Besucher hält sie sogar Kurse ab. Ich bin mir absolut sicher, dass wir bei ihr an der richtigen Stelle sind.«

»Wir?«

So irritiert, wie er mich anschaut, scheine ich mit meinem Eifer übers Ziel hinausgeschossen zu sein. Peinlich berührt rudere ich zurück. »Natürlich kann ich dir auch nur ihre Adresse geben und du verhandelst allein mit ihr.«

»Nein, bitte nicht. Ich reise tausendmal lieber mit dir dorthin als ohne dich.«

»Wirklich? Dein konsternierter Gesichtsausdruck hat etwas anderes gesagt.«

»Ich war überrascht, dass du bereit bist, mich zu begleiten. Glaub mir, ich freue mich wie ein Schneekönig über dein Angebot und nehme es dankend an.«

Nachdem das geklärt ist, möchte ich von ihm wissen, was wir bis zum Essen unternehmen wollen. Er schmunzelt und betrachtet mich mit seinen stahlblauen Augen. »Ich hätte eine Idee, aber ich befürchte, du würdest meinen Vorschlag ablehnen.«

Um seinen Vorschlag abzulehnen, müsste ich zunächst wissen, worum es sich dabei handelt. »Spuck es aus! Was schwebt dir vor?«

Er grinst. »Was mir wirklich vorschwebt, behalte ich besser für mich. Stattdessen frage ich dich, wann du das letzte Mal einen Schneemann gebaut hast.«

»Das ist so lange her, dass ich mich kaum daran erinnern kann.« Woran ich mich allerdings genau erinnere, ist, dass ich Marco im vergangenen Winterurlaub angebettelt habe, einen mit mir zu bauen. Er hat mir einen Vogel gezeigt und erklärt, dass er für solch einen Kinderkram nicht zu haben sei.

»Dazu hättest du wirklich Lust, Theo?« Er nickt. »Dann lass uns keine Zeit verlieren.«

Begeistert über seine Idee, begebe ich mich mit ihm nach draußen. Wir einigen uns auf einen Platz zwischen der Kota und dem Haupthaus. Gerade bücke ich mich, um die erste Kugel zu formen, als ich auf dem Rücken von einem Schneeball getroffen werde.

»Hey«, empöre ich mich und richte mich wieder auf. Schon fliegt mir der nächste entgegen. »Na warte! Das hat ein Nachspiel«, drohe ich und räche mich mit einem gezielten Wurf auf den frechen Angreifer. Doch Theo weicht geschickt aus.

Während wir uns jagen und versuchen, uns gegenseitig zu erwischen, lache und kreische ich vor Freude. Auch Theo scheint Gefallen an diesem Spiel zu haben. Bei jedem seiner

Treffer jubelt er und feiert sich wie ein Fußballstürmer, der gerade ein Tor geschossen hat.

Nach einer gefühlten Viertelstunde geht mir die Puste aus. Ich lasse mich rücklings in den Schnee fallen und gebe mich geschlagen.

»Du hast gewonnen. Ich kapituliere«, rufe ich, breite meine Arme und Beine aus und forme einen Schnee-Engel.

Theo beobachtet mich dabei und gesteht, selten so viel Spaß gehabt zu haben wie gerade mit mir.

»Geht mir auch so«, erwidere ich, strecke ihm meine Hand entgegen und bitte darum, mir vorsichtig aufzuhelfen, damit der Abdruck, den ich im Schnee hinterlassen habe, nicht zerstört wird.

Es hat geklappt. Stolz bewundere ich meinen ersten Schnee-Engel.

Nach einer kurzen Verschnaufpause machen wir uns ans Werk. Ich staune über seine Kondition. Geschickt rollt er die erste Kugel über den Boden, bis sie die richtige Größe für den Unterbau erreicht hat. Meine ist deutlich kleiner ausgefallen und eignet sich deshalb für den Bauch des Mannes, dem wir noch einen Namen geben wollen. Während Theo sich um den Kopf kümmert, suche ich die Umgebung nach Verzierungen ab, die unserem Gemeinschaftsprojekt den letzten Schliff geben sollen. Ich finde Steine, die wir für Augen, Mund und Nase einsetzen können. Doch Theo ist noch nicht zufrieden.

»Das reicht noch nicht, Rieke. Der arme Kerl braucht auch noch Arme.«

»Was? Ein Schneemann hat doch keine Arme«, widerspreche ich.

»Jeder Mann braucht Arme. Wie sonst kann er seine Herzensdame packen und sie durch die Luft wirbeln?«

Ehe ich mich versehe, umgreift er meine Taille, hebt mich in die Höhe und dreht sich so schnell im Kreis, dass mir schwindelig wird.

»Bitte, Theo, hör auf damit. Ich bin doch viel zu schwer.«

Er zeigt Erbarmen und lässt mich wieder runter. Als meine Füße den Boden erreichen, stehen wir so eng beieinander, dass sich unsere eiskalten Nasen berühren. Es knistert gewaltig zwischen uns, und ich spüre, dass ein Kuss in der Luft liegt. Doch so weit lasse ich es nicht kommen und trete einen Schritt zurück. Um den Moment der Versuchung zu überspielen, stelle ich ihm eine Frage. »Was meinst du, wie wollen wir Mister Frosty nennen?«

»Warum nachdenken? Mister Frosty klingt doch gut.«

Mit einer Kopfbewegung deute ich zur Kota rüber, aus deren Schornstein kaum noch Rauch entweicht.

»Ich glaube, das Feuer ist ausgegangen.«

»Keine Sorge. Du wirst weder frieren, noch musst du den Fisch roh essen. Ich lege Holz nach und heize uns ein, damit wir es später gemütlich haben.«

Abends knistert und knackt es im Grillhäuschen. Die flackernden Flammen erhellen die Dunkelheit um uns herum. Der Geruch von verbranntem Holz liegt in der Luft, und ich kann die Hitze auf meiner Haut spüren.

Während wir lecker essen, sprühen Funken aus dem Feuer. Sie fliegen hoch in die Luft. Es scheint fast so, als würden kleine Feuerwerke explodieren, bevor sie auf den Boden fallen und erlöschen. In mir macht sich ein Gefühl von Frieden und Freiheit breit. Ich bin mir sicher, dass auch dieses Erlebnis für lange Zeit in meiner Erinnerung bleiben wird.

Erst als das Lagerfeuer heruntergebrannt ist und nur noch glühende Kohlen übrig geblieben sind, kehren wir ins Haupthaus zurück und legen uns schlafen.

Der heutige Tag endet nicht schweigend. Theo wünscht mir eine gute Nacht und angenehme Träume.

»Ich dir auch«, du guter, fürsorglicher und liebenswerter … Freund.

KAPITEL 9

Gastfreundschaft

Am nächsten Mittag verlassen wir bei knackigen neunzehn Minusgraden und leichtem Schneefall Europas letzte Wildnis. Bisher ist es mir nicht gelungen, Brigitta telefonisch zu erreichen. Auf meine Nachrichten, die ich ihr hinterlassen habe, hat sie noch nicht geantwortet. Trotzdem geben wir den Mietwagen am Flughafen in Kiruna zurück und marschieren über das vereiste Rollfeld zum Flieger, der uns nach Stockholm bringen wird.

Ich gebe mich zuversichtlich. »Sie wird sich schon melden«, rede ich mir und Theo beim Start ein.

Nachdem sie nach der Landung noch immer nicht geantwortet hat, verlässt mich mein Optimismus. »Es ist zwanzig Jahre her, dass ich sie das letzte Mal gesehen habe. Vielleicht wohnt sie gar nicht mehr dort. Oder es ist noch schlimmer, und sie ist wie mein Vater bereits verstorben. Meines Wissens waren sie im gleichen Alter.«

Theo wirkt auf mich ein. »Hör auf, schwarzzusehen. Es ist bestimmt alles in Ordnung. Andernfalls hättest du nicht auf ihren Anrufbeantworter sprechen können.«

Er sollte recht behalten, denn auf dem Weg zum Parkhaus, in dem sein Wagen steht, ruft sie an.

»Was für eine Frage, Rieke? Natürlich erinnere ich mich an dich. Ihr seid mir herzlich willkommen. Ich werde sofort alles für euch herrichten.«

Damit kann sie sich getrost Zeit lassen, denn wir werden frühestens in sechs Stunden bei ihr eintreffen.

Heilfroh, dass meine schlimmsten Befürchtungen nicht eingetroffen sind und Brigitta nach wie vor unter den Lebenden weilt, lege ich auf. Nun kann ich mir sicher sein, dass unsere Mission von Erfolg gekrönt wird.

Bevor Theo und ich ins Auto steigen, legen wir unsere dicken Jacken ab. Dennoch sind wir angesichts der vorherrschenden Plusgrade viel zu warm angezogen.

Als er auf der Autobahn den ersten Rastplatz anfährt, um zu tanken, nutze ich die Gelegenheit und suche die Waschräume auf. In Windeseile entledige ich mich der Thermounterwäsche und stopfe sie in meine Handtasche. Nur mit Jeans, Shirt und einem Pulli fühle ich mich gleich viel wohler.

Ich rate Theo, es mir gleichzutun, doch er lehnt ab.

»Dein Handy hat geklingelt«.

Ich gucke aufs Display und erkenne, dass Marco versucht hat, mich zu erreichen. Nachdem er mich dreist weggedrückt hat, kommt es für mich nicht infrage, mich bei ihm zurückzumelden.

»Das war nicht wichtig«, erkläre ich und lege mein Telefon ins Handschuhfach.

Besser, ich hätte es ausgestellt, denn wenig später ruft er erneut an. Ich lasse es bimmeln.

»Warum gehst du nicht ran?«

»Ich will jetzt nicht mit ihm reden.«

»Wenn ich ungestört sein will, schalte ich das Gerät stumm.«

»Gute Idee.«

Wir sind bereits eine Weile unterwegs, als mir auffällt, dass es noch immer hell ist. »Hier geht die Sonne deutlich später unter als in Lappland.«

»Das stimmt. Dennoch sind mir die Tage im Winter viel zu kurz. Auf Dauer komme ich mit der Dunkelheit nicht zurecht. Es wird Zeit für mich, die Zelte wieder abzubrechen.«

»Und dann? Wo treibt es dich hin?«

Er zuckt mit den Schultern. »Ich weiß es nicht. In den letzten Jahren habe ich viele Orte besucht, aber nirgendwo hat es mir so gut gefallen, dass ich bleiben wollte.«

Er zählt die Stationen auf, die er bisher bereist hat. In ›A‹ wie Andorra bis ›Z‹ wie Zypern hat er versucht, Wurzeln zu schlagen.

»Du bist ein Weltenbummler.«

»Bitte sag nicht, dass du mich beneidest. Das kann ich nicht mehr hören.«

Das erwidere ich gewiss nicht, denn ich sehe in Theo keinen passionierten Abenteurer, sondern einen Mann, der verzweifelt auf der Suche ist. Ihn zu fragen, was ihm zu seinem Glück fehlt, traue ich mich nicht. Das wäre doch zu persönlich. Stattdessen erkläre ich, dass ich mich in Hamburg rundum wohlfühle und ich mir ein Leben ohne meine Mutter und meine Freunde nicht vorstellen kann.

»Glückwunsch. Ich habe keinerlei Bindungen. Leute, die mich umgeben, wollen sich nur in meinem Ruhm sonnen. Ich bin ihnen als Mensch völlig egal.«

»Mir bist du nicht egal.«

Er schlägt einen höhnischen Ton an. »Ja, ganz bestimmt. Deshalb bedurfte es dem Zufall, dass wir uns nach all den Jahren wiedergetroffen haben.«

»Ich habe oft an dich gedacht und mich gefragt, wie es dir wohl geht.«

»Aber dabei hast du es belassen.«

Sein Vorwurf ärgert mich. »Was wirfst du mir vor? Ich bin doch hier! Ist das nicht Beweis genug?«

Sein Gesicht entspannt sich und formt sich zu einem Lächeln. Er greift nach meiner Hand und drückt sie ganz fest. »Es tut mir leid. Ich hätte dir keine Vorhaltungen machen dürfen. Letztendlich war es auch meine Schuld, dass wir uns aus den Augen verloren haben.«

Ich hole tief Luft. »Lass die Vergangenheit ruhen.«

Ein Blick auf das Navi zeigt, dass noch eine weite Strecke vor uns liegt. Wir werden deutlich später als gedacht bei Brigitta ankommen. Ich halte es für ratsam, sie darüber zu informieren, und rufe bei ihr an.

»Wir haben es erst bis Jönköping geschafft. Bitte warte nicht auf uns und lege den Schlüssel wie früher einfach unter die Fußmatte.«

»Kein Problem. Den kleinen Imbiss, den ich für euch vorbereitet habe, deponiere ich im Kühlschrank. Fahrt vorsichtig! Wir sehen uns morgen.«

Zum wiederholten Mal bemerke ich, dass Theo gähnt. Ich biete ihm an, den Platz mit ihm zu tauschen.

»Du willst fahren? Was ist mit deinem Knie?«

Bei all den Unternehmungen der letzten Tage habe ich nicht ein Mal an mein fragiles Knie gedacht. Hätte ich es getan, wäre ich niemals zu Svenja in den Hundeschlitten gestiegen, geschweige denn mit dem Schneemobil über den See gerast. Ich staune über mich selbst. Wie kann es sein, dass ich, die stets auf Vorsicht bedacht ist, binnen weniger Tage zu einer waghalsigen Person mutiert bin?

»Dein Wagen verfügt über ein Automatikgetriebe. Ich schaffe das. Oder vertraust du mir nicht?«

Theo fährt rechts ran. Wie sehr er mir vertraut, beweist er, indem er sofort neben mir einschläft.

Neunzig Minuten später sollen wir angeblich unser Ziel erreicht haben. Ich bin mir sicher, dass sich das Navi geirrt hat. Hier sieht alles ganz anders aus, als ich es in Erinnerung habe. Früher war Brigittas Haus das einzige in der Straße. Jetzt gibt es mehr Nachbarn, als ich Finger an den Händen habe.

Theo ist aufgewacht und reibt sich die Augen. »Sind wir angekommen?«

»Ich glaube, wir sind hier falsch. Bleib noch sitzen, ich werfe erst einen Blick auf das Türschild.«

Nach kurzer Überprüfung wird klar, dass wir richtig sind. Ich nehme den deponierten Schlüssel an mich und winke Theo heran. Er steigt aus und deutet auf den Kofferraum.

»Lass das Gepäck im Wagen. Darum kümmern wir uns später«, rufe ich ihm zu, als sich die Außenbeleuchtung anstellt. Gleich darauf öffnet Brigitta die Haustür und tritt heraus. Im Schein der Lampe erkenne ich eine ältere Frau, die ihre langen grauen Haare offen trägt. Mit ausgebreiteten Armen kommt sie auf mich zu.

»Rieke, wie schön. Lass dich ansehen. Ganz ehrlich, ich hätte dich nicht wiedererkannt.«

So wäre es mir auch ergangen, wenn wir uns auf der Straße

begegnet wären. In meiner Vorstellung ist sie nicht gealtert und trägt ihr strohblondes Haar zu einem Zopf gebunden. »Hier hat sich auch einiges verändert«, antworte ich und lasse mich von ihr umarmen.

Als Theo sich nähert, lässt sie von mir ab und begrüßt ihn. »Herzlich willkommen. Fühlt euch ganz wie zu Hause. Wenn ihr etwas braucht, dann zögert nicht und meldet euch.«

Wir nicken wie die Wackeldackel und stiefeln zur Stuga, dem kleinen Ferienhaus in ihrem Garten, das Brigitta an Feriengäste vermietet.

Ich schließe auf und knipse das Licht an.

»Immerhin ist es hier noch so wie früher«, stelle ich zufrieden fest, als ich das Mobiliar in Augenschein nehme. Auf den Stühlen und Sesseln habe ich schon als Kind gesessen. Ich öffne alle Türen. »Das war früher mein Zimmer.« Dass das Bett nicht bezogen ist, fällt mir sofort auf. Brigitta hat nur das Elternschlafzimmer für uns hergerichtet. Vermutlich ist sie davon ausgegangen, dass wir ein Paar sind.

»Meine Güte, ist das nett von ihr«, höre ich Theo in der Küche jubeln. Er stellt eine Platte mit Schnittchen und zwei Flaschen Light Bier auf den Tisch und greift beherzt zu. Ich halte mich zurück, denn ich mag keine Tiefseekrabben.

»Hast du gar keinen Hunger?«

Und ob ich den habe. Für ein Stück Käse oder Wurst würde ich eine meiner Nieren spenden. Aber bei rohen Garnelen, die in fetter Mayonnaise schwimmen, schließt sich mein Magen schon beim Anblick.

»Ich lasse mal eine Mahlzeit ausfallen«, erkläre ich und durchforste die Schublade nach einem Flaschenöffner.

»Skol«, salutiere ich und proste ihm zu.

KAPITEL 10

Bettverhältnis

Auch heute Morgen ist Theo wieder vor mir aufgestanden. Während er im Bad duscht, drehe ich mich noch einmal auf die Seite. Weshalb bin ich heute Morgen bloß so müde? Wir sind doch gestern Abend zeitig ins Bett gegangen.

»Aufstehen, Rieke. Brigitta wartet mit dem Frühstück auf uns.«

Murrend quäle ich mich aus den Federn und schlurfe ins Wohnzimmer. Ich bin auf der Stelle hellwach, als ich auf Theo treffe, der lediglich ein Handtuch um seine Hüften gewickelt hat. Ich starre gebannt auf seinen freien Oberkörper, als wäre er der erste Mann, dessen Brustbehaarung ich gesehen habe. Marco rasiert sich. Überall. Seine Haut ist glatt wie ein Babypopo. Weshalb denke ich jetzt an ihn, während mir ein Bild von einem Kerl gegenübersteht? Es ist nicht zu leugnen, dass ich ein Sexdefizit habe. Unverzüglich befehle ich meiner blühenden Fantasie, sich sofort in mein Unterbewusstsein zu verziehen. Als es mir endlich gelingt, meinen Blick nur auf Theos Augen zu lenken, frage ich ihn, wie er darauf kommt, dass Brigitta für uns Frühstück macht.

»Weil sie es angeboten hat. Wir sind uns vorhin begegnet, als ich unser Gepäck aus dem Wagen geholt habe.«

»Okay, ich mache mich fertig.«

In Brigittas Stube duftet es wunderbar nach frisch gebrühtem Kaffee. Sie hat Knäckebrot, Brötchen, Käse, Quark und eine Schüssel mit meiner verhassten Havregrynsgröt auf den Tisch gestellt. Ich mag keine schleimige Grütze, obwohl ich weiß, dass sie sehr gesund und nahrhaft sein soll.

»Fangt ohne mich an«, schlägt sie vor. »Ich werde mich noch rasch um die Frühstückseier kümmern. Wie mögt ihr sie? Hart oder lieber weich gekocht?«

»Perfekt wäre ein Fünf-Minuten-Ei«, antwortet Theo, greift zum Haferbrei und füllt sich eine riesige Portion auf den Teller.

»Sagtest du nicht, du würdest morgens nur einen Kaffee trinken?«

»Bis gestern war es auch so. Da brauchte ich nicht mehr.«

»Was hat sich denn seither geändert?«

Er legt den Kopf schief und schaut mir direkt in die Augen. »Unser Verhältnis.«

»Wir haben ein Verhältnis?«, veralbere ich ihn.

»Ich rede von unserer Beziehung, die du gestern Abend auf eine höhere Ebene gehoben hast.«

»Was habe ich denn gemacht?«

»Du hast mir gestattet, das Bett mit dir zu teilen. Das ist höchst bemerkenswert, wenn man bedenkt, dass du vor zwei Tagen noch auf Trennwände bestanden hast.«

Ich muss mich extrem beherrschen, um nicht sofort loszulachen. »Dann haben wir ein Bettverhältnis?«

Er antwortet mir im bierernsten Ton. »Nein, Rieke, ein solches Verhältnis werden wir nie haben. Dafür habe ich dich viel zu gern. Für eine Affäre bist du mir eindeutig zu schade.«

Für einen kurzen Moment bleibt mir die Spucke weg. Verdammt. Wo bleibt Brigitta mit den Eiern? Zum Glück ist sie im Anmarsch. Ich bin heilfroh, dass Theo sich keine hart gekochten gewünscht hat. Nicht eine Minute länger hätte ich seinem Blick standhalten können.

»Nachdem wir gestern miteinander telefoniert haben, habe ich die alten Fotoalben hervorgeholt. Wenn ihr Lust habt, können wir später darin rumblättern«, bietet Brigitta an.

Gerade will ich ihr antworten, dass wir dafür nicht genügend Zeit haben, als Theo mir zuvorkommt.

»Warum nicht gleich? Ich würde gern sehen, wie Rieke bei dir die Sommerferien verbracht hat.«

Brigitta erhebt sich vom Stuhl und geht zum Schrank. Als sie uns den Rücken zudreht, drohe ich ihm mit dem Zeigefinger. »Wehe, du lachst! Solltest du das tun, rede ich kein Wort mehr mit dir.«

Er kann es gar nicht erwarten, sich die Bilder aus meiner Kindheit anzusehen, und reißt Brigitta das Album förmlich aus der Hand.

»Welche der beiden Schönheiten bist du?«, will er wissen.

Ich blicke kurz zur Seite. »Sieht man das nicht? Ich bin das dicke Kind mit dem Sonnenhut. Das Mädchen links neben mir ist Brigittas Tochter. – Wie geht es Madita? Was macht sie heute?«

Brigittas Reaktion zeigt deutlich, dass ich in einen riesigen Fettnapf getreten bin. Mit gesenktem Kopf antwortet sie mir. »Meine Tochter ist nicht mehr bei uns. Sie hat uns schon vor Jahren verlassen.«

Ich schlage mir entsetzt die Hand vor den Mund. »Ich hatte keine Ahnung. Es tut mir unfassbar leid. Wann? «

Mit dünner Stimme bittet sie darum, keine weiteren Fragen zu stellen. »Sei mir nicht böse, ich möchte nicht darüber sprechen.«

Um der bedrückten Stimmung ein Ende zu bereiten, verrate ich den eigentlichen Grund unseres Besuches.

»Theo ist ein bekannter Papierkünstler«, beginne ich, doch weiter komme ich nicht.

»Er auch? Dann haben sich ja die zwei Richtigen gefunden.«

»Rieke und ich haben zusammen studiert«, fügt Theo an. »Sie ist die wahre Künstlerin von uns beiden. Ich kann nur recht gut mit einer Schere umgehen.«

»Hör auf, tiefzustapeln«, ermahne ich ihn. »Du hast mehr Talent im kleinen Finger, als ich jemals haben werde.«

»Es schmerzt mich zu hören, dass du keinerlei Vertrauen in deine Fähigkeiten hast«, tadelt er mich vor Brigitta. Sie scheint unseren kurzen Schlagabtausch zu genießen, denn sie lächelt uns abwechselnd an.

»Ihr seid ein entzückendes Paar.«

Theo stellt sofort klar, dass sie sich irrt. »Wir sind nicht zusammen, sondern nur Freunde.«

»Das erklärt einiges. Ich habe mich schon gefragt, was Riekes Mutter an dir auszusetzen hat. Du bist doch ein sympathischer und gutaussehender Mann.«

Ich bin außer mir. »Mama hat mit dir über meinen Lebensgefährten gesprochen?«

»Beiläufig. Wirklich nur ganz beiläufig. Möchte noch jemand Kaffee?«

Ich möchte keinen Kaffee, sondern meiner Mutter auf der Stelle den Hals umdrehen. »Dann hat sie dir bestimmt auch schon verraten, weshalb wir hergekommen sind.«

»Ja, und ich habe ihr gesagt, dass ihr euch einen schlechten

Zeitpunkt für euren Besuch ausgesucht habt. Im Winter finden keine Führungen statt. Ihr müsst im Sommer wiederkommen, wenn ihr das Museum besichtigen wollt.«

»Das Museum ist uns nicht wichtig. Wir sind hier, um Papier zu kaufen.«

Wortlos verlässt sie das Wohnzimmer und kommt mit einem Karton unter dem Arm zurück. »Das ist alles, was ich euch anbieten kann.«

Mit einem Kennerblick begutachte ich jeden einzelnen Bogen. Ich halte Papier aus Gozo oder Gampi, Abaca und Flachs in den Händen.

»Das fühlt sich gut an. Ich tippe auf 120 g/m^2. Oder ist das für dein Vorhaben zu dick?«

Theo nimmt mir das Blatt ab, hält es gegen das Licht und nickt. »Das ist perfekt.«

Brigitta schaut mich kichernd an. »Lustig, dass du gerade daran Gefallen findest. Darin steckt die weiße Lieblingsjeans deines Vaters. Zwar hat deine Mutter behauptet, es wäre ein Versehen gewesen, dass sie im Holländer gelandet ist, aber ich bin mir sicher, dass es pure Absicht von ihr war. Sie sah deinen Vater halt lieber in feinem Zwirn.«

»Was ist ein Holländer?«, fragt Theo.

»Das ist eine der wichtigsten Maschinen in der traditionellen Papierherstellung. Darin werden Stoffe zerkleinert und zerfasert. Anno 1693, als das Werk gegründet wurde, hat man Lumpen genommen«, erklärt ihm die Fachfrau.

Theo ist vollends begeistert. Er knautscht das Papier und unterzieht es einer Reißprobe. Dann bittet er Brigitta um eine Schere. Gleich darauf macht er sich ans Werk. »Erkennst du, was das ist?«, fragt er und zwinkert mir zu.

»Ein Vogel.«

»Etwas genauer, bitte. Welcher Vogel?«

»Was weiß denn ich? Sehe ich etwa aus, als wäre ich eine Ornithologin?«

»Das ist ein Schneehuhn. In der Sprache der Sami heißt es Kiruna und schmückt das Wappen der gleichnamigen Stadt. Hast du es auf unserer Reise nicht bemerkt? Es war an jeder Ecke zu sehen.«

»Nee, dort hatte ich nur Augen für dich.«

Nun ergeht es ihm, wie es mir vor wenigen Minuten ergangen ist, als er mir sagte, dass er mich viel zu gernhabe, um eine einmalige Bettgeschichte mit mir anzufangen. Anders als ich fängt er sich schnell. »Ist es möglich, Papier in dieser Ausführung bei euch zu ordern?«

»Ach, Theo. Die Manufaktur ist doch schon vor Jahren in Konkurs gegangen.«

Ich mische mich ein. »Das habe ich im Internet gelesen. Aber dort steht auch, dass ein Investor die Geschäfte weiterführt.«

»Der neue Eigentümer hatte nur Interesse an der Industrieanlage. Die Fertigung in der Handpappersbruk hat sich für ihn nicht mehr gelohnt, und er hat sie kurzerhand eingestellt. Seither sind alle Mitarbeiter in Rente.«

»So ein Mist«, schimpfe ich. »Dann war die ganze Fahrt umsonst.«

»Nicht so schnell«, bremst Theo mich aus. »Wenn ich das richtig verstanden habe, steht die Produktion lediglich still, weil es nicht genügend Abnehmer für handgeschöpftes Büttenpapier gibt. Aber ich habe Interesse. Sind die Gerätschaften denn noch vorhanden und könnten genutzt werden?«

»Rein theoretisch wäre das möglich.«

»Würdest du mit den Verantwortlichen sprechen und fragen, ob sie meinen Auftrag annehmen würden?«

»Für Geld machen die alles. An welche Auflage hast du denn gedacht?«

»Das hängt von der Größe der Bogen ab. Im Format 50 x 70 mindestens eintausend Stück. Gerne mehr. Und möglichst schnell. Ich benötige das Papier in spätestens zwei Wochen.«

»Bitte? Außer Arne und mir gibt es niemanden mehr, der das Handwerk beherrscht. Selbst wenn ich meinen ehemaligen Kollegen rekrutieren würde, wäre die Menge zu zweit in der kurzen Zeit nicht zu bewältigen.«

»Und wenn Theo und ich mithelfen?«

Ich kann mir denken, was sie antworten wird. ›Kind, wie stellst du dir das vor? Die Herstellung von Papier ist ein Handwerk. Das lässt sich nicht in fünf Minuten erlernen. Außerdem lässt du völlig außer Acht, dass das Papier erst trocknen muss, bevor es verwendet werden kann.‹

Doch nicht sie, sondern Theo schmettert meinen Vorschlag ab. »Daraus wird nichts. Ich habe wichtige Termine und muss noch heute zurück nach Stockholm.«

Brigitta steht die Enttäuschung ins Gesicht geschrieben. »Was? Du willst heute schon wieder abreisen?«

»Von wollen kann nicht die Rede sein. Ich muss«, bekräftigt er.

Ich spüre Brigittas Hand auf meinem Arm. Flehend schaut sie mich an. »Aber du könntest bleiben. Du hast doch noch Urlaub. Ich würde mich so sehr über ein wenig Gesellschaft freuen.«

Es ist nicht zu übersehen, dass sie einsam ist. Ohne Familie, ohne Arbeit und ohne Feriengäste, die nur im Sommer bei ihr logieren, kann der Winter sehr lang sein. Ich bringe es nicht übers Herz, ihr den Wunsch abzuschlagen. »Ich bleibe gern ein paar Tage bei dir.«

Brigitta strahlt. »Wunderbar. Dann werde ich jetzt bei Arne anrufen und ihn fragen, ob wir auf ihn zählen können.«

Erstaunt hake ich nach. »Dann klappt es doch mit Theos Auftrag?«

»Wenn du fleißig mithilfst, sollte es zu schaffen sein.«

Zum Telefonieren verlässt sie den Raum.

»Na, haben wir das nicht toll hinbekommen?«, quietsche ich und erwarte, dass Theo sich genauso freut wie ich. Doch er macht ein ernstes Gesicht. »Ein wenig mehr Begeisterung darfst du gern an den Tag legen.«

»Ich werde nicht zulassen, dass du deine kostbaren Urlaubstage für meine Angelegenheit opferst.«

»Ich mache das sehr gern.«

»Das ist wirklich lieb von dir, aber ich kann das nicht annehmen.«

»Doch, das kannst du ohne Bedenken. Zu Hause würde ich mich nur langweilen. Außerdem habe ich bereits zugesagt, einige Tage hierzubleiben.«

»Du bekommst dein Papier«, verkündet Brigitta. »Aber es wird dich eine Stange Geld kosten.«

»Muss ich dafür mein Auto oder mein Haus verkaufen?«, kontert Theo und bringt sie dazu, aus voller Brust zu lachen.

»Ich mag deinen Freund, Rieke. Wäre ich halb so alt, wie ich aussehe, würde ich ihn mir krallen.«

»In dem Fall hättest du keine Chancen bei mir. Dann wärst du mir nämlich viel zu jung. Ich mag Frauen, keine jungen

Hühner.« Theo ist ein wahrer Charmeur. Im Nu hat er sich in Brigittas Herz geschlichen. In meins bereits in Lappland.

Als er sich eine Stunde später von uns verabschiedet, bedauere ich nicht, dass er nicht bleiben kann. Es ist gut, dass er abfährt, denn noch habe ich die Gefühle, die er in mir entfacht hat, unter Kontrolle.

»Wir halten telefonisch Kontakt. Du kannst mich zu jeder Tages- und Nachtzeit anrufen«, bietet er mir an und nimmt mich fest in den Arm.

»Ich halte dich auf dem Laufenden«, verspreche ich und wünsche ihm eine gute Heimfahrt.

KAPITEL 11

Feuerwasser

Ich möchte Brigitta beim Abwasch helfen. Obwohl ihre Einbauküche über modernste Geräte verfügt, besteht sie darauf, mit der Hand zu spülen.

»Madita hat es immer gehasst, wenn ich sie zum Abtrocknen verdonnert habe. Sie fehlt mir unbeschreiblich, genau wie all die Weggefährten, die ich während der Pandemie verloren habe. Seit Ausbruch der Seuche sind sie wie die Fliegen gestorben.«

Es fallen Namen von Personen, die ich gar nicht kenne, als es klingelt. Schnell trocknet sie ihre Hände an der Schürze und öffnet die Tür.

»Komm rein, Arne, und nimm im Wohnzimmer Platz. Magst du einen Kaffee?«

»Lieber hätte ich einen Schluck von deinem Selbstgebrannten.«

Ich schmunzle, als ich sehe, dass Brigitta einen Fünfliterkanister aus dem Küchenschrank hievt. Augenblicklich erinnere ich mich an Mutters Worte, die sie über das Gebräu verloren hat, wenn Brigitta ihr und meinem Vater zur Begrüßung ein Glas davon eingeschenkt hat. ›Mit dem Zeug kann man bei Frost Fenster putzen, aber trinken sollte man es nicht. Es sei denn, man legt es darauf an, zu erblinden.‹

Arnes Augenlicht scheint unter dem Fusel nicht gelitten zu haben. Er steht auf und begrüßt mich mit Handschlag. »Meine Güte, hast du dich gemausert. Wer hätte gedacht, dass aus dem deutschen Pummelchen mal so eine hübsche Frau wird.«

Ich überhöre seine freche Bemerkung und bemühe mein Gedächtnis. Aber ich kann mich partout nicht an ihn erinnern. »Wir kennen uns?«, frage ich, denn ich bin mir sicher, ihm heute zum ersten Mal zu begegnen.

»Früher hatte ich noch Haare.«

»Und keinen Bauch«, lästert Brigitta und stellt drei Gläser auf den Tisch.

Ich lehne ab. »Für mich bitte nicht.«

»Dann kannst du unmöglich Christians Tochter sein«, lacht er mich aus. »Dein Vater hat nie einen guten Tropfen ausgeschlagen.«

»Lass es gut sein, Arne. Wenn sie nicht will, muss sie auch nicht.« Brigitta präsentiert den Musterbogen, den Theo sich ausgesucht hat. »Davon braucht er tausend Stück. Eventuell mehr.«

»Was hat der Bengel damit vor? Will er einen Kettenbrief versenden?«

»Etwas mehr Respekt, wenn ich bitten darf«, fordere ich. »Der Bengel, wie du ihn nennst, ist ein anerkannter Künstler. Er schreibt keine Briefe, sondern schafft Träume aus Papier, die auf der ganzen Welt bewundert und ausgezeichnet werden.«

»Reg dich nicht auf, Origami. Ich habe mir lediglich einen Scherz erlaubt.«

Er kennt meinen Spitznamen? Woher?

Die beiden hecken einen Schlachtplan aus. Arne erklärt

sich bereit, noch heute das nötige Material zu besorgen. Ab morgen wird er den Posten an der Presse einnehmen, weil diese Arbeit eine Menge Kraft erfordert, die er Brigitta nicht zumuten will und mir nicht zutraut.

Er ist überzeugt. »Keine Sorge, Rieke. Wir kriegen das Kind schon geschaukelt. Sag deinem Künstler, dass sein Auftrag bei uns in besten Händen ist.«

Brigitta begleitet ihn hinaus. »Hättest du gedacht, dass wir beiden Alten noch einmal in Aktion treten werden?«

»Du bist nicht alt, meine Liebe. Für mich bist und bleibst du die schönste Frau in Växjö und Umgebung.«

»Fahr nach Hause, Arne, und sag das deiner Frau!«

»Ich soll sie anlügen?«

»Verschwinde, du Kasper! Wir sehen uns morgen.«

Mein Handy klingelt. Sollte es Marco sein, werde ich mit ihm reden. Aber es ist Phil, der Engländer, der mir mitteilt, dass er das Video aufgrund der Datenmenge nicht per WhatsApp versenden konnte und es mir deshalb via Mail geschickt hat. Ich bedanke mich und erkläre, es mir sofort anzusehen.

Nachdem auch der dritte Versuch scheitert, den Clip herunterzuladen, gebe ich enttäuscht auf.

»Schade, ich hätte mir die Aufnahme gern angesehen«, schmolle ich.

»Verbinde dein Handy mit meinem WLAN. Dann sollte es funktionieren. Das Passwort lautet: WH Bindestrich elf Bindestrich Februar.«

»Was für ein Zufall. Das ist das heutige Datum.«

»Und Whitney Houstons Sterbetag. Ich war ihr größter Fan und besitze alle CDs von ihr. Ihre Musik und ihre Filme bedeuten mir sehr viel. Es hängen viele schöne Erinnerungen daran. Wollen wir uns heute Abend ›Bodyguard‹ auf DVD ansehen?«

»Wenn es dir Freude macht, bin ich dabei.«

Ich folge ihrem Rat und logge mich in das Netzwerk ein. Nun klappt es mit dem Download reibungslos. »Sag mal, woher kennt Arne meinen Spitznamen?«

»Den hat er dir selbst verpasst. Erinnerst du dich nicht? Du hast ständig mit Papier gebastelt. Als Vierjährige konntest du mit geschlossenen Augen Kraniche falten und hast sie überall in der Nachbarschaft verteilt.«

»Nein, das weiß ich nicht mehr. Aber ich erinnere mich, dass ich dich oft in die Werkstatt begleitet und bunte Bilder im Pulp-Painting-Verfahren hergestellt habe.«

»Dein Vater hat immer gewitzelt: ›In Riekes Adern fließt kein Blut, sondern Papierbrei.‹«

»Stimmt. Ich habe es geliebt, mit Pappmaschee zu werkeln.«

»Warum ist dir die Leidenschaft abhandengekommen?«

»Es war doch nur ein Hobby.«

»Dein Hobby war auch Hockeyspielen. Damit hast du ebenfalls aufgehört. Warum?«

Obwohl ich ihr keine Rechenschaft schulde, antworte ich: »Der Sport hat enormes Engagement gefordert. Zweimal wöchentlich zu trainieren und am Wochenende an den Spielen teilzunehmen, war neben meiner Berufstätigkeit einfach zu viel.«

»Zu viel für dich? Oder zu viel für deinen Partner? Ist er der Grund, weshalb du all deine Träume aufgegeben hast? Wenn das der Fall ist, dann ist er der Falsche für dich.«

»Wieso hackst du jetzt auf Marco herum? Du kennst ihn gar nicht.«

»Ich muss ihn nicht persönlich kennen, um zu sehen, was er aus dir gemacht hat.«

Was er aus mir gemacht hat? Wie will sie das beurteilen? Ob Mutter ihr den Floh ins Ohr gesetzt hat? Während ihrer abendlichen Telefonate mit Brigitta hätte sie ausreichend Gelegenheit dazu. Meine Wut auf das Plappermaul ist zurück.

»Ich glaube nicht, dass ausgerechnet du mir Ratschläge in Beziehungsfragen geben solltest. Du hast nie mit einem Mann zusammengelebt und hast keine Vorstellung davon, dass man in einer Partnerschaft Kompromisse eingehen muss.«

»Dass ich Single geblieben bin, bedeutet nicht, dass ich keine Ahnung habe. Mit Maditas Vater habe ich die gleichen Erfahrungen gemacht wie du mit deinem Freund. Deshalb möchte ich dir eins mit auf den Weg geben: Wenn Zugeständnisse nicht auf Gegenseitigkeit beruhen, kann eine Beziehung auf Dauer nicht gut gehen. Denk mal darüber nach.«

Das muss ich nicht. Auch wenn Brigitta meine Verbindung zu Marco treffend diagnostiziert hat, hat sie einen wichtigen Punkt übersehen. Wenn die erste Verliebtheit vorbei ist, was bei uns nach sieben Jahren der Fall ist, dann bedeutet eine Beziehung harte Arbeit. Man muss reden und dem anderen zuhören. Genau das nehme ich mir vor und ziehe mich in die Stuga zurück, um ungestört mit Marco zu telefonieren.

Schon nach dem dritten Klingeln geht er ran.

»Hey, Schatz. Was gibt es? Ich sitze gerade im Sessellift. Also fasse dich kurz.«

»Was war zwischen dir und Paul los?«

»Nichts, was soll gewesen sein?«

»Johanna hat mir erzählt, dass ihr gestritten habt.«

Er stöhnt laut auf. »Du kennst doch Paul. Er weiß alles besser und hält sich für den Größten. Ich musste ihn mal kurz in die Schranken weisen. Jetzt spurt er wieder.«

»Wie redest du bloß über deinen besten Freund?«, rege ich mich auf. »Dein Verhalten lässt deutlich zu wünschen übrig. Auch mir gegenüber. Was war das für ein ungebührliches Benehmen, als du meinen Anruf einfach weggedrückt hast?«

»Da du wohl nur angerufen hast, um mit mir zu streiten, lege ich jetzt auf.«

»Wenn du das machst, Marco, dann …«

Er hat es getan und lässt mich fassungslos zurück.

Seit einer Minute kämpfe ich gegen den Kloß an, der sich in meinem Hals gebildet hat. Ich will nicht weinen. Dieser Blödmann ist keine Träne wert. Trotzdem fließen sie wie ein Sturzbach über meine Wangen.

Ich fliehe ins Schlafzimmer, werfe mich aufs Bett und schluchze ins Kissen. »So geht es nicht weiter«, jaule ich. »Wer bin ich, dass ich mir so eine lieblose Behandlung gefallen lasse?«

Brigitta klopft an die Tür. »Rieke, ich fahre rasch zum ›Systemet‹ und besorge uns eine Flasche Wein für heute Abend. Magst du lieber Rot- oder Weißwein?«

»Meinetwegen musst du gar keinen kaufen. Ich bin auch mit einer Tasse Tee zufrieden«, krächze ich.

Sekunden später steht sie vor mir. »Was ist passiert, Süße? Warum weinst du?«

»Weil ich eine dumme Kuh bin und du vollkommen recht hast. Alles, was mir wichtig war, habe ich für diesen Egomanen aufgegeben. Aber damit ist jetzt Schluss. Ich hole mir mein altes Leben zurück.«

»Um diese Erkenntnis zu feiern, reicht eine Flasche Wein

nicht aus. Besser, ich besorge zwei. Kann ich dich kurz allein lassen?«

Sie fährt ab, ich suche das Bad auf, um mein Gesicht zu waschen, als ich Theos Aftershave auf der Ablage vor dem Spiegel entdecke. Ich öffne die Flasche und schnuppere daran. Der Duft, der mich die letzten Tage begleitet hat, hebt sofort meine Laune. In mir wächst der Wunsch, seine Stimme zu hören. Ich rufe ihn an.

»Bist du schon zu Hause?«

»Fast. Ich hätte mich auch gleich bei dir gemeldet, um dir zu sagen, wie unbeschreiblich dankbar ich dir bin.«

»Zum letzten Mal, Theo: Ich erledige das wirklich gern für dich und kann es kaum erwarten, morgen loszulegen.«

»Das meine ich nicht. Ich bin dankbar für die Zeit, die ich mit dir verbringen durfte.«

»Dito. Ich habe die Tage auch sehr genossen.«

»Wann sehen wir uns wieder?«

»Sag du es mir. Du bist der Mann mit den wichtigen Terminen. Ich habe noch Urlaub bis März.«

»Ich werde nachschauen, wann ich mir Tage freischaufeln kann, und melde mich morgen bei dir.«

Nach unserem Telefonat trage ich ein Dauergrinsen im Gesicht. Ich überstehe ›Bodyguard‹ und sogar noch ›Rendezvous mit einem Engel‹. Als Brigitta jedoch noch eine CD einlegt und Whitney ›I will always love you‹ schmettert, verabschiede ich mich.

»Rieke, zieh dich morgen warm an. Die Werkstatt ist nicht beheizt. Es wird eine recht ungemütliche und nasse Angelegenheit.«

»Ich halte es wie Mutter und mache mir warme Gedanken.«

KAPITEL 12

Handgeschöpft

Mit einer gefüllten Thermoskanne und Pausenbroten im Gepäck kutschiert Brigitta uns über die Route 25. Nach einer Viertelstunde erreichen wir die Papierfabrik.

Mir geht das Herz auf, als wir das historische Backsteingebäude betreten. Hier ist die Zeit stehen geblieben, denke ich, als wir auf Arne treffen.

In Gummistiefeln steht er bereits am Holländer und lässt mit einem Schlauch Wasser hineinlaufen. Indes überprüft Brigitta die klein geschnittenen Textilien.

»Bis der Faserbrei fertig geschlagen ist, kümmern wir uns um die Siebe«, bestimmt sie und nimmt mich mit zu den Regalen, in denen die Schöpfrahmen nach Größe sortiert aufbewahrt werden.

»Was kann ich tun?«, frage ich nach zehn Minuten.

»Du kannst uns Kaffee einschenken.«

Ich befürchte, dass ich nur zuschauen darf, doch wenig später überträgt Arne mir die verantwortungsvolle Aufgabe, den fertigen Brei in die Bütte zu füllen und mit bloßen Händen gut durchzumischen.

Die Spannung steigt, als Brigitta den ersten Bogen schöpft. Sie hebt das Sieb an und lässt das Wasser seitlich abtropfen.

Danach geht es zum Gautschen. Arne hat nasse Filzplatten auf einem großen Metalltisch ausgebreitet. Darauf bettet Brigitta den Rahmen, während ich fest die Daumen drücke. Sollte der Brei nicht auf der Unterlage haften, muss der Prozess wiederholt werden.

Aber hier sind Experten am Werk. Schon der erste Versuch hat geklappt. Zufrieden begutachten wir das Ergebnis.

»Auf geht's!«, spornt Arne uns an.

Brigitta und ich schöpfen, während er die gegautschten Bogen so oft mit nassen Filzplatten abdeckt, bis ein Stapel entsteht. Diesen trägt er zur antiken Presse und schiebt den schweren Pausch hinein.

Nach dem Pressvorgang schickt er mich in den hinteren Bereich der Werkstatt. Dort leiten wir gemeinsam den letzten Arbeitsschritt ein und legen Löschpapier zwischen die gepressten Bogen, damit sie schneller trocknen.

»Du, Arne, darf ich dich mal etwas fragen?«, flüstere ich. »Du kennst Brigitta doch gut und schon sehr lange. Kannst du mir sagen, wann und wie ihre Tochter gestorben ist? Sie mag nicht darüber sprechen, und ich will sie nicht bedrängen. Aber Madita war früher auch meine Freundin, und ich würde gern wissen, was geschehen ist.«

Er schaut mich perplex an. »Wie kommst du auf die Idee, Madita sei tot? Sie ist nicht gestorben. Dieses undankbare Geschöpf hat mit ihrer Mutter gebrochen.«

»Warum?«

»Was tuschelt ihr?«

»Ich wollte wissen, wie lange es dauert, bis die Bogen durchgetrocknet sind«, schwindle ich und zwinkere Arne zu.

»So schnell wie im Sommer geht es nicht. Eine Woche werden wir uns wohl gedulden müssen.«

Schade, dann kann ich meinen Plan vergessen, Theo am Wochenende mit den ersten Papieren zu überraschen.

Es scheint, als habe er telepathische Fähigkeiten, denn just in diesem Moment erhalte ich eine Nachricht von ihm.

Kann nicht mehr bis elf Uhr schlafen. Wache schon vor acht hungrig auf. Brauche dringend Frühstück. Was hast du bloß mit mir gemacht?

»Kommt doch bitte mal zu mir«, rufe ich. »Ich möchte ein Selfie von uns und einem fertigen Bogen machen, um es Theo zu schicken«. Gesagt, getan.

Arne klatscht in die Hände. »Weiter geht's! Es gibt noch viel zu tun.«

Gegen Mittag spüre ich meine Finger nicht mehr. Von der Arbeit im Wasser sind sie eiskalt und aufgequollen. Ich brauche dringend eine Pause.

Während wir die mitgebrachten Sandwiches verputzen, frage ich Brigitta, ob sie es mir erlauben würde, einen Stapel Blätter in die Stuga mitzunehmen. »Dort ist es warm. Bestimmt trocknen sie in der Heizungsluft schneller als hier.«

»Noch ist mir der tiefere Sinn deines Vorhabens nicht klar?«

»Ich möchte nach Stockholm fahren und sie Theo zeigen.«

Brigitta grinst. »Hörst du das, Arne? Sie will sich aus dem Staub machen und uns mit der ganzen Arbeit allein lassen.«

»Unsinn, ich fahre nur übers Wochenende zu ihm. Danach

komme ich selbstverständlich zurück und packe wieder mit an.«

»Ach, Rieke. Das war ein Witz. Wir schaffen das mühelos ohne dich. Schließlich sind wir ein eingespieltes Team. Ich habe doch nur behauptet, dass wir dich für den Auftrag brauchen, weil ich dich so gerne um mich habe und dich nach all den Jahren nicht so schnell wieder ziehen lassen wollte. Aber Liebe hat Vorfahrt. Besuche Theo und bleibe bei ihm, denn dort gehörst du hin.«

Diese Frau hat das Herz am rechten Fleck. Warum Madita das nicht erkennt, ist mir unbegreiflich.

Liebend gern würde ich Arne weiter befragen. Er weiß, weshalb sich Mutter und Tochter entzweit haben. Aber ich bekomme keine weitere Gelegenheit, allein mit ihm zu reden.

Immerhin ist es uns bis nachmittags gelungen, hundertfünfzig Bogen zu schöpfen. Zehn wandern auf die Ladefläche von Brigittas Auto. Weil ich mich auch bei Arne für seinen Einsatz bedanken möchte, lade ich ihn auf einen Feierabenddrink ein. »Ich habe eine halbe Flasche echten Übersee-Rum dabei.«

»Arne kann nicht. Seine Frau wartet mit dem Essen auf ihn«, antwortet Brigitta statt seiner.

»Ich pfeife auf das Essen. Wann komme ich schon mal in den Genuss von echtem Zuckerrohrschnaps? Klar bin ich dabei.«

Während wir vorausfahren, straft Brigitta mich mit bösen Blicken. »Besser, du hättest den Mund gehalten. Nun habe ich den Salat. Arne wird sich wieder bei mir festsetzen.«

»Sein Interesse gilt nicht meinem Rum, sondern dir.«

»Das ist ja das Problem. Er stellt mir seit Urzeiten nach und kapiert nicht, dass seine Bemühungen sinnlos sind. Er ist gebunden, und deshalb ist und bleibt er tabu für mich. Niemals würde ich in eine Ehe einbrechen und eine Familie zerstören. Lieber bleibe ich bis zum Ende allein.«

KAPITEL 13

Blitzbesuch

Noch vor dem Schlafengehen habe ich die Heizung im Wohnzimmer auf die höchste Stufe gestellt. Ich hingegen habe die Nacht im Kühlen verbracht.

Unmittelbar nach dem Aufstehen checke ich die Bogen. »Juhu, sie sind trocken.«

Brigitta wartet mit dem Frühstück auf mich. Auf dem Weg zu ihrem Haus schicke ich Theo eine Nachricht. Ich bitte ihn, mir seine Adresse mitzuteilen, weil ich beabsichtige, ihn heute zu besuchen.

Gerade habe ich am gedeckten Tisch Platz genommen, als er mich anruft.

»Du kommst her? Rieke, du ahnst nicht, wie sehr ich mich freue. Ich hole dich selbstverständlich vom Bahnhof ab. Wann triffst du ein?«

»Am Abend. Sei gespannt, denn ich habe etwas Schönes für dich im Gepäck.«

»Du kommst zu mir? Hurra!«

»Bis später.«

Ich lege auf und ärgere mich, überhaupt Andeutungen gemacht zu haben. Es gehört nicht viel Grips dazu, um zu erahnen, dass es sich um die ersten Bogen handelt.

»Mist«, ärgere ich mich in Brigittas Beisein. »Nun habe ich die Überraschung verdorben.«

»Du willst ihn überraschen? Dann nimm doch einfach einen früheren Zug und tauche unvermittelt bei ihm auf.«

»Wie denn? Seine Adresse kenne ich immer noch nicht. Er hat darauf bestanden, mich an der Central Station abzuholen.«

»Ich habe seine Anschrift. Die steht doch auf seinem schriftlichen Auftrag.«

Brigitta ist eine Wucht. Das sage ich eigentlich nur über meine Mutter, aber auf sie trifft es ebenfalls zu.

Sie bekommt eine feste Umarmung von mir. »Ich benehme mich wie ein durchgeknallter Teenager, oder?«

»Schmetterlinge im Bauch kennen keine Altersbeschränkung. Zerbrich dir nicht den Kopf und genieße es. Packe! Ich bringe dich zur Bahn.«

In weniger als vier Stunden werden wir uns sehen. Mein Herz klopft wie nach einem Fünftausendmeterlauf. Mit dem Plan, ihn nicht nur flüchtig auf die Wange zu küssen, besteige ich den Zug. Ein junger Mann ist mir mit dem Gepäck behilflich und schleppt meinen Koffer durch das Abteil, während ich darauf achte, dass das 50 x 70 Zentimeter große Paket nicht verknickt. Nachdem er meinen schweren Koffer auf die Ablage gehievt hat, bedanke ich mich für seine Hilfsbereitschaft und nehme meinen Platz am Fenster ein. Mir gegenüber sitzt ein Paar in meinem Alter. Wir nicken uns freundlich zu und warten darauf, dass sich der Zug in Bewegung setzt.

Während der Fahrt schaue ich hinaus, aber ich sehe nicht die Landschaft an mir vorüberziehen, ich bin tief in einen Tagtraum versunken, aus dem ich nicht so schnell wieder aufwachen möchte. Theo und ich flirten, dass die Wände wackeln.

Ich verspüre ein leichtes Kribbeln in der Bauchgegend, als mein Gegenüber mich energisch anspricht.

»Hörst du nicht, dass dein Telefon klingelt?«, knurrt er.

»Pardon«, entschuldige ich mich und ziehe das Handy aus meiner Tasche. Es ist Mutter, die ich nicht ignorieren kann.

»Was gibt es, Mama? Ich sitze im Zug nach Stockholm und kann nicht lange mit dir sprechen.«

»Ich wollte nur fragen, ob du heute zurückkommst. Dein Flug geht doch am Abend. Oder hast du entschieden, länger in Schweden zu bleiben?«

»Ja, ich bleibe noch. Sag mal, weißt du, was zwischen Brigitta und Madita vorgefallen ist? Ich habe erfahren, dass sie miteinander gebrochen haben.«

»Was den Ausschlag gegeben hat, weiß ich auch nicht. Darüber hüllt Brigitta sich in Schweigen. Es muss vor mehr als zehn Jahren gewesen sein, dass es zwischen ihnen zum Bruch gekommen ist. Das Ganze ist zum Heulen. Wenn ich bedenke, was sie alles für ihre Tochter getan hat, steigt die kalte Wut in mir hoch. Brigitta hat sich ein Bein ausgerissen, um Madita eine gute Bildung zu ermöglichen. Tag und Nacht hat sie geschuftet, damit das Balg eine Privatschule besuchen konnte. Sie hat sogar Land verkauft, um ihr das Studium zu finanzieren.«

Das erklärt die vielen Neubauten in der Straße.

»Ich sage nur: Undank ist der Welten Lohn.«

»Wir müssen Schluss machen. Ich will die anderen Fahrgäste nicht länger stören.«

Ich stelle das Handy aus und stecke es in meine Handtasche.

»Sieh nur, Karl, es schneit«, ruft die Frau verzückt.

»Was ist so ungewöhnlich daran? Es ist Winter«, pampt er sie schroff an.

Ihr ist seine rüde Zurechtweisung sichtlich unangenehm. Sie beugt sich vor und schaut zu mir rüber.

»Denk dir nichts dabei. Ich kenne das schon von ihm. Mein Mann ist in typischer Urlaubsstimmung. Ich kann nur hoffen, dass sich seine Laune bessert, bis wir den Flughafen erreichen. Andernfalls kann er ohne mich auf die Kanaren fliegen.«

»Was redest du denn?«, setzt er nach.

»Ich sage nur, wie es ist.«

»Du sagst gar nichts mehr und hältst auf der Stelle den Mund!«

Entsetzt schaue ich Karl an, denn ich erkenne in ihm Marcos Ebenbild. Auch er hätte keine Bedenken, mich in aller Öffentlichkeit bloßzustellen. Doch anders als Karls Frau würde ich mir nicht den Mund verbieten lassen.

Ich sehe, dass ihre Lippen beben, und kann spüren, wie sie mit den Tränen kämpft. Sie tut mir leid, und ich würde ihrem Karl am liebsten ein paar passende Worte mitgeben. Doch ich schweige und packe stattdessen meine ganze Verachtung für ihn in einen Blick.

»Was? Hast du mir etwas zu sagen?«, raunzt er nun mich an.

»Nicht dir, deiner Frau. Getrennt Urlaub zu machen, ist eine ausgezeichnete Idee. Ich mache es auch gerade und kann es nur wärmstens empfehlen. Du wirst staunen, wie klar man danach sieht.«

Bis zur Einfahrt in den Stockholmer Hauptbahnhof herrscht Schweigen.

Beim Ausstieg muss ich mich allein mit dem Gepäck abmühen. Mit letzter Kraft schaffe ich es zum Taxistand.

»Ist es weit von hier?«, frage ich den Fahrer und zeige ihm den Zettel, auf dem ich Theos Adresse notiert habe.

Er schüttelt den Kopf und meint, dass es nicht länger als zehn Minuten dauern wird, bis ich am Ziel ankomme.

›Am Ziel meiner Träume‹, unke ich leise vor mich hin.

Als der Wagen vor einem historischen Gebäude im Geschäftsviertel hält, wird mir sofort klar, dass Theo hier nicht wohnt, sondern arbeitet.

Bepackt wie ein Esel, betrete ich sein Atelier. Ein junger Typ, der dem klassischen Bild eines blonden Schweden entspricht und dem ehemaligen Tennisspieler Björn Borg wie aus dem Gesicht geschnitten ist, kommt auf mich zu.

»Hej, ich bin Rieke und möchte zu Theo. Ist er da?«

»Er ist mit Sam im Park spazieren.«

»Theo hat einen Hund? Das wusste ich gar nicht.«

Ich werde ausgelacht. »Nein, Sam ist sein Sohn.«

Mein Herz bleibt fast stehen, als ich Alina auf mich zukommen sehe. Sie trägt ein Kleinkind auf dem Arm und beäugt mich ebenso skeptisch wie ich sie.

»Habe ich mich doch nicht getäuscht, als ich deine Stimme gehört habe. Was führt dich her, Rieke?«

Die Frage würde ich ihr auch gern stellen, aber es hat mir die Stimme verschlagen. Stumm deute ich auf den Kleinen.

»Das ist Adrian, mein kleiner Teufel. Warum guckst du so erstaunt? Ich habe dir doch von meinen beiden Jungs erzählt.«

Ja, das hat sie. Sie hat mir sogar ein Foto von ihnen gezeigt. Allerdings hat sie mir verschwiegen, dass Theo der Vater ist. Auch er hat es nicht für nötig gehalten, mir davon zu erzählen.

Im Gegenteil. Er hat mich angelogen und behauptet, keinerlei Bindungen zu haben.

»Also, was führt dich her?«

»Ich bringe den ersten Schwung Papier«, stottere ich und lege das Paket auf den Boden.

»Warum hast du es nicht einfach mit der Post geschickt, statt dich extra herzubemühen?«

»Es war keine Extramühe. Ich musste sowieso herkommen, weil ich heute zurück nach Hamburg fliege. Richte Theo liebe Grüße aus und bestelle ihm, dass er sich bei Fragen direkt an Brigitta wenden soll. Tschüss.«

Ich nehme meinen Koffer und verlasse eilends das Atelier. Erst draußen gelingt es mir, Luft zu holen. Mit zittrigen Fingern fische ich mein Handy aus der Tasche. Ich will mir ein Taxi rufen, als ich jemanden hinter mir spüre. Ich drehe mich um und stehe erneut Alina gegenüber, die ihre Hände auf die Hüften stemmt.

»Hältst du mich für blöd? Glaubst du, ich kaufe dir ab, dass du vier Stunden mit der Bahn in die entgegengesetzte Richtung gefahren bist, nur um nach Hause fliegen zu können?«

»Selbstverständlich. Ich habe ein bezahltes Ticket. Das lasse ich doch nicht verfallen.«

Sie baut sich drohend vor mir auf. »Ich warne dich, Rieke. Lass die Finger von Theo, sonst lernst du mich kennen!«

Ich strecke den Arm in die Luft und winke das kommende Taxi heran. Ohne sie eines Blickes zu würdigen, steige ich ein. »Zum Flughafen, bitte.«

KAPITEL 14

Eilmeldung

Mein Handy schalte ich erst wieder an, nachdem ich zu Hause angekommen bin und meinen Koffer abgestellt habe. Inzwischen sind vier Anrufe eingegangen. Drei von Theo, einer von Johanna. Seine Nummer blockiere ich sofort. Bei meiner Freundin melde ich mich zurück.

Ihre Stimme klingt aufgebracht. »Kannst du deutsches Fernsehen in Schweden empfangen?«

»Ich bin gar nicht mehr dort, sondern schon wieder zu Hause. Warum fragst du?«

»Stell sofort die Flimmerkiste an. Im Ersten laufen gerade die Nachrichten.«

Um das tun zu können, muss ich erst die Fernbedienung suchen. Als es mir endlich gelingt, den Fernseher einzuschalten, ist die ›Tagesschau‹ vorbei.

»Was sollte ich mir denn ansehen?«

»Mensch, Rieke. In Tirol ist eine Lawine abgegangen und hat mehrere Personen unter sich begraben. Es sollen auch Deutsche darunter sein.«

Erst jetzt begreife ich, was hinter ihrer Panik steckt. »Sag mir nicht, dass Marco und Paul unter den Verschütteten sind.«

»Um Paul müssen wir uns keine Sorgen machen. Der steht direkt neben mir. Aber Marco ist seit Stunden nicht zu erreichen. Wir rufen pausenlos bei ihm an, aber sein Handy ist ausgeschaltet.«

»Was haben die Leute von der Bergwacht zu euch gesagt?«

Sie stöhnt laut hörbar auf. »Die konnten wir nicht persönlich befragen, weil wir gar nicht mehr in Österreich sind. Wir haben es auch erst durch die Medien erfahren.«

»Was heißt das? Wieso seid ihr nicht mehr in Tirol?«

»Nach dem Streit sind wir abgereist.«

Ich muss mich setzen. »Wir müssen herausfinden, wann und wo Marco zum letzten Mal gesehen wurde. Kann man das nicht über den Liftbetreiber herausfinden? Es gibt doch bestimmt Aufzeichnungen darüber, wer wann die Sesselbahn bestiegen hat.«

»Wir haben die örtliche Polizei eingeschaltet und darum gebeten, dass sie jemanden zum Cottage schicken, um nachzusehen, ob Marco da ist. Vor einer halben Stunde haben sie sich gemeldet und mitgeteilt, dass sie im Haus niemanden angetroffen haben.«

»Vor einer halben Stunde? Da war es längst dunkel. Oh, mein Gott. Ich glaube, ich verliere den Verstand.«

»Bleib ruhig. Ich komme zu dir.«

Ich lege auf und wähle seine Nummer. Doch auch ich erhalte nur die Ansage, dass der Teilnehmer derzeit nicht erreichbar ist.

Es ist durchaus vorstellbar, dass Marco sich unter den Verschütteten befindet. Er liebt es, abseits der Pisten zu fahren, obwohl es strikt untersagt ist.

Verzweifelt zappe ich durch alle Programme in der Hoffnung, Neues vom Unglücksort zu erfahren. Auf dem Nachrichtenkanal werden Eilmeldungen als Untertitel eingeblendet. Darin heißt es, die Retter seien noch nicht zu den Vermissten vorgedrungen.

Als Johanna nach einer Viertelstunde eintrifft, zittere ich am ganzen Körper.

»Es macht mich wahnsinnig, dass wir nichts unternehmen können.«

Sie stimmt mir zu, folgt mir in die Küche und fragt, ob sie einen Kaffee für uns kochen soll.

»Setz dich, ich erledige das.«

Wie ferngesteuert öffne ich den Schrank, als sie mich fragt, was ich mit der Staatsanwaltschaft zu tun habe. »Hier liegt ein Brief, der an dich adressiert ist und den Absender der Justizbehörde trägt.«

Ich tausche die Kaffeedose gegen das Schreiben. Während ich das Kuvert öffne, bestückt Johanna die Kaffeemaschine.

»Wann bist du heute angekommen?«

»Fünf Minuten bevor wir telefoniert haben. Warum?«

»Hast du dir nach deiner Ankunft einen Kaffee gekocht?«

»Nein, ich habe mich keinen Meter vom Fernseher entfernt. Was soll die Fragerei?«

»Schau dir mal die Filtertüte an. Der Kaffeesatz ist noch feucht.«

»Wir können aufhören, uns verrückt zu machen. Dieser Brief trägt das Datum von vor vier Tagen und beweist, dass Marco nicht in Gefahr ist. Er war heute hier und hat die Post aus dem Briefkasten genommen.«

Während mir ein Stein vom Herzen fällt, schimpft Johanna wie ein Rohrspatz. »Spinnt der? Wieso stellt er sein Handy aus? Hat er eine Ahnung, welche Ängste wir seinetwegen ausgestanden haben? Der kann was erleben, wenn ich ihn in die Finger bekomme.«

Auf diesen Schreck brauche ich einen Schnaps. Johanna möchte keinen Obstler mit mir kippen, sondern nach Hause fahren, um Paul die gute Nachricht zu überbringen.

»Er wird vor Freude einen Luftsprung machen, wenn er erfährt, dass seinem besten Freund nichts passiert ist.«

»Weshalb haben die beiden gestritten?«

»Wegen einer Nichtigkeit. Schwamm drüber.«

Das stinkt doch zum Himmel. »Wegen einer Nichtigkeit habt ihr doch euren Urlaub nicht abgebrochen. Spuck es aus! Was war los?«

Sie kommt näher und nimmt mich in den Arm. »Mach dir keinen Kopf. Das Wichtigste ist, dass Marco wohlauf ist. Den Rest erledigen unsere Kerle unter sich.«

Johanna verlässt die Wohnung. Ich stelle den Fernseher aus, denn ich brauche Stille, um meine Gedanken zu ordnen.

»Was für ein Schei…tag«, stöhne ich und schenke mir nach.

Ich trinke auf Theo, den begnadeten Künstler, der ein noch besseres Talent als Schauspieler besitzt. »Beinahe wäre ich auf dein Theater hereingefallen.«

Der nächste Schluck geht auf Alina. »Lass die Finger von ihm. Sonst lernst du mich kennen«, äffe ich sie nach. »Kein Problem, du Zicke!« Was das betrifft, halte ich es wie Brigitta. Auch für mich sind Männer tabu, die gebunden sind.

Den letzten Tropfen widme ich Marco.

»Denk bloß nicht, dass, nur weil ich Angst um dich hatte, wir so weitermachen werden wie bisher. Du wirst dich wundern, wenn du nach Hause kommst. Ab sofort weht hier ein anderer Wind!«

Wieso sehe ich alles verschwommen? Ich glaube, ich bin betrunken. Der Teil meines Gehirns, der für das Sprachzentrum verantwortlich ist, läuft nur noch auf Sparflamme. Mein Gleichgewichtssinn hat sich vollends verabschiedet.

Torkelnd verlasse ich das Wohnzimmer in Richtung Bett. Im dunklen Flur stoße ich mir den großen Zeh.

»Aua! Verdammt, Marco! Wieso steht dein Koffer hier im Weg? Wenn du glaubst, dass ich dir weiterhin deine Sachen hinterherräume, bist du falsch gewickelt.«

KAPITEL 15

Katerstimmung

Mit einem Kater, der die Größe eines ausgewachsenen Löwen hat, sitze ich am nächsten Morgen am Küchentisch und klage über unbeschreiblich starke Kopfschmerzen.

»Wo steckst du?«, frage ich laut, denn Marco ist bisher nicht nach Hause gekommen. Sein Handy hat er noch immer ausgeschaltet. Ich nehme mir vor, im Labor anzurufen, denn ich vermute, dass er mal wieder die Nacht dort verbracht und durchgearbeitet hat. Der Dentist, mit dem er kooperiert, wurde fuchsteufelswild, als Marco ihm erklärte, dass er sich für zwei Wochen ausklinken wird, um mit mir zu verreisen.

»Sollen meine Patienten vierzehn Tage ohne Zahnersatz herumlaufen, nur weil du Ski fahren musst? Du bist ein junger Bursche. Wieso brauchst du überhaupt so lange Urlaub? Überlege dir, was dir wichtiger ist. Im Gegensatz zu dir bin ich nicht auf dich angewiesen. Dentallabore gibt es wie Sand am Meer.«

Marco hat dem Druck seines Auftraggebers standgehalten. »Ich bin doch nicht sein Sklave«, posaunte er großspurig.

Dass ihm in Tirol doch Zweifel gekommen sind und er deshalb vorzeitig zurückgekommen ist, überrascht mich nicht.

Noch während ich auf dem Festnetztelefon wähle, klingelt mein Smartphone. Ich gehe sofort ran.

»Was ist los, Rieke? Warum bist du nicht in Stockholm? Theo hat mich gerade angerufen. Er sagt, er könne dich nicht erreichen.«

»Guten Morgen, Brigitta. Er kann mich nicht erreichen, weil ich seine Nummer blockiert habe.«

»Warum hast du das gemacht?«

»Er weiß, warum. Das sollte reichen. Sei mir bitte nicht böse, aber ich bin ein wenig in Eile.«

»Schon gut, Süße. Melde dich, wenn du mehr Zeit hast.«

Es war nicht geschwindelt. Ich muss mich wirklich sputen, denn ich soll noch heute innerhalb der Sprechzeiten bei der Staatsanwaltschaft erscheinen, um eine Aussage zu machen. Weil ich nicht auf die bisherigen Schreiben reagiert habe, die mir angeblich zugestellt worden sind, muss ich nun persönlich antanzen.

Noch immer fühle ich mich benebelt und hoffe, dass eine Dusche Abhilfe schaffen wird.

Das Wasser prasselt auf mich ein, als ich mit geschlossenen Augen zu meinem Duschgel greife. Doch ich greife ins Leere.

Mist! Die Flasche befindet sich noch in meinem Koffer. Nach der ganzen Aufregung bin ich gestern nicht mehr dazu gekommen, ihn auszupacken.

Tropfnass verlasse ich das Bad und flitze ins angrenzende Schlafzimmer. Aber dort fehlt von meinem Gepäck jede Spur.

Dafür kann es nur eine Erklärung geben. Bei dem Gepäckstück im Flur handelt es sich nicht um Marcos Koffer, den er gedankenlos dort abgestellt hat, sondern um meinen.

»Tut mir leid, dass ich dich fälschlicherweise bezichtigt habe«, nuschle ich und nehme mir vor, künftig einen hohen Bogen um Alkohol zu schlagen.

Ich mag keine Ämter. Eine Nummer zu ziehen, endlos lange auf dem Flur zu sitzen und darauf zu warten, dass man aufgerufen wird, ist mir ein Graus. Deshalb war ich stets froh, wenn Marco mir das abgenommen hat. Mit einer Vollmacht, die ich ihm zuvor ausgestellt habe, hat er alle lästigen Behördengänge für mich erledigt.

Heute werde ich sofort vorgelassen. Die blutjunge Staatsanwältin bedankt sich für mein Kommen. Lässt jedoch nicht unerwähnt, dass ich mich auch schriftlich zu der Sache hätte äußern können.

»Ich habe nie einen Anhörungsbogen erhalten.«

»Nun sind Sie ja hier, und ich kann den Fall endlich vor Gericht bringen.«

»Sie wollen den Jungen, der mich angefahren hat, anklagen?«

»Er hat sich der Körperverletzung schuldig gemacht.«

»Es war ein Unfall. Er hat doch nicht beabsichtigt, mich zu verletzen.«

»Aber er hat Sie schwer verletzt, Frau Kohler. Obendrein war er auf dem Bürgersteig in falscher Fahrtrichtung unterwegs. Das muss geahndet werden.«

Ich bin mir sicher, dass es dieser unerfahrenen Anfängerin nicht um die Schmerzen geht, die ich erlitten habe. Sie will dem Jungen unbedingt eine Lektion erteilen. Warum ist sie so versessen darauf, ihn vor den Kadi zu zerren? Meine Güte, er ist jung und war leichtsinnig. Waren wir das nicht alle in seinem Alter? In mir wächst der Verdacht, dass es ihr gar nicht um eine gerechte Strafe geht, sondern nur darum, vor Gericht Pluspunkte zu sammeln. Ich bin nicht bereit, den Jungen für ihren Karrieresprung zu opfern, und möchte nicht schuld daran sein, wenn ihm als Vorbestrafter nicht mehr alle Türen für sein weiteres Leben offenstehen.

»Haben Sie schon viele Heranwachsende angeklagt, die zu einer Jugendstrafe verdonnert wurden? Oder ist das Ihr erster Fall?«

Offensichtlich habe ich sie mit meiner Frage verunsichert. »Das steht doch gar nicht zur Debatte. Hier geht es doch nicht um mich.«

»Angesichts der weitaus schwerwiegenderen Straftaten, die Jugendliche begehen, wundere ich mich, dass Sie sich ausgerechnet in diesen Fall hartnäckig verbeißen.«

»Wollen Sie mir meinen Job erklären? Das, was Louis Behrens sich geleistet hat, ist und bleibt eine Straftat.«

»Ich sehe das anders. Für mich handelt es sich lediglich um einen Verstoß gegen die Straßenverkehrsordnung. An meiner Verletzung trägt der Junge die gleiche Schuld wie ich selber. Ich hätte ihm ausweichen können, aber ich war in Gedanken. Wollen Sie mich jetzt wegen Unachtsamkeit belangen?«

»Ist Ihnen klar, was Sie gerade aussagen? Wenn ich das zu Protokoll nehme, werden Sie jeglichen Anspruch auf Schmerzensgeld verlieren.«

»Ich bleibe dabei. Sollte es zur Gerichtsverhandlung kommen, werde ich genau das aussagen. War's das?«

Draußen angekommen, hält gerade der Bus, der zum Alten Markt fährt. Ich steige ein, um meiner Mutter einen kurzen Besuch abzustatten. Vielleicht hat sie eine Kopfschmerztablette für mich, denn mein Schädel droht, jeden Moment zu zerplatzen.

Ich nähere mich meinem Elternhaus, als sich die Ladentür

öffnet. Meine Mutter verabschiedet zwei Anzugträger, die gleich darauf im Gleichschritt zum Kundenparkplatz stiefeln.

»Wer waren die Leute?«

»Rieke, was machst du hier? Du wolltest doch noch länger in Schweden bleiben.«

»Müssen wir das draußen besprechen? Mir ist kalt, und ich brauche dringend ein Aspirin.«

Meine Mutter schlüpft in Sekundenschnelle in die Rolle der besorgten Krankenschwester. »Hast du Fieber? Komm schnell ins Bad. Wir machen einen Schnelltest. Dieser Corona-Wahnsinn ist noch immer nicht überstanden.«

»Ich habe keine Temperatur, ich bin nur verkatert. Nach meiner Rückkehr gestern Abend hatte ich einen Birnenbrand zu viel.«

»Du bist schon seit gestern zurück?«

»So ist es. Ich bin planmäßig um neunzehn Uhr am Flughafen Helmut Schmidt gelandet.«

»Wenn du mir rechtzeitig Bescheid gegeben hättest, wäre ich nicht in deine Wohnung gefahren, um die Topfblumen zu gießen.«

»Du warst gestern in unserer Wohnung?«

»Sei mir dankbar. Deine Grünpflanzen hatten es bitter nötig.«

Mein Puls beschleunigt sich. »Hast du die Post aus dem Briefkasten genommen und dir einen Kaffee gekocht?«

Sie nickt. »Nachdem du mir gesagt hattest, dass du länger bleiben willst, habe ich mich sofort in Bewegung gesetzt. Es war auch ein Brief von der Staatsanwaltschaft für dich dabei. Ich habe ihn nicht geöffnet, sondern für dich auf die Arbeitsplatte gelegt. Hast du ihn schon gefunden? Was wollen die von dir? Geht es um den Unfall?«

Nach dem Wort ›Brief‹ habe ich aufgehört, ihr zuzuhören.

»Oh, mein Gott«, jaule ich.

»Ein simples ›Danke‹ hätte völlig ausgereicht. Ich habe es gern für dich erledigt, obwohl mir die vielen Stufen schwer zu schaffen gemacht haben. Aber ich weiß doch, wie sehr du an dem Gestrüpp hängst.«

»Hör auf zu schwafeln, Mama! Wenn du gestern bei uns warst, kann Marco es nicht gewesen sein.«

Ich schlage mir die Hand vor den Mund und spüre, wie die Kraft in meinen Beinen nachlässt. Noch bevor Mutter eingreifen kann, breche ich zusammen und sinke vor ihr zu Boden.

»Kind, hast du dir wehgetan?«

Ich kann ihr nicht antworten. Zumal ich nicht weiß, ob es die Schmerzen im Knie sind oder der Druck in meinem Brustkorb, der mich in einen Zustand der Ohnmacht befördert.

Nach zwei vergeblichen Versuchen, mich aufzurichten, höre ich, wie sie telefonisch den Notruf verständigt.

»Er war doch dabei«, wimmere ich.

»Wer, Mäuschen? Wer war wo dabei? Wovon sprichst du?«

»Von Marco. Er ist tot. Ich spüre es.«

Eine Stunde später trage ich wieder eine Orthese und habe ein Beruhigungsmittel verabreicht bekommen.

Doch auch das stimmt mich nicht milde, als ich Mutter sagen höre, dass es um diesen Mistkerl nicht schade sei.

»Bist du noch bei Trost?«, brülle ich sie an. »Marco mag nicht dein Wunschschwiegersohn gewesen sein, aber er war ein Mensch aus Fleisch und Blut.«

»Dreh nicht wieder durch! Die Bergungsarbeiten sind doch noch gar nicht abgeschlossen. Sie werden ihn schon noch finden.«

»Was glaubst du, wie lange ein Mensch atmen kann, wenn er unter einer meterhohen Schneedecke liegt?«

»Gerade wird berichtet, dass ein Mann gerettet wurde. Er ist schwer verletzt, aber er lebt.«

Ich schaue zum Fernseher. Marco kann es nicht sein. Bei der gezeigten Person handelt es sich um jemanden, der im Nachbarort verunglückt ist und mit dem Hubschrauber ausgeflogen wird.

Mutter stellt den Ton lauter, als sich ein Verantwortlicher von der zuständigen Präfektur zu einem Interview vor der Kamera einfindet. Mit betretener Miene erklärt er, dass es in diesem Winter bedauerlicherweise zu zahlreichen Schneetoten gekommen sei, weil die Verbote von den Urlaubern auf fahrlässige Weise ignoriert werden. »Ich kann nur warnen …«

Er nennt den Tod dieser Menschen ›bedauerlich‹.

»Stell das aus! Ich ertrage sein Gerede keinen Moment länger.«

»Aber der Mann hat doch recht«, verteidigt Mutter seinen Kommentar.

Ich kann hier nicht bleiben, beschließe ich, als Paul mich anruft.

»Rieke«, beginnt er bedächtig. »Marco ist nicht in Hamburg, wie du angenommen hast. Die Polizei hat sich gerade bei mir gemeldet. Sie haben sein Handy gefunden, und zwar in Tirol.«

»Nur sein Handy?«

»Ja. Wo bist du?«

»Bei meiner Mutter. Aber ich muss hier schnellstens weg, sonst drehe ich völlig durch. Könnt ihr mich abholen?«

»Sicher. Bis gleich.«

Mama hat kein Verständnis dafür, dass ich allein in die Wohnung zurückkehren will.

»Ich weiß, du meinst es nur gut, aber ich möchte jetzt wirklich lieber für mich sein.«

Humpelnd bewege ich mich zu Pauls Auto und wundere mich, dass er allein gekommen ist. »Wo ist Johanna? Warum ist sie nicht bei dir?«, frage ich und steige ein.

»Sie ist auf dem Weg zu ihrem Großvater. Er ist heute achtzig geworden.«

»Eine Feier zum runden Geburtstag, und du bist nicht dabei?«

»Es war abgesprochen, dass ich später nachkomme. Aber nach diesen furchtbaren Nachrichten fahre ich natürlich nicht. Johanna wird es nicht nur verstehen, sie wird darauf bestehen, dass ich bei dir bleibe.«

»Bring mich nur nach Hause. Danach kannst du ihren Opa hochleben lassen. Ich komme schon klar.«

»Wie stellst du dir das vor, Rieke? Ich kann jetzt unmöglich feiern«, entrüstet er sich. »Marco ist mein bester Freund, und du …« Er unterzieht mich einer eingehenden Musterung. »Du machst einen vollkommen erschöpften Eindruck.«

»Das liegt an diesem Sedativum, dass mir gespritzt wurde. Langsam setzt die Wirkung ein.«

Paul begleitet mich in die Wohnung. Da die Polizei nicht mich, sondern ihn sofort informieren wird, sollte es Neuigkeiten geben, bitte ich ihn doch, bei mir zu bleiben.

Ich lege mich auf die Couch und starre an die Decke, bis mir die Augen zufallen.

Als ich irgendwann aufwache, ist es stockdunkel. Paul sitzt auf der Sofakante und weint bitterlich.

»Sie haben die Suche eingestellt.«

Ich stehe auf und stelle mich ans Fenster. »Vor drei Tagen haben wir das letzte Mal miteinander telefoniert. Marco hat das Gespräch ohne Gruß beendet, weil er dachte, ich wolle mit ihm streiten. Aber das war gar nicht meine Absicht«, stammle ich mit dünner Stimme.

Paul kommt zu mir und nimmt mich in den Arm. An seiner Brust bricht es aus mir heraus. »Ich weiß gar nicht, wie es weitergehen soll. Was ist, wenn sie ihn erst im Frühjahr nach der Schneeschmelze finden? Oder sie ihn gar nicht finden? Dann können wir ihn noch nicht einmal beerdigen.«

»Du musst da nicht allein durch. Johanna und ich werden dir beistehen.«

KAPITEL 16

Seelentröster und Verräter

Seit Tagen geben sich Paul, Johanna und Mutter bei mir die Klinke in die Hand. Es ist lieb, dass sie versuchen, mich aufzumuntern. Trotzdem wäre ich viel lieber allein.

Jetzt klingelt es schon wieder. Ich stöhne laut auf und betätige den Summer, ohne zu fragen, wer um Einlass bittet. Ich lasse die Wohnungstür einen Spalt weit geöffnet und schlurfe zurück ins Wohnzimmer, lege mich aufs Sofa und krabble unter die Wolldecke, so wie ich es rund um die Uhr mache.

»Frau Kohler, darf ich eintreten?«, ruft eine mir fremde Männerstimme.

Ich stehe auf und begebe mich hinkend in den Flur. »Wer sind Sie?«

»Mein Name ist Behrens. Ich bin Louis' Vater. Darf ich Sie einen Moment stören?«

Als ich merke, wie der feine Herr mich argwöhnisch beäugt, versuche ich mich in Erklärungen.

»Bitte entschuldigen Sie meinen Aufzug. Ich sehe nicht immer so verlottert aus. Mein Lebensgefährte ist tödlich verunglückt, und ich stehe noch immer völlig neben mir.«

»Wie furchtbar. Mein aufrichtiges Beileid. Wenn Sie es wünschen, komme ich ein anderes Mal wieder.«

»Nein, bleiben Sie. Bitte, nehmen Sie am Esstisch Platz. Ich bin gleich bei Ihnen.«

Hurtig husche ich ins Bad, bändige meine Haare und putze mir die Zähne. Den Geruch unter meinen Achseln übertünche ich mit Deodorant und schlüpfe in ein sauberes T-Shirt.

»Was führt Sie zu mir, Herr Behrens?«

»Ich habe über den kurzen Dienstweg erfahren, was Sie bei der Staatsanwaltschaft ausgesagt haben. Dank Ihnen kommt Louis mit einem blauen Auge davon.«

»Das freut mich. Es ging mir nie darum, Ihren Sohn zur Rechenschaft zu ziehen.«

»Und genau das ist der Punkt, den ich nicht verstehe. Warum zeigen Sie ihn erst an und räumen später eine Mitschuld ein?«

»Ich habe Ihren Sohn nicht angezeigt. Das muss die Polizei veranlasst haben, die zum Unfallort gerufen wurde.«

Er schüttelt den Kopf. »Es ist jetzt gewiss nicht der richtige Zeitpunkt, aber die Anzeige ging nicht von der Polizei aus, sondern von Ihrem verstorbenen Lebensgefährten. Er hat auch Klage auf Schmerzensgeld eingereicht.«

»Das kann nicht sein. Davon wüsste ich.«

»Sie haben ihn doch selber dazu bevollmächtigt.«

»Ich habe keine Ahnung, wovon Sie reden. Ich will Ihr Geld gar nicht!« Ich klopfe mir auf die Brust und wimmere: »Das Einzige, was ich will, ist, dass es aufhört, hier drinnen so verdammt wehzutun.«

Er atmet laut hörbar durch die Nase aus. »Es tut mir leid, Frau Kohler. Ich kann Ihnen Ihren Lebensgefährten nicht zurückbringen, aber ich kann Ihnen zu Ihrem Recht verhelfen.« Er legt ein Bündel Geldscheine auf den Tisch.

»Was soll das?«

»Das ist das Schmerzensgeld, das ich Ihnen freiwillig bezahlen möchte. Nach Ihrer Aussage hat Ihre Klage keine Aussicht mehr auf Erfolg.«

»Noch einmal zum Mitschreiben: Ich habe keine Klage eingereicht.«

Herr Behrens öffnet seinen Diplomatenkoffer und reicht mir eine Mappe. »Und was ist das?«

Als ich den Schriftsatz lese, der dem Beklagten zugestellt wurde, verstehe ich die Welt nicht mehr.

Hinkend begebe ich mich zum Schrank und hole Marcos persönlichen Ordner aus dem Fach. Darin befindet sich tatsächlich die Ausfertigung für die Klägerin Rieke Kohler. Als ich erkenne, dass Marco auf der Vollmacht, die ich ihm im letzten Sommer für Behördengänge ausgestellt habe, das Datum geändert hat, falle ich aus allen Wolken.

»Das hat er ohne mein Wissen gemacht«, stammle ich. »Ich schwöre, ich wusste nichts davon.«

Mitleidig deutet er auf meine Orthese. »Wie ich sehe, leiden Sie noch immer an den Folgen. Bitte, nehmen Sie das Geld an, und seien Sie Ihrem Lebensgefährten nicht böse. Er hat es bestimmt nur gut mit Ihnen gemeint.«

Er verabschiedet sich. »Bleiben Sie sitzen. Ich finde allein heraus.«

Behrens geht. Paul, Johanna und Mutter kommen zeitgleich herein.

»Wer war der Typ? Und was ist das für ein Haufen Geld auf dem Tisch?«

Ich schaffe es gerade noch, ihnen in kurzen Worten zu schildern, wer Behrens ist und was Marco hinter meinem

Rücken angezettelt hat. Danach breche ich wieder in Tränen aus.

Mutter hakt nach. »Er hat in deinem Namen Klage eingereicht. Und du wusstest nichts davon?«

»Marco hat es nur gut gemeint«, krächze ich. »Schließlich hätte ich einen bleibenden Schaden davontragen können. An mögliche Spätfolgen habe ich nie gedacht. Er hingegen hat vorausschauend gehandelt. Und nun kann ich mich nicht mehr bei ihm bedanken.«

»Es reicht!«, brüllt Johanna mich an. »Ich halte deine Heulerei keinen Moment länger aus. Hör auf, Marco zu glorifizieren! Er war ein verlogener Schuft, den du nicht betrauern musst!«

»Wie kannst du derart abfällig über ihn sprechen?«

»Mach die Augen auf! Er hat dir nichts von der Klage gesagt, weil er das Geld für sich einstreichen wollte. Dein Marco steckte in finanziellen Schwierigkeiten.«

Sie greift zu seinem Ordner, der noch immer auf dem Tisch liegt, und klappt ihn auf.

»Was erlaubst du dir?«, herrsche ich sie an.

Doch sie blättert ungeniert darin herum. »Sieh her! Eine Mahnung folgt der nächsten. Dein Marco stand kurz vor der Pleite.«

»Pleite? Übertreibe nicht! Er hatte einen finanziellen Engpass. Mehr nicht. So wie es den meisten Branchen erging, hat auch sein Labor unter dem Lockdown gelitten. Niemand ist in der Zeit zum Zahnarzt gegangen. Ich bin mir sicher, dass wir das zusammen wieder hinbekommen hätten.«

»Zusammen?«, kreischt sie und fasst sich an den Kopf. »Es wird Zeit, dass dir jemand die Augen öffnet.«

»Bitte nicht«, fleht Paul seine Frau an.

»Ich habe lange genug geschwiegen. Rieke ist meine Freundin. Ich schulde ihr die Wahrheit. Jetzt erst recht.«

Johannas Zornesfalte tritt stark hervor. »Du willst wissen, was in Tirol passiert ist? Dann höre mir genau zu.«

Paul wendet seinen Blick ab. Es scheint ihm nicht möglich zu sein, mich anzusehen, während sie beginnt, mir zu berichten.

»Als wir spät in der Nacht am Cottage ankamen, brannte Licht im Haus. Eine junge Frau öffnete uns die Tür. Paul und mich begrüßte sie per Handschlag. Marco fiel sie sogleich stürmisch um den Hals.«

Ich stehe auf dem Schlauch. »Wer war die Frau?«

»Die, mit der er dich seit Monaten betrügt.«

Mir wird schlagartig übel. »Marco hatte ein Verhältnis?«

Meine Mutter meldet sich zu Wort. »Endlich ist es raus. Wäre Johanna nicht so mutig gewesen, hätte ich es dir heute gesagt.«

Ungläubig schaue ich in die Runde. Ich wende mich an Marcos besten Freund. »Hast du das gewusst?«

»Ich hatte keine Ahnung«, beteuert Paul. »Ohne Vorwarnung hat er uns mit der inakzeptablen Situation konfrontiert. Ich habe ihm unmissverständlich klargemacht, dass wir dabei nicht mitspielen, und habe darauf bestanden, dass sie unverzüglich das Haus verlässt.«

Mein hysterisches Lachen deutet darauf hin, dass ich kurz davorstehe, verrückt zu werden.

»Seit Monaten ging das schon? Und ich habe mir eingeredet, dass wir kein Liebesleben mehr hatten, weil er Rücksicht auf mein Knie nehmen wollte. Das erklärt auch die vielen

Nächte, die er im Labor verbracht hat, und die Panik in seinem Gesicht, als er befürchten musste, ich würde zu guter Letzt doch mitfahren. Jetzt ergibt alles einen Sinn. Wie dumm war ich, dass ich nicht gemerkt habe, dass er fremdgeht?«

Offensichtlich muss Paul seinen ganzen Mut zusammennehmen, um mir den finalen Dolchstoß zu verpassen.

»Marco und diese Frau hatten keine belanglose Affäre. Er hat mir anvertraut, dass er sich nach seiner Rückkehr von dir trennen wird, um mit ihr für immer zusammenzubleiben.«

»Tja, sollte seine Neue mit ihm verschüttet worden sein, hat sich sein Wunsch schneller erfüllt, als er gedacht hat.«

»Sag so etwas nicht! Das ist deiner nicht würdig. Ich kann verstehen, dass du wütend bist.«

»Wütend? Du glaubst, ich sei nur wütend? Ich bin entsetzt und maßlos enttäuscht. Und zwar von euch! Was seid ihr für Freunde? Und was ist mit dir, Mama? Du hast es auch gewusst und mir kein Wort gesagt?«

»Was hätte es gebracht? Er hätte es abgestritten, du hättest ihm geglaubt, und ich wäre die Dumme gewesen. Nein, du musstest es selbst herausfinden.«

Ich bin derartig entsetzt, dass ich nicht fähig bin, einen weiteren Ton herauszubringen. Wild gestikulierend versuche ich, ihnen zu verdeutlichen, dass sie gehen sollen. Alle! Sofort! Entweder verstehen sie meine Signale nicht oder sie wollen sie nicht verstehen. Ich schnappe nach Luft und krächze: »Verschwindet! Macht, dass ihr rauskommt! Ich will keinen mehr sehen von euch!«

Ich komme mir vor wie eine Idiotin. Tagelang habe ich um einen Mann geweint, der mich belogen und betrogen hat. Ich frage mich, ob er vorhatte, mir seine Liaison zu gestehen, als wir am Abend vor seiner Abreise in einem der teuersten Restaurants der Stadt ein Fünf-Gänge-Menü eingenommen haben. Das wäre ein guter Ort gewesen, um die Bombe platzen zu lassen. Niemals hätte ich ihm in der Öffentlichkeit eine Szene gemacht. Aber den Mumm hat er nicht aufgebracht. Dabei hätte er nur sagen müssen: ›Rieke, ich muss dir etwas gestehen. Ich habe mich in eine andere Frau verliebt und möchte, dass wir uns trennen. Es ist doch nicht zu übersehen, dass wir beide nicht mehr glücklich sind. Lass uns in Frieden einen Schlusspunkt setzen.‹

Hätte er das zu mir gesagt, hätte ich nicht widersprochen. Vielleicht hätten wir einen Schnaps getrunken und uns gegenseitig versichert, für immer Freunde zu bleiben. Hätte, hätte, Fahrradkette. Er hat es nicht getan, und deshalb steigt eine unbändige Wut in mir auf. Ich verspüre große Lust, etwas zu zerstören. Seine Gitarre, die seit Jahren an der Wand hängt und mir schon immer ein Dorn im Auge war, bietet sich an.

Ich bin gerade im Begriff, das Instrument auf den Boden zu schlagen und es zu zertrümmern, als das Telefon klingelt. Weil kaum jemand auf dem Festnetz anruft, schrecke ich auf. Es ist pure Neugierde, die mich rangehen lässt.

»Hallo, Frau Kohler. Sind Sie auch schon wieder aus dem Urlaub zurück?« Ich erkenne die Stimme des Dentisten, für den Marco arbeitet. »Meine Sprechstundenhilfe hat mir gerade mitgeteilt, dass Marco mich dringend sprechen möchte, aber auf seinem Handy erreiche ich ihn nicht.«

Ich hole tief Luft. Noch überlege ich, wie ich ihm behutsam verklickern kann, dass er ihn weder auf dem Handy noch auf andere Weise jemals wieder erreichen wird, als er unbekümmert fortfährt.

»Heute war in der Praxis der Teufel los. Marco und ich hatten kaum Zeit, ausführlich miteinander zu telefonieren.«

Moment mal! Was hat er gerade gesagt?

»Sie haben mit ihm zu gesprochen? Heute?«

»Vor exakt zwei Stunden.«

Mir bleibt die Luft weg.

»Hat sich erledigt, Frau Kohler, er kommt gerade zur Tür herein.«

Wie versteinert halte ich den Hörer in der Hand und frage mich, ob ich nur träume. Ich träume nicht. Ich bin hellwach und habe keine Ahnung, wie ich darauf reagieren soll.

Mein Bauch und mein Verstand, die sich erfahrungsgemäß selten einig sind, raten mir einhellig dazu, schnellstens die Wohnung zu verlassen, bevor er hier aufschlägt und ich mich vergesse. In Windeseile packe ich meine Klamotten zusammen, stecke das Bargeld ein und schnappe mir Marcos Wagenschlüssel. »Nichts wie weg hier«, trage ich wie ein Mantra vor mich her, als ich die Stufen hinabsteige.

»Aber wohin?«, frage ich mich, als ich den Motor starte.

Ich folge meinem Instinkt und fahre in Richtung Norden.

KAPITEL 17

In Richtung Norden

Bis ich Puttgarden erreichte, um mit der Fähre nach Dänemark überzusetzen, durchlebte ich ein Wechselbad der Gefühle. Ich war verstört, traurig und maßlos enttäuscht. Weinend, fluchend und hadernd ging es weiter über die Öresundbrücke nach Schweden. In der Innenstadt von Malmö habe ich ein Hotelzimmer bezogen und bin erschöpft ins Bett gefallen.

Mein erster Tag als Single beginnt am reichhaltigen Frühstücksbuffet. Neben mir steht ein Mann, der einen Becher Kaffee aus dem Automaten zapft. Prompt beschleicht mich das merkwürdige Gefühl, diesen Moment schon einmal erlebt zu haben. Und zwar mit Theo.

»Du fehlst mir gerade noch«, murmle ich leise. Offensichtlich nicht leise genug, denn der Kaffeetrinker hat mich gehört und schaut mich verwundert an.

»Ich fehle dir?«

Ich bitte ihn sofort um Verzeihung. »Sorry, du warst gar nicht gemeint. Ich habe nur laut gedacht.«

»Führst du häufig Selbstgespräche? Sollte das der Fall sein, ist es ein eindeutiges Indiz dafür, dass du zu oft allein bist.«

»Was befähigt dich zu dieser Schnellanalyse? Bist du Psychiater?«

Er lacht. »Nein, ich spreche aus eigener Erfahrung. Wenn ich lange allein bin, unterhalte ich mich häufig mit mir. Erzähle ich Leuten davon, wirkt es befremdlich auf sie, aber mir hilft es, mir Dinge besser zu merken, die richtigen Entscheidungen zu treffen oder Stress abzubauen. Studien haben bewiesen, dass Menschen, die Selbstgespräche führen, besonders intelligent sind. Ich habe erst kürzlich einen bemerkenswerten Artikel über Genies gelesen. Wusstest du, dass …«

Ich unterbreche seinen Redeschwall. »Du heißt nicht zufällig Michael, oder?«

Verdutzt schaut er mich an. »Nein, mein Name ist Robert. Wieso?«

»Auf meinen Reisen treffe ich ständig auf einen Michael, der mich mit seinem Wissen langweilt.« Ich bemerke seinen konsternierten Blick und rudere zurück. »Normalerweise bin ich nicht so unhöflich. Mir steht nur gerade nicht der Sinn nach einem Plausch. Nichts für ungut und schönen Tag noch.«

Obwohl ich es mir gestern strengstens untersagt habe, mein Handy anzustellen, mache ich es nun doch. Die zahlreichen Nachrichten, die inzwischen von Mutter und Johanna eingegangen sind, tangieren mich nicht. Ich kann mir denken, dass es darin um Marcos plötzliche Wiederauferstehung von den Toten geht. Deshalb lösche ich sie ungelesen.

Das Einzige, was mich interessiert, ist die aktuelle Wetterlage. ›Über Südschweden zieht ein Tiefdruckgebiet, das starke Schneefälle erwarten lässt‹, prognostiziert die App.

Das ist nicht gut, denke ich, zumal der Wagen nur mit Allwetter- und nicht mit Winterreifen ausgestattet ist.

Besser, ich trödle nicht länger und mache mich sofort auf den Weg. Vor mir liegen zweihundert Kilometer, bis ich Brigittas Stuga erreichen werde. Dort will ich mich verkriechen und in aller Abgeschiedenheit meine Wunden lecken.

Bei Regen verlasse ich die Stadt. Doch schon nach wenigen Minuten schlägt das Wetter um. Die Temperatur sinkt auf den Gefrierpunkt, und Graupelschauer gehen nieder. Der Scheibenwischer läuft auf höchster Stufe. Weil ich die Geschwindigkeit den schlechten Sichtverhältnissen anpasse, komme ich nur schleppend voran.

In Älmhut schwitze ich Blut und Wasser, denn hier gefriert der Niederschlag auf der Fahrbahn. Sollte ich scharf bremsen müssen, wäre ich geliefert und würde wie der Sattelschlepper vor mir im Graben landen.

»Das ist die schlimmste Fahrt meines Lebens«, jaule ich.

Aber schon wenig später kann ich aufatmen. Hier hat es geschneit, und die Straßen wurden bereits geräumt.

Bis zu Brigittas Haus ist es nicht mehr weit. Weil ich jedoch vermute, dass sie sich in der Papierfabrik aufhält, fahre ich direkt dorthin.

Auf dem Hof parkt ein Transporter. Unter Arnes Aufsicht lädt ein Kurierfahrer Pakete ein. Ich bin mir sicher, dass es sich um die Lieferung für Theo handelt.

»Sag bloß, ihr seid schon fertig«, rufe ich und gehe auf Arne zu.

»Wenn wir einen Termin zusichern, dann kann dein Künstler sich darauf verlassen, dass wir Wort halten.«

Ich schaue mich auf dem Gelände um, kann aber Brigittas

Wagen nicht entdecken. Als ich frage, wo sie steckt, zeigt Arne mit dem Daumen hinter sich.

»Wie soll ich deine Handbewegung deuten? Geht sie im Wald spazieren? Oder was?«

»Sie ist daheim. Ich habe ihr gesagt, dass sie heute nicht kommen muss und ich den Versand allein bewältige.«

Da Arne recht kurz angebunden ist, verabschiede ich mich und fahre auf gleichem Weg zurück.

Auf mein Klingeln reagiert Brigitta nicht. Da ihr Wagen zugeschneit vor dem Haus parkt, kann ich sicher sein, dass sie nicht weggefahren ist.

Ich marschiere zur Stuga und habe Glück. Durch das Fenster sehe ich sie sauber machen. Als ich an die Scheibe klopfe, zuckt sie vor Schreck zusammen.

»Rieke, wo kommst du denn plötzlich her? Bist du auf der Durchreise? Hast du dich mit Theo versöhnt und willst für ihn die Papiere abholen? Das musst du nicht. Sie werden heute noch verladen.«

Kopfschüttelnd beantworte ich jede ihrer Fragen. »Ich möchte für einige Zeit in deiner Stuga bleiben, wenn du nichts dagegen hast.«

Ihr Blick lässt die erwartete Begeisterung vermissen.

»Ich dachte, du freust dich über meinen Besuch.«

»Ich freue mich sogar sehr, aber ich kann dir die Stuga nicht überlassen. Sie ist bereits Lovis versprochen. Er kommt jedes Jahr um diese Zeit her, um auf dem gefrorenen See zu fischen.«

»Mist! Aber ich habe selbst schuld. Ich hätte dich vorher anrufen sollen. Kein Problem, ich finde schon eine andere Unterkunft.«

Sie widerspricht sofort. »Nein, das kommt gar nicht in die Tüte. Ich lasse dich nicht gehen. Du kommst zu mir ins Haus und kannst in Maditas Zimmer ziehen.«

Es ist zwar nicht das, was ich mir unter ›Verkriechen in aller Abgeschiedenheit‹ vorgestellt habe, aber ich nehme ihr Angebot an.

Sie reicht mir den Haustürschlüssel. »Richte dich schon mal ein. Ich komme nach, sobald ich hier fertig bin.«

Maditas Zimmer liegt im Dachgeschoss. Allerdings sieht man hier keine Schrägen. Die sind hinter deckenhohen Drempelwänden versteckt. Als Kinder haben wir uns gern in den Kammern versteckt und uns Geheimnisse anvertraut. Heute nutzt Brigitta die Abseiten als Abstellfläche. Sie hat den Raum komplett neu möbliert und dabei viel Geschmack bewiesen. Das Bad sieht noch immer wie früher aus. Weiße Bodenfliesen, weiße Kacheln und dunkelblauer Stuck an der Decke. Es gibt eine begehbare Dusche und eine Eckbadewanne mit Whirlpoolfunktion.

»Findest du dich zurecht?«, ruft Brigitta. Statt ihr lautstark zu antworten, gehe ich hinunter zu ihr. Ich nehme vorsichtig Stufe für Stufe und halte mich am Handlauf fest.

Mit einem besorgten Blick nimmt sie mich ins Visier. »Hast du noch immer Probleme mit deinem Knie?«

»Wieder«, erkläre ich. »Ich bin unglücklich gestürzt.«

»Mal davon abgesehen, geht es dir gut? Du siehst nämlich nicht so aus, wenn ich das sagen darf.«

Natürlich darf sie das sagen, obwohl es nicht zu meiner Ermutigung beiträgt. »Wie heißt es so treffend? ›Hinfallen, aufstehen, Krone richten und weitermachen‹.«

»Hat es mit Theo zu tun?«

»Mit ihm, mit Marco, mit meinen Freunden und mit meiner Mutter. Ich bin hergekommen, um nicht mehr an diese Verräter zu denken. Deshalb wäre ich dir dankbar, wenn du mich nicht weiter auf sie ansprechen würdest.«

Sie respektiert meinen Wunsch und wechselt das Thema.

»Ich habe heute Morgen Pellkartoffeln gekocht. Ich möchte davon einen Salat mit Gurke, Radieschen und Dill machen. Den bereite ich stets nach gleichem Rezept zu, wenn Lovis kommt.«

»Es ist wirklich bemerkenswert, wie viel Mühe du dir für deine Feriengäste gibst.«

»Lovis ist kein normaler Feriengast. Er ist ein lieb gewonnener Freund, genau wie du. Hast du Lust, mir bei der Zubereitung zu helfen?«

Ich pelle und schnipple, aber als der Mann vorfährt, der mir die Stuga weggeschnappt hat, gehe ich hinauf ins Zimmer, stelle meinen Laptop an und öffne meine Filmbibliothek.

Nachdem ich mir vier Folgen meiner Lieblingsserie angesehen habe, ruft Brigitta zu Tisch.

»Ich möchte nichts essen, danke«, antworte ich durch die geschlossene Tür und setze meinen Netflix-Marathon fort.

Gegen Abend verspüre ich Durst. Ich möchte mir ein Glas aus der Küche holen, ohne auf Brigitta zu treffen. Bestimmt würde sie mich in ein Gespräch verwickeln. Aber mir steht nicht der Sinn nach einer Unterhaltung. Vielleicht habe ich Glück, und sie schläft schon.

Im Flur stelle ich meine Lauscher auf. Mist. Sie ist noch wach. Entweder spricht sie mit ihrem Feriengast, oder sie telefoniert. Dann halt ohne Glas, denke ich und trinke im Badezimmer Wasser direkt aus dem Hahn.

KAPITEL 18

Der Eisfischer

Zu Brigitta zu ziehen, war ein Fehler, den ich bereits bitter bereue. Wie konnte ich bloß annehmen, in ihrem Haus zur Ruhe zu kommen? Ständig steht sie vor der Zimmertür und fragt, ob ich runterkomme, um zu frühstücken, ihr bei einer Tasse Tee Gesellschaft leiste, ein Stück Kuchen probieren möchte oder am gemeinsamen Abendessen teilnehmen werde.

Schon wieder höre ich sie die Treppe hinaufstiefeln. Sollte sie erneut versuchen, mich zu überreden, ihren Lovis kennenzulernen, werde ich auf der Stelle meine Sachen packen und das Weite suchen.

Heute bleibt sie nicht im Flur stehen, sondern stürmt wie ein Feldwebel ins Zimmer und brüllt mich an.

»Was wird das hier, Rieke? Seit drei Tagen igelst du dich ein, isst nichts und trinkst nur kaltes Wasser aus dem Hahn. Wofür bestrafst du dich?«

»Ich bestrafe mich doch nicht. Ich ruhe mich aus. Schließlich habe ich Urlaub.«

»Sieht so dein neues Leben aus, das du dir vorgenommen hast?« Sie reißt die Vorhänge auf und öffnet das Fenster. »Schau mal raus! Die Sonne scheint. Du solltest an die frische Luft gehen.«

»Dazu habe ich keine Lust.«

»Kein Wunder. Es fehlt dir an Energie. Aber die wirst du nicht wiedererlangen, wenn du weiterhin nur faul im Bett liegst. Also, raus aus den Federn!«

Sie erdreistet sich, mir die Bettdecke wegzuziehen.

»Steh auf! Nimm eine Dusche und zieh dich an. Und schalte endlich dein Handy wieder ein. Menschen, die dich lieben, machen sich große Sorgen um dich. Aus eigener Erfahrung solltest du doch wissen, wie es sich anfühlt, wenn man jemanden tagelang nicht erreichen kann.«

Was hatte ihre letzte Bemerkung zu bedeuten? Ist sie etwa im Bilde?

»Hast du mit meiner Mutter gesprochen? Telefonierst du abends mit ihr, wenn ich dich reden höre?«

Statt mir zu antworten, dreht sie sich auf dem Absatz um. »Ich erwarte dich in zehn Minuten in meiner Küche.«

Auf wackligen Beinen gehe ich ins Bad und widme mich meiner längst überfälligen Körperpflege.

Zwar schaffe ich es nicht, in der von Brigitta vorgegebenen Zeit fertig zu werden, aber sie tadelt mich nicht, als ich nach einer halben Stunde unten erscheine.

»Setz dich und iss die Suppe, die ich dir gekocht habe. Die wird dir guttun und deine Lebensgeister wecken.«

»Dann müsste sie Wunder vollbringen«, nuschle ich und greife zum Löffel.

»Ich kann verstehen, dass du verletzt bist.«

»So? Kannst du das?«

»Du hast in kurzer Zeit eine Menge durchgemacht.«

»Eine schöne Beschreibung für das, was mir widerfahren ist.«

»Was ist dir denn Schlimmes widerfahren? Für dich stand doch bereits fest, dass du dieses Leben an Marcos Seite nicht weiterführen willst, lange bevor du erfahren hast, dass er dich betrügt. Sei froh, dass er dir die Entscheidung abgenommen hat.«

»Du bist erstaunlich gut informiert. So redselig und auskunftsfreudig, wie meine Mutter sich dir gegenüber verhält, hätte sie sich mir zeigen sollen. Ich bin ihre Tochter.«

»Ach, Süße, sie hat es doch nur gut gemeint.«

»Gut gemeint ist der kleine Bruder von schlecht gemacht.«

»Sei nicht so hart zu ihr. Mütter sind auch nur Menschen und machen Fehler.«

Ich bin mir nicht sicher, ob es noch um meine Mutter und mich geht oder ob sie sich und Madita meint. Noch bevor ich nachfragen kann, kommt sie auf Theo zu sprechen.

»Was ist in Stockholm vorgefallen? Weshalb darf er dich nicht mehr anrufen?«

In dem Moment, als sie seinen Namen ausspricht, erhöht sich mein Puls. Der Schmerz darüber, mich in ihm getäuscht zu haben, ist mit voller Wucht zurück. »Wow, du hast es drauf, den Finger direkt in die Wunde zu legen. – Danke für die Suppe. Sie hat lecker geschmeckt.«

»Nachdem du dich gestärkt hast, spricht nichts dagegen, dass du mich zu Lovis an die Angelstelle begleitest. Lass uns nachsehen, was er bisher gefangen hat.«

»Ich habe kaum Kraft in den Beinen. Was ist, wenn ich auf dem Eis ausrutsche und wieder aufs Knie falle? Nein, das Risiko gehe ich nicht ein.«

»Du wirst nicht ausrutschen. Auf dem See liegt Schnee. Aber wenn du Bedenken hast, hole ich den Spark aus dem

Schuppen. Mit meinem alten Stehschlitten wirst du gewiss nicht umkippen.«

Gegen Brigittas Argumente bin ich machtlos. Ich gebe mich geschlagen, obgleich ich keine Lust auf Small Talk mit ihrem Lovis habe. »Also gut. Frischluft kann nicht schaden.«

Lustlos ziehe ich mich an und folge ihr durch den Garten.

Mir stockt der Atem, als ich sehe, wie märchenhaft schön es draußen aussieht.

Der Boden wirkt wie ein weißer, flauschiger Teppich. Über uns strahlt der wolkenlose Himmel. Die Holzfassade der alten Stuga hat noch nie so rot geleuchtet wie an diesem Tag.

»Das ist ein Bild zum Malen. Wie schön es hier im Winter tatsächlich ist, habe ich in meinen kühnsten Träumen nicht für möglich gehalten. Es ist kein Vergleich zum Schnee, wie ich ihn aus Lappland oder Österreich kenne. Er ist pulvrig und leicht wie Staubzucker.«

Brigitta schmunzelt. »Als du mit Theo hier gewesen bist, war auch Winter.«

»Da lag noch kein Schnee.«

»Du hast es nicht bemerkt, weil du nur Augen für ihn hattest.«

Da nicht davon auszugehen ist, dass Brigitta aufhören wird, mich seinetwegen zu löchern, sage ich es freiheraus. »Zu dem Zeitpunkt dachte ich, er sei ein freier Mann. Das ist er nachweislich nicht.«

»Er ist gebunden? Das hätte ich nicht gedacht. Wie schade. Für mich seid ihr das perfekte Paar. Trotzdem könntet ihr Freunde bleiben. Es war doch nicht zu übersehen, wie gut ihr euch verstanden habt.«

Ich verziehe das Gesicht. »Das wäre Alina nicht recht. Die

Mutter seiner Kinder hat mir unmissverständlich zu verstehen gegeben, dass ich keinen Platz in seinem Leben habe.«

»Das hat sie gesagt. Aber wie steht er dazu? Du wirst es nie erfahren, wenn du ihn weiterhin blockierst und dein Handy ausgeschaltet lässt.«

Brigitta holt den Schlitten, indes warte ich vor dem langen Holzsteg, der geschätzte zwanzig Meter über den See führt. Ich erinnere mich daran, wie ich als Kind über die Holzplanken gerannt bin, um am Ende ins glasklare Wasser zu springen. Vater nannte mich einen Hasenfuß, weil ich nicht sofort den Mut aufbrachte, einen Köpper zu machen. Nicht er hat mir beigebracht, wie man mit gestreckten Händen und Armen über dem Kopf eintaucht. Das war Madita. Sie war eine ausgezeichnete Schwimmerin und schaffte es mühelos, ans gegenüberliegende Ufer zu kraulen. Welch große Distanz sie dabei zurückgelegt hat, wird mir erst bewusst, als ich den ersten Fuß auf den gefrorenen See setze.

Offensichtlich habe ich Brigittas Angebot, den Spark zu benutzen, völlig missinterpretiert. Ich bin davon ausgegangen, ich dürfe sitzen und sie würde mich schieben. Aber sie hustet mir was.

»Du stellst dein lädiertes Bein auf die Kufe und stößt dich mit dem anderen ab. Es ist wie Rollerfahren. – Guck mal, so geht das.«

Während sie mir anschaulich demonstriert, dass es ein Kinderspiel ist, nähert sich der Eisfischer. Ich weiß nicht, warum, aber ich habe angenommen, dass es sich um einen älteren Mann handelt, der seit Jahren seinen Winterurlaub hier verbringt. Doch der Typ scheint in meinem Alter zu sein. Statt mich zu begrüßen, klopft er einen dummen Spruch.

»Hej, hat deine Stubenhockerin tatsächlich das Haus verlassen? Pass bloß auf, dass sie keinen Sauerstoffschock erleidet.«

Ich habe mein Urteil über ihn gefällt. Er ist unverschämt, und Unverschämtheiten begegne ich grundsätzlich mit Nichtbeachtung.

»Hast du etwas gefangen?«, will Brigitta wissen und nimmt ihm den Eimer ab. »Super, drei Forellen. Die bringe ich gleich in die Küche.«

Rasant marschiert sie mit den Fischen zurück ins Haus. So schnell es mir möglich ist, folge ich ihr, als ich ihn hinter mir rufen höre.

»Hey, Hinkebein, bist du noch immer im Hungerstreik, oder isst du heute Abend mit uns?«

Jetzt ist er zu weit gegangen. Empört drehe ich mich um. »Wie hast du mich genannt?«

»Wie soll ich dich nennen? Du hast dich mir noch nicht vorgestellt.«

»Komiker!«, schimpfe ich und zeige ihm in Gedanken den Mittelfinger.

Die Idee, mich leise in mein Zimmer hinaufzuschleichen, kann ich vergessen. Brigitta passt mich bereits in der Diele ab und fragt mich, ob ich Tee für uns kochen würde.

Natürlich lehne ich nicht ab. Allerdings hoffe ich inständig, dass sie nicht beabsichtigt, die Fische in meinem Beisein auszunehmen.

Mein Wunsch erfüllt sich nicht. Sie greift zum Messer, schlitzt den Bauch der ersten Forelle auf und kratzt die Eingeweide mit einem Löffel heraus.

Würgend verlasse ich die Küche und flüchte ins Wohnzimmer. Auf dem Tisch stehen frische Blumen. Da ich sicher bin, dass Brigitta das Haus seit meiner Ankunft nicht verlassen hat, kann der Strauß nur geliefert worden sein. Hat sie vielleicht Geburtstag? Im Gebinde steckt eine Karte. Ich bin versucht sie herauszunehmen, lasse es aber, weil ich sie bereits hinter mir spüre.

»Die Luft ist rein. Du kannst wieder in die Küche kommen.«

»Wer schickt dir so schöne Blumen?«

»Die sind von Theo. Eine Aufmerksamkeit dafür, dass es mit dem Auftrag reibungslos geklappt hat. Arne hat heute auch ein Päckchen bekommen. Dein Freund weiß, was sich gehört.«

»Stimmt. Benehmen hat er, nur mit der Wahrheit nimmt er es nicht so genau.«

»Würdest du mir seine Handynummer geben? Ich möchte mich gern bei ihm bedanken.«

Ich schüttle den Kopf. »Das ist nicht möglich. Die habe ich bereits gelöscht.«

»Das hast du nicht«, widerspricht sie. »Du hast ihn lediglich blockiert.«

»Du bekommst seine Nummer nicht von mir. Es passt mir schon nicht, dass du hinter meinem Rücken mit meiner Mutter quatschst.«

»Ich will mich nur bedanken. Du kannst zuhören, wenn ich mit ihm spreche. Ich schwöre, kein Wort über dich zu verlieren. Im Anschluss an das Gespräch kannst du seine Nummer sofort von meinem Handy entfernen.«

»Zum letzten Mal: Nein!«

»Meine Güte, du bist ein noch größerer Sturkopf als dein Vater.«

Der Wasserkessel pfeift. Brigitta verlässt die Stube, und ich nutze die Gelegenheit, die Karte zu lesen.

Tausend Dank, liebste Brigitta. Du bist die Beste. Ich hoffe, du kommst zu meiner Ausstellung. Einladung anbei. Gruß Theo

Ich lege die Karte zurück und komme zu dem Schluss, dass es völlig sinnlos ist, ihr seine Handynummer vorzuenthalten. Wenn sie mit ihm reden will, kann sie jederzeit in seinem Atelier anrufen.

»Also gut. Du hast gewonnen. Ich hole mein Handy runter«, rufe ich in die Küche.

Bereits im Zimmer, stelle ich es an. In meiner Anrufliste werden die üblichen Verdächtigen sowie eine mir unbekannte Nummer angezeigt. Der oder die Unbekannte hat mir auch eine SMS geschickt.

Hallo, Rieke, ich habe mein Handy
verloren. Das ist meine neue Nummer.
Bitte rufe mich an. Wir müssen dringend
reden. Marco.

»Das kannst du vergessen!«

Brigitta fühlt sich angesprochen. »Was kann ich vergessen?«

»Nicht du. Ich habe gerade eine Nachricht erhalten. Jemand hat mir mitgeteilt, dass er sein Handy verloren habe. Mir wurde eine neue Nummer geschickt, die ich anrufen soll.«

»Mach das bloß nicht! Das ist eine Betrugsmasche. Du darfst nicht darauf reagieren.«

»Das habe ich nicht vor.«

Die Haustür öffnet sich. Lovis trägt einen Stapel Brennholz herein und legt es vor dem Kachelofen ab.

»Soll ich schon mal einheizen, Brigitta?«

»Mach das. Der Tee ist auch gleich fertig. Der wärmt dich auch von innen«, ruft sie zurück.

Ich sehe meine Chance gekommen, um mich für das ›Hinkebein‹ zu rächen. »Was ist los, Frostködel? Ist dir etwa kalt?«

»Das wäre dir auch, wenn du stundenlang in der Kälte gesessen hättest.«

»Das nennst du Kälte?«, lache ich ihn aus. »Es herrschen gerade mal sechs Minusgrade. In Lappland habe ich minus zwanzig Grad ertragen, und zwar ohne eine so alberne Fliegermütze zu tragen wie du vorhin.«

»Dir hat meine Kopfbedeckung nicht gefallen? Dann hast du keine Ahnung. Sie ist die beste, wenn es darum geht, die Ohren zu schützen.«

»Das stelle ich gar nicht in Abrede. Es ist nur so, dass nicht jeder so eine Mütze tragen kann. Dir steht sie nicht.«

»Bist du immer so direkt und uncharmant?«

Bitte? Ausgerechnet er nennt mich uncharmant? Wer hat mich denn als Stubenhocker im Hungerstreik betitelt?

»Ich bin nicht hier, um Karmapunkte zu sammeln.«

Brigitta trägt ein Tablett ins Wohnzimmer. Sie stellt die Kanne, ein Stövchen, drei Becher und einen Teller Haferflockenkekse auf den Tisch. Unvermittelt drückt sie mir die Vase vor die Brust und bittet mich, die Blumen in ihr kühles Schlafzimmer zu bringen. »Bei der Wärme, die uns gleich erwartet, hält der schöne Strauß keinen Tag.«

Kaum habe ich den Raum verlassen, höre ich sie tuscheln.

Als ich zurück bin, erkundigt Lovis sich nach meiner Verletzung. »Vorderer Kreuzbandriss?«

Ich nicke.

»Wann war die OP?«

»Was soll die Fragerei?«

»Brigitta hat erzählt, dass du erneut gestürzt bist. Zieh deine Hose aus und leg dich aufs Sofa!«

»Sonst noch Wünsche?«, frage ich pikiert.

»Ich will mir dein Knie ansehen.«

Ich zeige ihm nicht mein Knie, sondern eine Meise.

»Stell dich nicht so an. Ich bin Physiotherapeut und habe schon viele hässliche Beine gesehen. Mich haut so schnell nichts um.«

Dieser Mann ist die Impertinenz in Person. »Ich habe keine hässlichen Beine. Im Gegenteil.«

»Dann besteht kein Grund, dass du dich zierst.«

Widerwillig steige ich aus meiner Jeans. Aber das reicht ihm nicht. Ich soll auch die Orthese ablegen. Gleich darauf spüre ich seine kalten Hände auf meiner Haut.

»Tut das weh?«

»Nein.«

»Winkle das Bein an. Jetzt strecke es so weit aus, wie du kannst. – Weiter! Noch ein Stück!«

»Aua!«

»Sehr fleißig scheinst du in der Reha nicht mitgearbeitet zu haben. Du hast kaum Muskeln. Ich rate dir dringend, deine Übungen zu machen. Ansonsten kann ich Entwarnung geben. Mit deinen Bändern ist alles in Ordnung. Es handelt sich lediglich um eine leichte Prellung.«

Die Fleischbeschau ist beendet. Ich darf mich wieder anziehen.

»Die Orthese brauchst du nicht mehr zu tragen. Eine Bandage reicht völlig aus. Wenn ich morgen in den Ort fahre, besorge ich dir eine.«

Ich staune. Er kann ja doch nett sein.

Wir verbringen eine gemütliche Teestunde, die Brigitta in vollen Zügen genießt. »Es ist so wunderbar, dass mit euch wieder Leben eingezogen ist.«

»Ich bin immer gern hier bei dir. Nach all den Jahren fühlt es sich an, als würde ich nach Hause kommen.«

»Seit wann kommst du denn schon zum Eisangeln her?«, will ich von Lovis wissen.

Er denkt nach. »Seit vierzehn oder fünfzehn Jahren.«

Brigitta korrigiert ihn. »Zum ersten Mal bist du vor sechszehn Jahren hergekommen. Ich weiß es genau, weil wir zusammen Maditas zwanzigsten Geburtstag gefeiert haben.«

Dann wendet sie sich an mich. »Gibst du mir nun Theos Nummer?«

Ohne weitere Diskussion sage ich ihr Zahl für Zahl an.

»Soll ich das Handy laut stellen, damit du seine Stimme hören kannst?«

»Quatsch! Sag, was du zu sagen hast, und gut ist.«

Sie erreicht ihn. Was sie kundtut, kann ich nicht verstehen, denn sie verlässt das Wohnzimmer.

Lovis flüstert mir zu: »Ich finde, Brigitta hat im letzten Jahr enorm abgebaut. Ist dir das auch aufgefallen?«

»Das kann ich nicht beurteilen. Ich habe sie seit zwei Jahrzehnten nicht gesehen.«

»Sie ist den ganzen Tag auf den Beinen, um mir den Aufenthalt so angenehm wie möglich zu gestalten. Ich möchte mich gern revanchieren und sie zur Abwechslung heute Abend bekochen. Hilfst du mir?«

»Eine prima Idee. Ich bin dabei.«

Wie lange braucht Brigitta, um sich bei Theo zu bedanken? Ich hege den Verdacht, dass sie trotz aller Beteuerungen doch mit ihm über mich spricht. Gerade will ich ihr nachgehen, als sie wieder in die Stube kommt und mir ihr Handy reicht.

»Jetzt kannst du seine Nummer löschen.«

Prüfend schaue ich sie an. »Hast du?«

Sie kapiert sofort, was ich meine. »Kein Sterbenswort. Ich schwöre, dein Name ist nicht gefallen. Außer deiner Mutter weiß niemand, dass du hier bist.«

Lovis hat uns aufmerksam zugehört. Vermutlich würde er gern wissen, warum niemand erfahren soll, dass ich hier bin. Aber er fragt nicht nach. Stattdessen erklärt er Brigitta, dass er und ich uns heute ums Abendessen kümmern werden. »Du ruhst dich zur Abwechslung mal aus.«

Ihr Einspruch folgt sogleich. »Meine Gäste, meine Küche, mein Regiment. Aber helfen dürft ihr mir.«

KAPITEL 19

Tauwetter

Mit der festen Absicht, früher als Brigitta aufzustehen, nach unten zu schleichen, um den Frühstückstisch zu decken, bin ich gestern spätabends ins Bett gegangen. Doch als ich die Augen aufschlage, scheint bereits die Sonne ins Fenster. Nun weiß ich, dass ich verschlafen habe.

Ich schlüpfe in meine Puschen und begebe mich auf die Suche nach der Hausherrin. In der Küche finde ich sie nicht. Sie reagiert auch nicht auf mein Rufen.

Im Wohnzimmer steht ein Gedeck auf dem runden Tisch. Brot liegt im Korb, und unter einer Glashaube befinden sich Stücke von goldgelber Fassbutter und Aufschnitt. Der Kaffee ist noch warm.

Ich ärgere mich, dass ich nicht rechtzeitig die Höhe bekommen habe, denn ich hätte gern gemeinsam mit Brigitta und Lovis gefrühstückt. Wir hatten gestern beim Kochen enormen Spaß. Das Essen war sensationell lecker, obgleich ich nur eine kleine Portion geschafft habe.

»Du isst wie ein Spatz«, wurde ich von Brigitta gescholten. »Aber du kippst den Selbstgebrannten wie dein alter Herr.«

»Nur die Starken kommen in den Garten«, zitierte ich meinen Vater, verweigerte jedoch einen dritten Klaren.

Sollte Lovis heute etwas fangen, steht wieder Fisch auf dem Speiseplan. Wenn nicht, werden wir Eierpfannkuchen essen. So haben wir es verabredet.

Autotüren klappen. Kurz darauf wird die Haustür aufgeschlossen. Brigitta und Lovis tragen Einkäufe herein. Als er mich bemerkt, kann er es sich nicht verkneifen, mich eine Langschläferin zu nennen. »Fang!«, ruft er und wirft mir eine Schachtel zu. »Das ist die Bandage, die ich dir versprochen habe.«

Ich bedanke mich und frage, ob ich einen frischen Kaffee für uns kochen soll. Aber er zieht es vor, sofort auf den See zu gehen. »Komm mich doch später besuchen. Bring einen heißen Tee mit, den mag ich ohnehin viel lieber.«

Die Sonne hat bereits den höchsten Punkt erreicht, als ich mich mit einer Thermoskanne auf dem Spark in Bewegung setze. Es scheint zu tauen, denn ich gleite mit den Kufen durch pappigen Schnee. Aber das mindert meine Freude nicht.

»Meine Güte, bringt das Spaß«, juchze ich, während ich mich Lovis Meter für Meter nähere.

»Das nenne ich Service«, ruft er mir zu und erhebt sich von seinem Klappstuhl.

»Weil ich mir nicht sicher war, wie süß du deinen Tee trinkst, habe ich extra etwas mitgebracht.« Ich greife in meine Jackentasche und hole eine Handvoll braunen Kandis heraus. Der Blick in seinen Eimer verspricht nichts Gutes. Er ist noch leer. »Beißen sie heute nicht? In Lappland habe ich einen Eisfischer getroffen, der hat mehrere Löcher gebohrt, um die Ausbeute zu erhöhen.«

»Beim Angeln geht es mir nicht um den Fang, sondern um die Zeit, die ich ganz allein mit mir verbringen kann. Auf dem

Eis gelingt es mir, richtig abzuschalten, über den Sinn des Lebens nachzudenken und meine innere Mitte zu finden.«

Teilt er mir gerade durch die Blume mit, dass ich wieder verschwinden soll? Wenn er sich von mir gestört fühlt, weshalb hat er mich hergebeten?

»Warum schaust du mich so an, Rieke? Hast du dich in mich verliebt?«

»Mach dir keine falschen Hoffnungen. So schnell verliebe ich mich nicht.«

»Nicht?« Er grinst und deutet auf das gegenüberliegende Ufer. »Siehst du die Lichtung? Dort habe ich als junger Spund im Spätsommer gezeltet. Eines Morgens sah ich meine Traumfrau aus dem Wasser steigen. Ich hatte nie zuvor ein so schönes Wesen gesehen. Es genügte ein Blick, und ich war schockverliebt. Sie schüttelte ihr nasses Haar, atmete zweimal tief durch und schwamm zurück, ohne eine Pause einzulegen.«

»Du sprichst von Madita, oder?« Ich habe ins Schwarze getroffen.

»Sie war meine erste, aber leider unerfüllte Liebe. Sie stand nicht auf mich.«

Er konnte nicht bei ihr landen? Zwar weiß ich nicht, wie Lovis mit Anfang zwanzig ausgesehen hat, aber aktuell beeindruckt er nicht nur mit seiner athletischen Figur und einem spitzbübischen Lächeln, er ist blitzgescheit und verfügt über einen herzerfrischenden Humor. Nicht nur einmal hat er mich gestern Abend mit seinen Anekdoten zum Lachen gebracht.

»Kommst du ihretwegen jedes Jahr her?«

»Nein, sie ist nicht der Grund. Brigitta ist mir ans Herz gewachsen. Sie ist eine bemerkenswerte Frau mit einer reichen Lebenserfahrung. Wenn sie erzählt, kann ich ihr stundenlang zuhören und von ihr lernen.«

»Weißt du, weshalb es zwischen Mutter und Tochter zum Bruch gekommen ist?«

In Sekundenschnelle verzieht sich sein Gesicht zu einer ernsten Miene. »Beide sind enge Freunde von mir. Erwarte nicht, dass ich aus dem Nähkästchen plaudere, nur um die Neugierde einer Außenstehenden zu befriedigen.«

Er sieht in mir eine Außenstehende? Ich stelle sofort klar, dass ich Brigitta länger kenne als er.

»Seit ich laufen kann, habe ich mit meinen Eltern die Ferien bei ihr verbracht. Madita war wie eine Schwester für mich.«

»Wenn ihr euch wirklich so nahegestanden habt, wie du behauptest, wüsstest du, was geschehen ist, und müsstest mich nicht ausfragen.«

»Ich rede von der Zeit, als wir Kinder waren«, rechtfertige ich mich. »Damals passte kein Blatt zwischen uns. Als Teenager hatte ich keine Lust mehr, mit meinen Eltern zu verreisen.«

»Aber sie sind weiterhin hergekommen. Richtig?«

Ich nicke. »Noch viele Jahre. Bis mein Vater erkrankte.«

»Hattet ihr ein enges Verhältnis?«

»Mein Paps und ich? Ja, sicher. Ich habe ihn abgöttisch geliebt und er mich.«

»Madita hat sich ihr Leben lang nach einem Vater gesehnt. Deshalb hatte ich keine Chance bei ihr. Ich war ihr zu jung. Bestimmt hat sie deshalb einen erheblich älteren Mann geheiratet.«

»Ihr habt Kontakt?«

Er nickt. »Wie ich lebt auch sie in Malmö. Seit der Geburt ihres Sohnes arbeitet sie nicht mehr als Anwältin. Ein Nachkömmling ist unterwegs. Aber das darf Brigitta auf keinen Fall erfahren. Versprich mir, dass du es für dich behältst.«

Brigitta wird wieder Oma und ist ahnungslos. Wie traurig ist das? »Kannst du nicht versuchen, zwischen den beiden zu vermitteln?«

»Das habe ich versucht, aber eine Versöhnung ist aussichtslos.«

»Was ist denn geschehen«?

»Im Streit hat Brigitta sich zu einer unbedachten Bemerkung hinreißen lassen. Das ist Jahre her, aber Madita kann und will ihr nicht vergeben.«

Was stimmt nicht mit den Müttern? Ich verstehe das nicht. Die eine kann den Mund nicht halten, die andere schweigt, statt zu sagen, was sie weiß.

»Ich lasse dich jetzt allein und störe dich nicht länger bei deiner Selbstreflexion.«

»Dir würde es auch nicht schaden, mal in dich zu horchen. Mir scheint, du trägst eine Menge Ballast mit dir herum. Komm doch morgen mit und probiere es aus.«

»Ich soll eisfischen? Ist dir noch nicht aufgefallen, dass es taut? Ganz gewiss werde ich mich nicht auf brüchiges Eis begeben. Ich bin doch nicht lebensmüde.«

»Spätestens in der Nacht wird es wieder Frost geben. Wetten?«

»Ich halte dagegen.«

»Wer recht behält, hat einen Wunsch frei.«

Ich schlage ein und fange auf der Stelle an zu grinsen, denn er ahnt nicht, was ich von ihm verlangen werde. Wenn ich gewinne, und daran besteht kein Zweifel, wird er mir die Stuga überlassen.

»Ich fürchte, das wirst du noch bitter bereuen.«

»Ich habe keine Angst. Aber du weißt hoffentlich, dass Wettschulden Ehrenschulden sind.«

Du kannst schon mal packen, denke ich und kehre kichernd zurück.

»Na, wie sieht es aus?«, erkundigt sich Brigitta. »Fisch oder Pfannkuchen?«

»Aktuell geht die Tendenz in Richtung Eierspeise.«

Ich frage mich, was sie mit den alten Zeitungen vorhat, die sich auf einem Stuhl stapeln.

»Wenn du möchtest, bringe ich für dich das Altpapier nach draußen und entsorge es in der Tonne. Oder bewahrst du es auf, um Feuer zu machen?«

»Weder noch«, antwortet sie knapp und reicht mir eine Packung Kleister.

»Was soll ich damit?«, hake ich nach, obwohl ich bereits ahne, wozu sie mich drängen will.

»Ich wünsche mir eine Skulptur von dir.«

»Muss das sein? Ich habe schon lange nicht mehr …«

Sie fällt mir ins Wort. »Das verlernt man doch nicht. Ich würde mich wirklich sehr darüber freuen.«

»Was schwebt dir denn vor?«

»Lass deiner Fantasie freien Lauf.«

Wie schafft sie es bloß, dass ich ihr nichts abschlagen kann? »Okay, ich überlege mir was. Aber nicht heute.«

KAPITEL 20

Wettschulden

Heute bin ich rechtzeitig aufgewacht. Mit einem triumphierenden Dauergrinsen im Gesicht sitzt Lovis mir beim Frühstück gegenüber.

»Willst du noch einmal hinausgehen und einen Blick auf das Thermometer werfen?«, neckt er mich. »Hach, ist das schön. Ich liebe es, wenn ich recht behalte.« Demonstrativ schaut er auf sein Handy. »Sieben Grad, Rieke. Minus sieben Grad.«

»Du musst es mir nicht ständig unter die Nase reiben. Sag mir lieber, was ich tun muss.«

Er genießt es, mich zappeln zu lassen. »Nicht so schnell. Du wirst es noch rechtzeitig erfahren.«

Brigitta scheint zu wissen, was er beabsichtigt. »Gib ihr doch wenigstens einen kleinen Tipp.«

»Eigentlich nicht, denn Strafe muss sein. Aber einen kleinen Hinweis soll sie bekommen. ›Es findet draußen statt.‹«

»Super. Nun sehe ich klarer.«

Lovis legt nach. »Das, was ich mit dir vorhabe, kann man nur im Winter machen, wenn der See zugefroren ist. Es wird dich ein wenig Überwindung kosten, aber es hat enorm positive Wirkungen auf die Gesundheit.«

Mir schwant nichts Gutes. »Hast du etwa vor, mich zum Eisbaden zu schicken? Das kannst du vergessen. Da spiele ich nicht mit. Keine zehn Pferde bekommen mich dazu, durch ein Loch ins eiskalte Wasser zu springen und unterzutauchen.«

»Darf ich dich erinnern? Wettschulden sind Ehrenschulden.«

»Wie kann man bloß so böse sein? Ich dachte, du magst mich.«

»Ich mag dich sogar sehr. Deshalb bringen wir es schnell hinter uns.«

»Wir? Du gehst auch baden?«

»Ganz sicher nicht. – Wir treffen uns in zehn Minuten am Steg. Vielleicht borgt Brigitta dir einen Bademantel.«

»Ich hasse dich, Lovis!«

Wütend über mich selbst, verlasse ich den Frühstückstisch und gehe hinauf, um mich auszuziehen. Ich friere bereits, als ich meine Hose und meinen Pullover ablege.

In ein großes Handtuch gehüllt, gehe ich die Treppe hinunter. Brigitta und Lovis erwarten mich in der Diele. Sie schauen sich an und brechen in schallendes Lachen aus.

»Ich habe gewusst, dass sie nicht kneift«, gluckst Brigitta und knöpft Lovis einen Geldschein ab. Die beiden hatten tatsächlich eine Wette laufen.

Er mustert meine Füße. »Welche Schuhgröße hast du?«

»38. Wieso?«

»Dann sollten dir Maditas passen.« Er deutet auf ein Paar Schlittschuhe. »Du musst nicht baden. Wir beide gehen eislaufen. Es wird Zeit, dass du wieder Muskeln an den Beinen bekommst.«

Ich könnte ihm vor Erleichterung um den Hals fallen. Aber ich begnüge mich damit, ihn anzustrahlen.

Der Schnee, der gestern noch den See bedeckte, ist geschmolzen. Der starke Nachtfrost hat das Schmelzwasser in eine spiegelglatte Eisschicht verwandelt.

»Das sind perfekte Voraussetzungen. Genau so habe ich es mir vorgestellt«, sagt Lovis, als wir auf dem Steg die Schuhe wechseln. »Hast du Lust oder Angst?«

»Beides.«

Er greift nach meiner Hand. »Keine Sorge. Wir lassen es ganz langsam angehen. Verlagere dein Körpergewicht von einem Bein auf das andere. Prima. Du machst das richtig gut.«

So wie jetzt mit Lovis drehte ich früher mit Marco in der Hamburger Eisarena meine Runden. Bevor wir die Bahn betraten, zog er mir die Mütze tiefer ins Gesicht und drückte mir einen Kuss auf den Mund. Er lehrte mich, wie man rückwärtsfährt, und fing mich auf, wenn ich drohte hinzufallen. Wir waren über beide Ohren verliebt und hatten immer Spaß zusammen. Wann hat das aufgehört?

»Träumst du, Rieke?«

»Nein, ich bin ganz bei dir.«

»Welche Strafe hätte mich erwartet, wenn du für den unwahrscheinlichen Fall recht behalten hättest?«

Ich kann ihm angesichts der Mühe, die er sich mit mir gibt, nicht gestehen, was ich vorhatte. Besser, ich greife zu einer Notlüge. »Es gab noch keinen richtigen Plan.«

»Schwindlerin! Ich habe dir gestern angesehen, dass du feste Absichten hattest. Also?«

»Ich hätte dich gebeten, in Maditas Zimmer zu ziehen und mir die Stuga zu überlassen.«

»Ach, Rieke. Die kannst du ohnehin ab morgen haben. Ich muss zurück nach Hause.«

»Schon morgen?«

»Höre ich ein leichtes Bedauern in deiner Stimme?«

»Ganz richtig. Das ist wirklich schade. Ich habe gerade angefangen, mich an dich zu gewöhnen.«

»So geht es mir auch, aber es nützt nichts. Meine Patienten warten bereits ungeduldig auf mich.«

»Bist du gern Physiotherapeut?«

»Es ist mein Traumberuf. Dabei kann ich mein Helfersyndrom so richtig ausleben.«

»Du bist zu beneiden. Du weißt, was du willst, und kennst deinen Platz. Ich hänge gerade in der Luft und bin mir nicht im Klaren darüber, wohin und zu wem ich gehöre.«

»Erinnere dich an meinen Rat. Versuche es mit Eisfischen. Ich lasse meine Ausrüstung bis zum nächsten Winter hier. Du darfst sie gern benutzen.«

»Laufen wir noch bis ans andere Ufer, oder machst du schon schlapp?«

»Ich kann noch stundenlang weitermachen, aber du wirst morgen einen höllischen Muskelkater haben, wenn du es beim ersten Mal übertreibst.«

Den Muskelkater nehme ich gern in Kauf, wenn ich auf diese Weise noch ein wenig Zeit mit einem Mann verbringen kann, für den ich wider Erwarten doch noch freundschaftliche Gefühle entwickelt habe.

Aus der Ferne erkenne ich Brigitta. Sie steht auf der Veranda und gibt unverständliche Handzeichen. Da auch Lovis ihre Signale nicht deuten kann, kehren wir zurück zum Haus.

»Ich fahre jetzt in den Ort zum Friseur, um mich für heute Abend hübsch machen zu lassen. Den Schlüssel habe ich in der Blumenampel versteckt«, ruft sie.

»Was passiert denn heute Abend?«, will ich wissen.

»Ich lade dich und Brigitta zum Essen ein. Das hat Tradition. Am letzten Abend gehen wir immer ganz groß aus.«

Ich bitte Brigitta, auf mich zu warten. »Ich komme mit.«

Mit Lovis' Hilfe steige ich aus den Schlittschuhen und schlüpfe in meine Boots. Obwohl Brigitta ungeduldig bei laufendem Motor auf mich wartet, muss ich erst ins Haus gehen und mein Portemonnaie und mein Handy holen.

»Was hast du denn vor?«, fragt sie, als ich neben ihr sitze und den Gurt anlege.

»Ich brauche Draht, Pinsel, Farbe und Klarlack, wenn ich dir deinen Wunsch erfüllen soll.«

»Dann lasse ich dich an der Domkirche aussteigen. Von dort gelangst du direkt in die Haupteinkaufsstraße.«

Wir verabreden, dass Brigitta mich anruft, sobald sie fertig ist. Nur deswegen stelle ich mein Handy an.

Seit ich das Gerät das letzte Mal angeschaltet habe, sind zehn neue Anrufe in Abwesenheit eingegangen. Acht von Marco, zwei von Johanna.

Ich verschwende keinen Gedanken daran, die beiden zurückzurufen, sondern steuere auf das Fachgeschäft für Hobby- und Bastelbedarf zu.

Als ich den Laden betrete und diesen typischen Geruch wahrnehme, packt mich die Wehmut. Ich denke an meinen Vater, der mir in diesem Augenblick schmerzlich fehlt. Als er verstarb, brach eine Welt für mich zusammen. Ich weiß nicht, wie ich die Tage bis zur Beerdigung und danach ohne Marco überstanden hätte. Er war mein Fels und der liebevollste Tröster, den man sich wünschen kann. Wenn er mich in den Arm nahm, glaubte ich ihm, dass alles wieder gut werden würde.

»Wir sehen ja jetzt, wie gut es geworden ist.«

»Wie bitte?«

Ach du Schreck. Ich habe schon wieder laut gedacht.

»Ich hätte gern Acrylfarben«, erkläre ich der verdutzten Verkäuferin.

In null Komma nichts habe ich alles zusammengesucht, was ich brauche, und setze meinen Schaufensterbummel durch die Stadt fort.

Vor einem Textilgeschäft entdecke ich einen Wühltisch mit Beanies in feinster Wollqualität. Mir kommt spontan in den Sinn, wem eine solche Mütze gut zu Gesicht stehen würde.

»Ist das ein Modell für Herren?«, erkundige ich mich. Mir wird versichert, dass das der Fall sei. Es gibt sogar einen entsprechenden Schal dazu. Für das Set wird mir ein Rabatt von zehn Prozent angeboten. Ich pfeife auf den Sonderpreis und kaufe nur die Kopfbedeckung. In der Hoffnung, dass Lovis sich über mein Abschiedsgeschenk freuen wird, lasse ich es fein einpacken.

Brigitta sieht fantastisch aus. Ihre Haare glänzen, und ihr Teint strahlt. Ein leichtes Make-up lässt sie zehn Jahre jünger wirken.

Um ihr in nichts nachzustehen, nehme ich seit einer Stunde das Badezimmer in Beschlag. Schließlich handelt es sich bei dem Lokal, in das Lovis uns gleich ausführen wird, um das beste der Stadt.

Seit langer Zeit trage ich heute mal wieder ein Kleid. Weil sich die Bandage unter der blickdichten Strumpfhose abzeichnen würde, verzichte ich darauf, sie anzulegen.

»Kann ich so gehen?«, frage ich Brigitta und drehe mich vor dem Spiegel in der Diele.

Sie attestiert mir, dass ich umwerfend aussehe, und besteht darauf, ein Foto von mir zu knipsen. »Das schicke ich dir gleich, damit du dich jederzeit davon überzeugen kannst, wie attraktiv du bist.«

Es klingelt. Sie geht zur Tür, ich nehme derweil meinen Mantel von der Garderobe.

Mein Herz hört für einen Moment auf zu schlagen, als ich höre, mit wem sie spricht.

Wie ist es Marco gelungen, mich zu finden? Es gibt nur eine Person, die ihm verraten konnte, wo ich bin. Die Wut auf meine Mutter steigt ins Unermessliche.

»Du kannst hier nicht einfach auftauchen.«

»Wir müssen reden, Rieke.«

Ich schüttle den Kopf. »Ich muss gar nichts. Wenn ich hätte mit dir reden wollen, wäre ich in Hamburg geblieben.«

In dem Moment betritt Lovis die Diele und stellt sich schützend vor mich. »Gibt es hier ein Problem?«

»Nein, er wollte gerade gehen.«

»Falsch, das will ich nicht, und das werde ich erst tun, wenn du mir zugehört hast. Wir sind nicht acht Stunden gefahren, um mich von dir abkanzeln zu lassen.«

Ich lache höhnisch auf. »Wir? Du besitzt die Frechheit und kommst mit deiner Neuen her?«

Wie ein begossener Pudel schaut Marco auf den Boden. »Paul hat mich hergefahren. Ich brauche dringend meinen Wagen.«

»Wieso dringend? Streikt der HVV?«

»Rieke, ich flehe dich an. Lass uns reden. Aber bitte ungestört.«

»Das ist schlecht. Ich bin verabredet.«

Ich bereite der peinlichen Situation ein Ende, fummle den Wagenschlüssel von meinem Bund und drücke ihn Marco in die Hand.

Danach wende ich mich an Lovis und Brigitta. »Meinetwegen können wir los.«

Ich habe mich so sehr auf unseren letzten gemeinsamen Abend gefreut. Aber meine Feierlaune hat sich nach dieser unerwarteten Begegnung in Rauch aufgelöst. Dennoch verfolge ich die feste Absicht, mir vor den beiden nichts anmerken zu lassen.

KAPITEL 21

Seelenstriptease

Keiner der beiden hat gestern Abend ein Sterbenswort über Marcos ungebührlichen Auftritt verloren. Wir haben uns nach der Rückkehr vom Restaurant eine gute Nacht gewünscht und sind schlafen gegangen.

Heute Morgen schaut Brigitta aus dem Fenster. »Lovis bringt schon sein Gepäck ins Auto. Ich sollte schnellstens Kaffee kochen, damit wir noch zusammen frühstücken können.«

Wenig später sitzen wir zum allerletzten Mal gemeinsam am runden Tisch. Ich nutze den Moment und überrasche ihn mit der Aufmerksamkeit, die ich für ihn besorgt habe.

»Du schenkst mir eine Mütze?«

Ich setze sie auf seinen Kopf. »Die steht dir. Damit kannst du dich sehen lassen.«

Brigitta schreckt auf und läuft hektisch aus dem Zimmer. »Oh, jetzt hätte ich beinahe meine Geschenke vergessen.«

Lovis verdreht die Augen und stöhnt. »Same procedure as every year.«

Sekunden später kommt sie mit einem großen Karton zurück. Darin befinden sich zahlreiche Päckchen, die sie liebevoll in buntes Schmuckpapier gewickelt und mit pompösen Schleifen versehen hat.

»Nimmst du die bitte mit?«

Er schüttelt den Kopf. »Warum tust du das immer wieder? Du weißt doch, dass Madita dir alle Präsente ungeöffnet zurückschickt.«

»Das ist egal. Meine Tochter soll wissen, dass ich an sie denke.«

Lovis gibt sich geschlagen und nimmt den Transportauftrag an.

Allein verabschiede ich ihn draußen am Wagen. Das gibt mir Gelegenheit, ihn auf die Geschenke anzusprechen.

»Zu Nikolaus, Weihnachten, Geburtstag und Ostern. Brigitta lässt keinen Anlass aus. Wenn Madita die Sachen spenden oder einfach wegschmeißen würde, wäre es nicht jedes Mal ein Stich ins Herz für sie, wenn die Retouren zwei Tage später wieder bei ihr eintreffen.«

Wir tauschen Nummern aus. Ich muss versprechen, ihm ein Foto von meinem ersten Fang zu schicken.

Brigitta nimmt meine Absicht, in die Stuga zu wechseln, mit Bestürzung auf. »Warum, Süße? Wir haben es doch schön hier zusammen. Du kannst in der Küche werkeln. Ich werde dich nicht stören.«

Wenn ihr so viel daran liegt, kann ich die letzten Tage auch im Haus bleiben. Wir beschließen, noch einen Kaffee zu trinken, bevor ich mich ans Werk mache.

Nun kommt sie doch auf das Thema ›Marco‹ zu sprechen.

»Du hast dich gestern wacker geschlagen. Nicht jede betrogene Frau hätte so gelassen auf seinen überfallartigen Besuch reagiert wie du. Ich bin stolz auf dich.«

Dazu besteht gar kein Anlass. Ich hatte gar keine andere

Wahl, als Haltung zu bewahren. Im Beisein von Brigitta und Lovis auszuflippen, kam für mich nicht infrage.

»Gestern konnte ich ihn abwimmeln. Irgendwann muss ich mit ihm reden. Wann das sein wird, bestimmt jedoch nicht er, sondern ich. Aktuell bin ich noch nicht dazu bereit.«

»Es ist klug, damit zu warten, bis sich die Gemüter beruhigt haben. Wenn du erkennst, dass es in eurer Vergangenheit auch schöne Momente gegeben hat, ist der richtige Zeitpunkt für eine Aussprache gekommen. So habe ich es bisher stets gehalten. Mit allen Männern, von denen ich mich getrennt habe, pflege ich nach wie vor ein freundschaftliches Verhältnis. Bis auf einen, der ist verstorben. Es ist extrem wichtig, sich in Frieden zu trennen. Geschieht es im Groll, wirst du nie damit abschließen können.«

»Bei mir liegt der Fall aber anders. Nicht ich habe mich von Marco getrennt, sondern er sich von mir.«

»Ist es nicht egal, wer die Beziehung beendet?«

»Das ist es nicht! Ich will nicht die Belogene, die Betrogene und die Verlassene sein. Es ist ein schreckliches Gefühl, nicht mehr geliebt und einfach ausgetauscht zu werden.«

»Es gibt einen Menschen, der dich liebt und für den du immer an erster Stelle stehen wirst. Du weißt, von wem ich rede.«

»Wenn du meine Mutter meinst, liegst du falsch. Sie ist mir zum zweiten Mal in den Rücken gefallen, als sie meinen Aufenthaltsort verraten hat.«

»Nenne mir einen Grund, weshalb sie das getan haben sollte. Sie verabscheut diesen Mann, der dir so viel Kummer bereitet hat.«

»Kein anderer außer ihr wusste, wo ich bin.«

Sie greift nach meiner Hand und schaut mich beschwörend an. »Versprich mir, dass ihr euch schnellstens wieder versöhnt. Bitte, tu ihr nicht das an, was Madita mir angetan hat.«

Jetzt oder nie. »Worum ging es in eurem Streit?«

Ich kann spüren, wie sehr sie mit sich ringt und überlegt, ob sie sich mir anvertrauen soll.

Ich setze nach. »Nun komm schon. Ich habe auch mein Innerstes vor dir ausgebreitet.«

Nachdem sie zweimal tief durchgeatmet hat, ist sie bereit, sich mir zu öffnen. »Ich habe Madita durchs Abitur geboxt, ihr das Jurastudium finanziert, und was macht sie? Sie heiratet einen alten Gockel, wird schwanger und gibt ihren Beruf auf. Mit einem Schlag hat sie alles ruiniert, wofür ich viele Jahre so hart gearbeitet habe.«

»Es ist allein ihre Entscheidung, wie sie leben will.«

»Was ist denn das für ein Dasein an der Seite dieses Gruftis? Ich kann dir sagen, wie ihr Leben aussieht und künftig verlaufen wird. Erst zieht sie sein Kind groß, danach pflegt sie ihn, weil er morsch und morbide geworden ist. Wenn Methusalem endlich den Löffel abgibt, sind ihre besten Jahre vorbei.«

»Tut mir leid, aber ich verstehe das nicht. Ihr habt euch entzweit, nur weil dein Schwiegersohn älter ist? Madita hatte schon immer eine Vorliebe für reifere Männer. Vielleicht liegt ihre Neigung darin begründet, weil sie ohne ihren leiblichen Vater aufgewachsen ist.«

»Daran könnte etwas Wahres dran sein. Ich dachte immer, wir beide wären uns genug und ich hätte sie zu einer starken, eigenverantwortlichen Persönlichkeit erzogen, die nach den gleichen Werten handelt, wie ich sie ihr vorgelebt habe.«

Von welchen Werten spricht Brigitta? Akzeptanz und Toleranz kann sie nicht gemeint haben. Denn daran mangelt es ihr erheblich.

»Du musst Maditas Art zu leben doch nicht gutheißen. Aber solange du nicht bereit bist, ihren Lebensstil anzunehmen, wird sich euer Verhältnis nicht ändern.«

Es fließen Tränen. »Madita schämt sich für mich, weil ich nur eine einfache Arbeiterin in der Papierfabrik war. Ich passe nicht in den Kreis der feinen Leute, in dem sie und ihr Tattergreis sich bewegen. Schon bevor es zum großen Knall zwischen uns kam, war ich in ihrem Haus unerwünscht. Ich wurde zu keiner Feier eingeladen, weil meine Tochter befürchtete, ich könne sie mit meiner schlichten Art vor ihren pseudointellektuellen Freunden blamieren. Sie vertritt die Auffassung, dass ich lediglich über einen niedrigen Bildungsstand verfüge und meine Umgangsformen inakzeptabel seien. Meine Freunde haben mir geraten, sie mit einem kräftigen Tritt in den Hintern aus meinem Gedächtnis zu verbannen. Aber wie soll das funktionieren? Sie ist doch mein Kind.«

Ich bin schockiert. Daher dauert es einen Moment, bis ich mich vom Stuhl erhebe, um sie fest in den Arm zu nehmen.

»Du bist ein liebenswerter Mensch. Jeder hat dich gern. In Schweden gibt es über neunzigtausend Seen. Aber die Leute kommen zu dir, weil sie deine Herzlichkeit, deinen Humor und deine stets gute Laune schätzen. Du bist ein Sonnenschein, Brigitta.«

Sie schnieft. »Wer denkt so über mich?« Sie fordert Namen von mir.

Auf die Schnelle fallen mir nur Lovis und Arne ein. »Und ich.«

»Theo etwa nicht?«

»Du hast doch gelesen, was er dir geschrieben hat. Du bist seine Beste.«

»Seine Beste bist du. Spring endlich über deinen Schatten und rufe ihn an. Er wartet nur auf ein Zeichen von dir.«

»Ich werde mich jetzt um die Pulpe kümmern. Hilfst du mir beim Zerreißen der Zeitungen? Ich brauche viele kleine Schnipsel.«

»Das schaffst du ohne mich. Ich lege mich noch einmal aufs Ohr.«

KAPITEL 22

Im Rausch

Dass Brigitta bei dem Krach nicht aufgewacht ist, den ich mit dem Pürierstab minutenlang verursacht habe, um Wasser und Papierschnipsel zu einem homogenen Brei zu vermengen, lässt auf einen tiefen Schlaf schließen.

Wie sehr es mir gefehlt hat, mit den Händen zu arbeiten, wird mir erst bewusst, als ich die Pulpe walke, ausdrücke, knete und in den Kühlschrank stelle. Bisher habe ich noch keine konkrete Idee, was daraus entstehen soll.

Auf einem Zeichenblock fertige ich verschiedene Skizzen an. Wenn ich nicht alles verlernt habe, sollte es mir gelingen, eine dieser Figuren plastisch nachzubilden. Am liebsten würde ich für Brigitta einen stillen Mitbewohner in Lebensgröße erschaffen, der mit ihr am Tisch sitzt und ihr beim Essen Gesellschaft leistet. Er könnte auch in der Diele platziert werden. Dann könnte sie ihn begrüßen, wenn sie das Haus betritt, oder ihn verabschieden, wenn sie es verlässt. Leider reicht für dieses Projekt weder das zur Verfügung stehende Material aus noch die Zeit, die mir bis zu meiner Abreise bleibt.

Ich kann nicht in Worte fassen, wie sehr mir davor graut, wieder nach Hamburg zurückzukehren. Wo werde ich unterkommen? Mir mit Marco nur einen Tag die Wohnung zu teilen, schließe ich kategorisch aus. Ebenso kommt es nicht für mich in Betracht, meine Mutter um Unterschlupf zu bitten. Konzentriert suche ich nach einer Lösung, als Johanna mich anruft. Dieses Mal gehe ich ran.

»Na, du Judas.«

»Nenne mich nicht so. Ich habe mehrfach versucht, dich zu erreichen, um dir zu sagen, dass Marco und Paul auf dem Weg zu dir sind.«

»Ich kann nicht fassen, dass meine Mutter ihm meinen Aufenthaltsort gesteckt hat.«

»Deine Mutter? Die hatte damit gar nichts zu tun. Er hat dich über den GPS-Sender im Auto geortet. Marco steht das Wasser bis zum Hals. Er muss heute den Wagen zurückgeben, weil er die Leasingraten nicht mehr bezahlt hat.«

Für einen Moment dachte ich, er hätte sich meinetwegen auf den weiten Weg gemacht, um mich reumütig um Verzeihung zu bitten. Aber es ging ihm doch nur um den Wagen.

»Nimm es mir nicht übel, Johanna, aber ich habe jetzt gar keine Zeit. Bevor es dunkel wird, möchte ich noch angeln.«

»Du willst was?«

»Ich gehe eisfischen.«

»Na, dann Petri Heil.«

Ich begebe mich an die Stelle, an der auch Lovis gefischt hat. Ein Loch in die fünfzehn Zentimeter dicke Eisschicht zu bohren, habe ich mir einfacher vorgestellt. Doch nach dem dritten Versuch gelingt es mir. Nun stellt sich mir die Frage, mit welcher Ausrüstung ich starten soll. Ich entscheide mich für die kurze Spinnrute und einen roten Vertikalköder. Der leuchtet so schön und sollte die Fische anlocken. Ich setze mich auf die stabile Angelkiste und führe den Zocker mit kurzen Zügen, lasse ihn auf dem Boden aufkommen, lupfe ihn an, um ihn danach über dem Grund tanzen zu lassen. Dieses Wechselspiel sollte die Schuppenknechte doch neugierig machen.

Ich genieße die klare Winterluft, die von frischem Tannenduft erfüllt ist. Aus dem Wald tönt der Ruf eines Uhus. Sollte sich jetzt noch ein Elch zeigen, wären alle Klischees, die über Schweden existieren, erfüllt.

Zu meinem Bedauern lässt sich keiner blicken. Nach einer Stunde hat noch immer kein Fisch angebissen. Ich bin drauf und dran, Lovis anzurufen, um ihn zu fragen, was ich falsch mache. Vermutlich wird er mir raten, mehr Geduld aufzubringen. Oder er wiederholt seine These, dass es beim Eisfischen nicht um die Ausbeute geht, sondern darum, Einsichten zu gewinnen. Dabei habe ich heute schon welche erlangt, bevor ich in der Kälte gefroren habe.

Erstens: Meine Mutter hat mich nicht verraten. Ich habe sie zu Unrecht verdächtigt.

Zweitens: Marco steckt in gewaltigen Schwierigkeiten. Seine finanzielle Lage ist viel ernster, als er mich hat wissen lassen.

Drittens: Das ist nicht mehr mein Problem.

Viertens: »Oh, ich glaube, jetzt hat einer angebissen.«

Ich bin aufgeregt, als ich meinen Fang im Loch zappeln sehe. Der Fisch ist hübsch, er hat rote Bauchflossen, auf seinem Körper verlaufen dunkle Senkrechtstreifen, und seine Rückenflossen sehen aus wie Stacheln.

»Was mache ich denn nun?« Ich rufe Lovis an. »Schau her! Was ist das für ein Fisch?«

»Das ist ein Barsch. Hole ihn heraus und hake ihn ab. Betäube ihn mit einem gezielten Schlag auf den Kopf. Danach nimmst du ein Messer und stichst ihm ins Herz.«

Ich lege das Handy beiseite, bücke mich und befolge seine Anweisungen.

»Wie viele Löcher hast du gebohrt?«

»Nur eins.«

»Bohre weitere, aber bleibe in der Reihe. Befische jedes Loch für einige Minuten. Auf diese Weise fängst du ganz schnell mehrere Fische.«

Das war ein richtig guter Tipp. Am Nachmittag kehre ich stolz wie Bolle mit fünf Barschen zurück, stürme ins Haus, um sie Brigitta zu zeigen, aber sie scheint noch immer zu schlafen.

Ich nehme ein heißes Bad und koche eine Kanne Tee für uns. Als ich damit fertig bin, ist sie immer noch nicht aufgestanden. So langsam beschleicht mich ein ungutes Gefühl. Ich klopfe an ihre Schlafzimmertür und rufe ihren Namen. Gleich darauf rumpelt es. Es besteht kein Zweifel daran, dass sie aus dem Bett gefallen ist. Ich betrete den Raum und finde sie bäuchlings auf dem Boden liegen. Ihr Versuch, sich aus eigener Kraft aufzurichten, scheitert. Erst mit meiner Hilfe schafft sie es, sich auf die Füße zu stellen. Sie beteuert, sich nichts getan zu haben.

»Seit wann bist du wieder da?«

»Schon längst. Komm mit in die Küche. Ich möchte dir etwas zeigen. – Da staunst du, oder? Fünf Barsche.«

»Du warst schon immer die beste Eisfischerin vom Helgasjön See.«

Ich stutze. Wie kann sie so etwas sagen? Ich war heute

das erste Mal angeln. Prüfend schaue ich sie an. Sie scheint mir irgendwie abwesend zu sein. »Ist alles in Ordnung mit dir?«

»Mir ist nur ein wenig schwummrig vor Augen.«

Ich möchte, dass sie sich setzt, und rücke einen Stuhl.

»Ich habe Tee gekocht. Möchtest du eine Tasse?«

Sie verzieht das Gesicht und macht eine abweisende Handbewegung. »Kaffee. Morgens immer Kaffee.«

»Brigitta, es ist fünf Uhr nachmittags.«

»Warst du gar nicht in der Schule? Madita, du musst zur Schule gehen.«

Nun steht fest, dass sie nicht benommen, sondern komplett verwirrt ist.

Hat es mit dem Sturz zu tun? Ist sie auf den Kopf gefallen? Hat sie möglicherweise einen Schlaganfall erlitten?

Ich darf jetzt nicht panisch werden, sondern muss überlegt handeln. Gerade entschließe ich mich, den Notruf zu verständigen, als es an der Tür klingelt. Arne ist gekommen.

»Dich schickt der Himmel. Brigitta ist in einem Zustand geistiger Verwirrung. Sie ist aus dem Bett gefallen und hält mich für ihre Tochter.«

»Ich dachte mir schon, dass etwas nicht stimmt, nachdem sie nicht ans Telefon gegangen ist. Wo ist sie?«

Ich zeige in die Küche.

»Na, altes Mädchen, hast du wieder vergessen zu trinken?« Arne bittet mich, ein Glas Wasser einzuschenken.

»Vermutlich ist sie wieder dehydriert.«

»Kaffee. Morgens immer Kaffee«, wiederholt sie.

»Erst Wasser, dann Kaffee«, bestimmt er und flößt ihr Flüssigkeit ein.

»Ist das schon häufiger vorgekommen?«, erkundige ich mich bei ihm, denn mir scheint, dass er ihren Zustand deutlich gefasster aufnimmt als ich.

»Immer wenn über eine bestimmte Person geredet wird, wirft sie eine ihrer Glückspillen ein. Ohne zuvor ausreichend getrunken zu haben, fällt sie in einen langen Tiefschlaf. Wenn sie erwacht, steckt sie noch Stunden in ihren Träumen fest. Das Beste wird sein, wir bringen sie wieder ins Bett.«

Brigitta leistet keine Gegenwehr.

Mich überkommt ein schlechtes Gewissen. »Das ist meine Schuld. Ich habe heute Morgen das Tabuthema angesprochen. Aber ich konnte doch nicht ahnen, was das nach sich zieht.«

»Du musst dir keine Vorwürfe machen. Das sollte die Frau aus Malmö tun.«

»Wie lange dauert Brigittas Zustand an?«.

»Gewöhnlich ist sie am nächsten Tag wieder klar bei Verstand und streitet vehement ab, sich merkwürdig verhalten zu haben. Einmal habe ich sie zur nächtlichen Stunde an der Haltestelle aufgelesen. Sie war nur mit einem Pyjama bekleidet und hat auf den Schulbus gewartet. Ein anderes Mal hat sie bei der Polizei angerufen und behauptet, ihr Kind wäre entführt worden.«

»Passiert das häufig?«

»Regelmäßig an Maditas Geburtstag, an Weihnachten und an dem Tag, wenn Brigittas Geschenke zurückkommen. Also spätestens wieder in zwei Tagen.«

»Wir könnten den Postboten abfangen und die Pakete verschwinden lassen.«

»Auf keinen Fall. Brigitta würde das als Zeichen der Vergebung interpretieren und umgehend nach Malmö fahren. Dort müsste sie sich zum wiederholten Mal die Tür vor der Nase zuschlagen lassen.«

»Das ist so traurig. Aber es ist schön, dass sie einen Freund wie dich hat.«

Obwohl fünf fangfrische Barsche im Eimer auf der Veranda stehen, bleibt die Küche heute kalt. Ich kann Fische fangen, sie töten, aber schuppen und ausnehmen kann ich sie nicht. Notgedrungen begnüge ich mich mit einer Packung Cracker, die ich dünn mit Salzbutter beschmiere, und mopse mir zwei Essiggurken aus dem Einmachglas.

Wenn Johanna mich jetzt sehen könnte, würde sie mich fragen, ob ich schwanger sei.

Vor drei Jahren war ich fest davon überzeugt, in anderen Umständen zu sein. Marco war nicht begeistert. Er meinte, wir sollten mit der Gründung einer Familie noch warten.

Aus heutiger Sicht mache ich drei Kreuze, dass es nur falscher Alarm war. Wie stünde ich jetzt da?

Zwar habe ich mich nach Ruhe gesehnt, aber jetzt empfinde ich die Stille im Haus bedrückend.

»Gewöhne dich schon mal daran«, rät mir meine innere Stimme. »So wird es dir künftig abends immer ergehen, wenn du die Mansarde allein bewohnst. Statt stumm auf den See zu blicken, wirst du auf den Isebekkanal starren.«

Dass ich die Wohnung behalten werde, steht fest wie das Amen in der Kirche. Marco kann sich die Miete nach Lage der Dinge sowieso nicht leisten. Unter normalen Voraussetzungen würde es mir schwerfallen, die monatlichen Kosten allein zu stemmen, aber mit dem Schmerzensgeld von Herrn Behrens sollte ich die nächste Zeit gut über die Runden kommen.

Ich stelle fest, dass meine Zukunftsperspektiven gar nicht so schlimm aussehen, wie ich befürchtet habe.

Nachdem ich aufgegessen habe, bringe ich die Butter zurück in den Kühlschrank, nehme die Schale mit der Pulpe heraus, lege einen Plastiksack auf den Tisch und fange an zu modellieren.

Beim Gestalten vergesse ich Zeit und Raum. Zu sehen, was in meinen Händen entsteht, erfüllt mich mit großer Zufriedenheit. Allerdings muss die Figur erst trocknen, bevor ich mich an die Feinarbeiten machen kann. Im übernächsten Schritt kann ich sie bemalen. Ich hoffe, dass es mir bis zu meiner Abreise gelingt, Brigitta den fertigen Schutzengel zu schenken, der sie künftig behüten soll.

Ich räume meine Utensilien zusammen, säubere den Tisch und verlasse die Küche.

Statt auf direktem Weg nach oben zu gehen, schaue ich nach ihr. Sie schläft. Bevor ich ihr Schlafzimmer verlasse, stecke ich meine Nase in Theos Blumenstrauß. Ich liebe den Duft von Hyazinthen, auch wenn er ein Kitzeln in meiner Nase auslöst, das sofortiges Niesen zur Folge hat. Ich versuche, den Reflex zu unterdrücken. Leider ohne Erfolg.

»Gesundheit, Rieke.«

Hurra, Brigitta ist wieder im Hier und Jetzt angekommen. Ich wünsche ihr »gute Nacht« und lege mich schlafen.

KAPITEL 23

Entrümpeln

Am nächsten Morgen verhält es sich genau so, wie Arne vorausgesagt hat. Brigitta hat keinerlei Erinnerung an den gestrigen Tag. Verwundert fragt sie, ob ich wisse, wer den Eimer mit Fischen auf ihre Veranda gestellt hat. Auch hat sie keine Erklärung für den Bluterguss an ihrem Arm.

Um sie nicht zu brüskieren, verliere ich kein Wort über die Geschehnisse und widme mich der Fertigstellung der Plastik.

Brigitta schaut mir über die Schulter. »Hast du wieder Blut geleckt?«

»Lustig, dass du mich das jetzt fragst. Gerade habe ich mir vorgenommen, zu Hause meine kreative Arbeit wiederaufzunehmen.«

Sie streicht mir behutsam über den Kopf. »Schade, dass dein Vater das nicht mehr erlebt. Er hat es sehr bedauert, dass du nach dem Studium nicht weitergemacht hast.«

Hält sie mir gerade vor, dass ich für meinen Paps genau so eine Enttäuschung war wie Madita für sie?

»Ich musste Geld verdienen«, rechtfertige ich mich. »Von meiner Kunst hätte ich nicht leben können.«

»Theo kann von seiner Arbeit leben. Und das nicht schlecht, wie im Internet nachzulesen ist.«

»Er hatte Glück, er war zur richtigen Zeit am richtigen Ort und hat Kontakte zu den richtigen Leuten geknüpft.«

»Man kann auch sagen, er habe auf seine Fähigkeiten vertraut, während du an dir gezweifelt hast.«

Brigitta plappert genau das nach, was Theo mir auch vorgeworfen hat. Ich kann nicht abstreiten, dass darin ein Funken Wahrheit steckt. Vielleicht wäre ich am Ball geblieben, wenn Marco mich bestärkt und unterstützt hätte.

Ist es fair von mir, ihm die alleinige Schuld an meinem Scheitern zu geben? Wenn mir die Kunst wirklich wichtig gewesen wäre, hätte ich nicht so schnell aufgegeben. Egal, das ist Schnee von gestern. Viel wichtiger ist die Gegenwart, in der ich wieder darauf brenne, mich künstlerisch auszuleben.

Draußen hupt ein Wagen.

»Das ist die Post«, erklärt Brigitta, legt sich eine Jacke über und stiefelt hinaus zur Gartenpforte.

Ich beobachte durch das Fenster, wie sie dem Boten ein Paket abnimmt und es mit betrübter Miene ins Haus schleppt.

»Wow, dieses Mal hat sie keine Zeit verloren und es noch am gleichen Tag zurückgeschickt.«

»Wohin damit?«, frage ich und nehme es ihr ab.

»Stelle es oben in die Kammer zu den anderen.«

In der Abseite stapeln sich mindestens dreißig Kartons. Der Anblick löst pure Wut in mir aus. Rasch begebe ich mich in die Küche, um zu überprüfen, ob Brigitta wieder zu ihren Pillen greift. Sie steht an der Spüle und schabt Möhren.

»Die Kammer ist rappelvoll. Wirst du künftig darauf verzichten, Geschenke zu verschicken, oder hast du vor, anzubauen?«

Sie blickt nur kurz auf und widmet sich wieder dem Gemüse.

»Mal davon abgesehen, dass ich nicht nachvollziehen kann, weshalb du dich immer wieder aufs Neue quälst, begreife ich nicht, warum du die Pakete aufbewahrst. Sie will sie nicht, aber vielleicht könntest du anderen Menschen eine Freude damit machen.«

»Ich soll das, was ich mit Liebe für Madita und meinen Enkel gekauft und gehandarbeitet habe, an fremde Leute verschenken? Nein!«

»Wir können die Sachen auch auf einem Internetportal zum Kauf anbieten.«

»Ich will nicht, dass mir in der Stadt jemand begegnet, der einen Pullover trägt, den ich gestrickt habe.«

»Wäre es dir lieber, dass die Sachen von den Motten gefressen werden? Gib dir einen Ruck. Wir gehen jetzt hinauf und packen die Kartons aus. Dann überlegen wir gemeinsam, was wir mit den Sachen machen. Später verbrennen wir die Pappe im Garten. Am Feuer trinken wir ein Glas Glögg und feiern deinen Entschluss, künftig kein Geld mehr sinnlos zum Fenster hinauszuwerfen.«

Mit großen Augen schaut sie mich an. »Du hältst meine Bemühungen, auf diese Weise wieder mit ihr in Kontakt zu treten, auch für sinnlos?«

»Es hat all die Jahre nicht funktioniert. Warum sollte sich das in Zukunft ändern? Du hast ihr oft genug die Hand gereicht. Sag dir endlich: ›Wer nicht will, der hat schon.‹«

Ich rechne mit ihrem sofortigen Widerspruch, doch zu meiner Überraschung stimmt sie zu. »Ja, du hast recht. Lass uns das Zeug verscherbeln.«

Brigitta reicht mir ein Cuttermesser. »Geh doch schon mal vor. Ich komme nach, sobald ich hier fertig bin.«

Ich nehme mir zuerst den Karton vor, der heute zurückgekommen ist. Bevor ich ihn öffne, fotografiere ich den Paketschein, auf den auch Maditas Absenderadresse gedruckt ist. Nun kenne ich ihre Anschrift. Ich überlege, ob ich ihr schreiben soll. Vielleicht bringt es etwas, wenn ihr eine ›Außenstehende‹ mitteilt, wie sehr sie ihre Mutter mit ihrem Verhalten verletzt.

Angesichts der Mühe, die Brigitta sich mit dem Verpacken gegeben hat, ist es mir nicht möglich, das Geschenkpapier vom ersten Päckchen einfach abzureißen. Behutsam löse ich das Schleifenband und entferne die Klebestreifen. Zum Vorschein kommt ein Kinderbuch, das für ihren Enkel bestimmt war. Zwischen den Seiten steckt eine Karte.

Gern würde ich dir daraus vorlesen. Deine Oma

Jedem Präsent liegt ein Gruß bei. Ich frage mich, wie viele Tränen Brigitta beim Stricken und Nähen vergossen hat. Für eine bessere Übersicht teile ich die Sachen in Kleidung, Spielzeug und Schmuck auf und lege sie aufs Bett.

Beim nächsten Karton fällt mir ein besonderer Briefumschlag in die Hände. Es handelt sich um ein Kuvert, von dem ich weiß, dass es exklusiv für die Papeterie meiner Eltern angefertigt wurde. Die Vorderseite trägt die Handschrift meiner Mutter. Ohne mir etwas dabei zu denken, lege ich den Umschlag zur Seite, als Brigitta sich blicken lässt.

Sie staunt, als sie erkennt, was im Laufe der Jahre alles zusammengekommen ist. Gedankenversunken sitzt sie auf der

Bettkante und gräbt ihr Gesicht in einen Pullover, den sie, der Größe nach zu urteilen, für Madita gestrickt hat.

»Der besteht zu hundert Prozent aus Kaschmir und ist federleicht. Den möchte ich nicht verkaufen. Allein das Material hat ein kleines Vermögen gekostet.« Sie schaut mich an. »Hättest du Interesse daran? Dir würde ich das gute Stück gern schenken.«

Ich nehme ihr den edlen Pulli ab und halte ihn mir vor dem Spiegel an. Das Teil ist ein Traum. Ich liebe die Farbe Nude, und das Patentmuster ist zeitlos und kommt nie aus der Mode.

»Wirklich?« Sie nickt. »Mit großer Freude werde ich ihn tragen.« Ich bedanke mich mit einer festen Umarmung.

Danach schnappe ich mir Papier und Pappe, bringe alles in den Garten und werfe es in die Feuertonne.

Nach meiner Rückkehr ist Brigitta dabei, Fotos mit ihrem Handy aufzunehmen. Ich richte ihr derweil einen Account auf dem Portal ein.

Es vergehen Stunden, bis wir den letzten Artikel eingestellt haben. Brigitta bezweifelt, dass sich der ganze Aufwand gelohnt habe. Ich halte dagegen und zeige ihr, dass bereits einige Gebote eingegangen sind.

Angesichts der fortgeschrittenen Zeit verzichten wir darauf, im Garten ein Feuer zu entzünden. Stattdessen setzen wir uns bei einem Glas Wein in die Küche. Während ich der Skulptur den finalen Anstrich mit Klarlack verpasse, bietet sie an, mich morgen zum Bahnhof zu fahren.

KAPITEL 24

Zwischenstopp

Mit gemischten Gefühlen betrete ich den Zug. Einerseits wäre ich gern länger geblieben, andererseits weiß ich, dass es Zeit wird, mich meiner neuen Lebenssituation zu stellen.

Noch bleiben mir drei Stunden, bis ich in Kopenhagen in den Intercity umsteige, der mich nach Hamburg bringen wird.

Wie die meisten Mitreisenden beschäftige auch ich mich während der Fahrt mit meinem Handy. Ich schaue mir die Fotos an, die sich darauf befinden. Die Aufnahmen von Marco und mir wische ich sofort zur Seite. Die Bilder von Lappland betrachte ich eingehend. Verwundert stelle ich fest, dass es kein einziges gibt, auf dem Theo zu sehen ist. Dennoch ist er fest in meinem Kopf. Wenn ich die Augen schließe, sehe ich ihn direkt vor mir und kann seine Stimme hören.

Ich denke an die Tage in Abisko. Wie schön war unser Besuch auf der Rentierfarm, als wir so getan haben, als wären wir ein frisch vermähltes Ehepaar, und er mich geküsst hat. Oder als wir gemeinsam auf dem Sofa lagen und durch die Dachfenster geschaut haben. Der Moment, als wir draußen in der Kälte standen, in den Nachthimmel schauten und die Polarlichter bestaunt haben, wird mir unvergessen bleiben, genau wie der letzte Abend in der Kota, als nicht nur die Funken des Feuers sprühten.

Je länger ich an ihn denke, desto schwerer wiegt mein Herz. Ich schalte das Handy aus und verbiete mir weitere Gedanken an ihn.

Als die Durchsage erklingt, dass wir in wenigen Minuten den Bahnhof Malmö erreichen, wundere ich mich darüber, dass alle Fahrgäste ihre Sachen zusammenpacken.

»Endet der Zug hier?«, frage ich bei einem Fahrgast nach. Der Mann nickt. »Ich dachte, er fährt bis Kopenhagen durch.«

»Sie müssen umsteigen.«

Bis ich den richtigen Bahnsteig erreicht habe, ist der Anschlusszug bereits abgefahren. Der nächste kommt in einer halben Stunde. Ich nutze die Wartezeit und lasse mir online anzeigen, wie weit Maditas Zuhause von meinem Standort entfernt liegt. Mit einem Taxi könnte ich es binnen fünfzehn Minuten schaffen. Spontan beschließe ich, ihr einen Besuch abzustatten.

Ich zahle die Fahrt und bitte den Fahrer, vor dem modernen Einfamilienhaus auf mich zu warten. Für den Fall, dass sie am Sonntagmittag gar nicht daheim ist, soll er mich sofort wieder mitnehmen. Doch nach meinem Klingeln öffnet sie die Tür. Anders als sie mich habe ich sie sofort erkannt. Und das hatte nichts mit ihrem Babybauch zu tun.

Als ich mich zu erkennen gebe, zeigt sie keine Reaktion.

»Ich störe dich nicht lange. Aber ich dachte, wenn ich schon mal in Malmö bin, schaue ich kurz bei dir vorbei und sage ›Hallo‹.«

»Hallo«, erwidert sie kurz und macht keine Anstalten, mich hereinzubitten.

»Ich war bei deiner Mutter.«

Sie verzieht noch immer keine Miene. »Davon habe ich schon gehört. Und?«

Ich bereue bereits zutiefst, diesen Abstecher zu ihr gemacht zu haben. Aber weil mein Taxifahrer bereits abgerauscht ist, unternehme ich einen weiteren Versuch, mit ihr ins Gespräch zu kommen. »Hast du vielleicht fünf Minuten, um mir zuzuhören?«

Kalt wie eine Hundeschnauze wimmelt sie mich ab. »Der Zeitpunkt ist ungünstig. Besser, du hättest vorher angerufen.«

Jemand tritt in den Flur. Noch bevor sie es schafft, mir die Tür vor der Nase zuzuschlagen, erkenne ich den Mann. Lovis ist nur mit Boxershorts bekleidet. Als unsere Blicke sich treffen, ist er nicht minder erstaunt als ich.

»Willst du Rieke nicht hereinbitten?«

Madita hebt die Brauen. »Fünf Minuten«, zischt sie und geht vor.

Als sie außer Hörweite ist, stelle ich ihm die Frage, die mir unter den Nägeln brennt. »Seid ihr? Habt ihr? Weiß ihr Mann davon?«

Er grinst. »Ja, wir sind schon seit zwei Jahren zusammen. Madita ist geschieden. Ihr Sohn ist an diesem Wochenende bei seinem Vater.«

»Warum darf Brigitta nichts davon erfahren? Du weißt doch, wie sehr es sie freuen würde.«

»Weil es sie nichts angeht!«, brüllt Madita aus dem Wohnzimmer.

Ich kann auch laut werden. »Sie ist deine Mutter, verdammt!

Wie bringst du es bloß übers Herz, sie aus deinem Leben zu verbannen? Hast du eine Ahnung, wie sehr sie leidet? Sie nimmt Psychopharmaka, um ihren Schmerz zu betäuben.«

»Sie ist zu weit gegangen. Ich kann ihr nicht verzeihen.«

»Was hat sie gesagt, dass du derartig verletzt bist und ihr nach zehn Jahren nicht vergeben kannst?«

»Könntest du vergessen, dass deine Mutter deinen Sohn als hässlich und zurückgeblieben betitelt hat?«

Das war die unbedachte Bemerkung, von der Lovis gesprochen hat. »Ich kann nicht glauben, dass Brigitta so etwas Böses über ihr Enkelkind gesagt haben soll.«

»Sie hat es getan. Und nicht nur ein Mal. ›Das kommt davon, wenn man sich von einem Greis schwängern lässt. Es ist doch bekannt, dass das Risiko auf bestimmte genetische Störungen bei älteren Vätern deutlich zunimmt.‹«

Ich schlucke. »Trifft das denn auf deinen Jungen zu?«

»Er ist kerngesund und hochintelligent!«

»Ich bin mir sicher, sie hat es nicht so gemeint. Manchmal sagt man im Streit etwas sehr Verletzendes, das man später bitter bereut. Brigitta denkt in Liebe an deinen Sohn. Ich weiß es, denn ich habe die Karten gelesen, die sie all die Jahre seinen Geschenken beigelegt hat.«

»Zu spät!«

»Noch hast du die Chance, wieder mit ihr ins Reine zu kommen. Wie schnell es vorbei sein kann, habe ich erlebt, als mein Vater gestorben ist.«

Mir läuft es eiskalt den Rücken herunter, als sie mich ansieht. Sie schnaubt verächtlich. »Du weißt es immer noch nicht, oder?«

Verdutzt schaue ich sie an. »Was denn?«

»Dein Vater, sagst du? Du meinst wohl unseren. Christian Kohler ist auch mein Erzeuger. Er wird es mir verzeihen, dass ich ihn nicht ›meinen Paps‹ nenne. Die Rolle war nur für dich bestimmt. Für mich war er lediglich der freundliche Christian aus Hamburg, der jeden Sommer mit seiner Familie den Urlaub bei uns verbracht hat.«

Ich glaube ihr kein Wort. »Wie kommst du dazu, solche absurden Behauptungen aufzustellen?«

»Weil ich es beweisen kann. Du darfst gern einen Blick auf meine Geburtsurkunde werfen. Ich kann dir auch die Kopien seiner Unterhaltszahlungen zeigen. Oder willst du seinen letzten Brief an mich lesen?«

Ich habe genug gehört und verzichte auf etwaige Belege. Nervös fahre ich mir durch die Haare.

»Dann werde ich mich mal auf den Weg machen«, stottere ich und sehe mich suchend nach meinem Gepäck um. Ich kann mich nicht erinnern, wo ich meinen Koffer abgestellt habe. Ich weiß gar nichts mehr, sondern will nur noch hier raus.

Wieder einmal stehe ich fassungslos am Straßenrand und halte Ausschau nach einem Taxi. Anders als in Stockholm, als ich vor Alina geflüchtet bin, fährt hier kein Wagen vorbei, den ich heranwinken kann. Mit zittrigen Fingern krame ich mein Handy aus der Tasche, als ich Lovis hinter mir rufen höre. Er hat sich zwischenzeitlich angezogen und bietet mir an, mich mit seinem Wagen zum Bahnhof zu bringen.

»Geh mir aus den Augen!«, brülle ich ihn an. »Ich habe von euch Lügnern und Heuchlern die Nase gestrichen voll. Wieso hast du mir nicht verraten, dass du mit Madita zusammen bist und sie dein Kind erwartet? Weshalb hat mein Vater mir verschwiegen, dass er bereits eine Tochter hat? Marco betrügt mich seit Monaten mit einer anderen. Theo verschweigt mir, dass er verheiratet und Vater von zwei Kindern ist. Was stimmt nicht mit euch Männern? Sehe ich aus, als könnte ich die Wahrheit nicht verkraften?«

»Bitte beruhige dich.«

»Ich habe gerade erfahren, dass ich seit vierunddreißig Jahren eine Schwester habe. Da wird es wohl gestattet sein, dass ich mich aufrege.«

»Madita hat es selbst erst im Zuge ihrer Hochzeit erfahren.«

»Demzufolge weiß sie es zehn Jahre länger als ich. Warum hat sie geschwiegen?«

»Das solltet ihr untereinander klären.«

»Ich hatte nicht den Eindruck, als wäre ihr an einem klärenden Gespräch gelegen. Noch nie zuvor habe ich mich derartig unwillkommen gefühlt wie gerade eben. Im Eishotel in Kiruna herrschte eine wärmere Atmosphäre als in eurem Haus.«

»Bitte, versuche doch, sie zu verstehen. Euer Vater hat nie zu ihr gestanden, während du sein Augenstern warst.«

Ich schaue ihn entgeistert an. »Hast du mich deshalb auf dem See nach meinem Verhältnis zu ihm gefragt?«

Wie dumm von mir. Ich hatte angenommen, sein Interesse hätte mir gegolten. »Dabei habe ich dich explizit gefragt, ob deine Angelurlaube etwas mit Madita zu tun haben.«

»Ich habe dich nicht angeschwindelt. Brigitta ist mir wirklich ans Herz gewachsen. Genau wie du hege auch ich die Hoffnung, dass es irgendwann zur Versöhnung zwischen den beiden kommt. Aber dafür ist Geduld erforderlich.«

Geduld ist das Letzte, was ich in diesem Moment aufbringen kann. Ich möchte so schnell wie möglich nach Hause.

Mich in meine Wohnung zurückziehen, die Tür von innen verbarrikadieren und keinen Menschen sehen oder hören.

»Von welchen Grußkarten hast du gesprochen?«

Ich berichte Lovis von der gestrigen Aktion.

»Wenn Madita wissen will, welche Präsente ihr und dem Jungen entgangen sind, soll sie bei ›Tradera‹ nachsehen. Brigittas Account läuft unter dem Namen ›For-ever-mom‹.«

»Geh nicht im Zorn, Rieke. Ich habe so sehr auf dich gebaut. Gemeinsam könnte es uns gelingen, eine große Familie zu werden.«

»Das kannst du dir abschminken. Sollte meine Mutter jemals erfahren, bei wem sie jahrzehntelang ihren Urlaub verbracht hat, wird sie ihr bisheriges Leben infrage stellen. Das werde ich mit aller Macht verhindern. Denn im Gegensatz zu Madita liebe ich meine Mutter und weiß, was ich ihr zu verdanken habe.«

KAPITEL 25

Ultimatum

In Kopenhagen löse ich kein Bahn-, sondern ein Flugticket.

Nach meiner Landung in Hamburg sende ich ein Stoßgebet in den wolkenverhangenen Himmel. ›Bitte lass ihn nicht zu Hause sein.‹ An diesem turbulenten Tag fehlt mir die Kraft, mich auch noch mit Marco auseinanderzusetzen.

All mein Beten hat nicht geholfen. Er ist daheim. Natürlich weiß er, dass ich morgen wieder arbeiten muss und keine andere Wahl habe, als heute zurückzukehren.

Die Wohnung ist mit unzähligen Blumensträußen geschmückt. Eine Duftwolke, die mir in der Küche entgegenströmt, lässt darauf schließen, dass er gekocht hat. Keine Pasta, sondern ein Schmorgericht. Ich schenke seinem Bemühen, Kerzen auf dem feierlich gedeckten Tisch zu entzünden, keine Beachtung. Schnurstracks marschiere ich ins Schlafzimmer und nehme mir frische Wäsche aus dem Schrank.

»Du ahnst nicht, wie froh ich bin, dass du wieder da bist.« Er stammelt so leise, dass es nur meinem guten Gehör zu verdanken ist, dass ich ihn überhaupt wahrnehme.

Ihm den Rücken zugewandt, antworte ich: »Wenn ich morgen von der Arbeit komme, erwarte ich, dass du ausgezogen bist.«

»Rieke, ich weiß, was ich dir angetan habe. Bitte, lass es mich erklären.«

Nun drehe ich mich um und schaue ihm direkt in die Augen. »Du glaubst, ich wäre an deinen Erklärungen interessiert?«

»Bitte, lass uns reden. Es ist mir ein Bedürfnis, mich mit dir auszusprechen.«

»Deine Befindlichkeiten sind mir völlig schnuppe. Mich beschäftigt gerade etwas viel Wichtigeres.«

»Was ist wichtiger als unsere Beziehung?«

Mir scheint, er ist nicht mehr bei Trost. »Unsere was …?«

Während ich mein Outfit für den nächsten Tag in einen Kleidersack stecke, redet er unentwegt auf mich ein.

»Ich habe einen Riesenfehler begangen, und es tut mir unendlich leid, dich verletzt zu haben. Aber ich …«

»Spar dir die Worte und geh mir aus dem Weg!«

Es gelingt mir, mich an ihm vorbeizuschlängeln und die Wohnungstür hinter mir zuzuschlagen.

Ich habe erst wenige Stufen genommen, als er ins Treppenhaus tritt und die ganze Nachbarschaft zusammenschreit. »Es ist nicht vorbei mit uns. Ich werde um dich kämpfen.«

Zum dritten Mal an diesem Tag besteige ich ein Taxi und lasse mich zum Alten Markt fahren. Durch den Laden betrete ich das Haus. Ich rufe nach meiner Mutter, aber sie antwortet nicht. Wo steckt sie am Sonntagabend um diese Zeit? Normalerweise würde sie in ihrem Fernsehsessel sitzen und sich den ›Tatort‹ anschauen. Aber mal ehrlich. Was ist in meinem Leben noch normal?

Solange ich denken kann, habe ich mir Geschwister gewünscht. Seit heute weiß ich, dass ich eine ältere Schwester habe, die an Garstigkeit nicht zu überbieten ist.

Es war ein Fehler, erneut nach Schweden zu reisen. Wenn ich könnte, würde ich alle Erkenntnisse aus meinem Gedächtnis streichen. Ich müsste meiner Mutter nichts vormachen und sie anlügen, wenn sie mich nach meinem Aufenthalt im Hause der Frau fragt, die mit ihrem Mann ein heimliches Kind hat.

Trotz all der Aufregung verspüre ich Hunger. Ich gehe in die Küche, um den Kühlschrank zu inspizieren. Sogleich fällt mir der Korb ins Auge, der auf der Arbeitsplatte steht und in dem Mutter ihre tägliche Post aufbewahrt. Ein Brief trägt meinen Namen. In schönster Handschrift hat jemand ›Rieke Kohler‹ auf den Umschlag geschrieben. Noch bevor ich ihn öffne, weckt die Rechnung eines Reisebüros meine Aufmerksamkeit. Hat Mutter tatsächlich eine Kreuzfahrt gebucht?

Nein, das hat sie nicht. Die Faktur bezieht sich auf einen Kurztrip nach Lappland. »Von wegen in der Tombola gewonnen.« Dass Mama mir die Reise spendiert hat, um mich für den entgangenen Skiurlaub zu entschädigen, rührt mich zu Tränen. Ich greife zum Handy, um sie anzurufen, als ich Schließgeräusche höre. Mutter kommt herein und staunt, dass ich schon angekommen bin.

»Ich war am Bahnhof, um dich abzuholen. Von Brigitta habe ich erfahren, dass du am Nachmittag in Kopenhagen den Zug genommen hast.«

»Ich bin geflogen. Kann ich heute Nacht hier schlafen?«

Mutter nickt und hängt ihren Mantel an die Garderobe. Verwundert schaut sie mich an. »Wo ist dein Gepäck?«

»Ich war schon zu Hause und habe mir Klamotten für die Arbeit geholt.« Ihren fragenden Blick beantworte ich sogleich. »Ja, er war da. Ich habe ihn aufgefordert, bis morgen auszuziehen.«

Mutter verzieht das Gesicht. »Das wird wohl ein frommer Wunsch bleiben.«

Ich kann mir keinen Reim auf ihre Bemerkung machen und frage nach. Aber sie vertröstet mich. »Lass uns erst zu Abend essen. Wenn ich vorher über diesen Halunken spreche, vergeht mir gleich der Appetit.«

Sie stellt den Backofen an und öffnet eine Flasche Wein.

»Was gibt es denn?«, möchte ich wissen, denn ich erschnuppere noch nichts.

»Ich habe uns einen griechischen Auflauf mit Kartoffeln, Hack und Auberginen vorbereitet.«

Ausgerechnet Moussaka. Das war das letzte Gericht, das ich vor meinem Unfall gekocht habe, als mein Leben noch in geordneten Bahnen verlief.

Ich trinke einen kräftigen Schluck. Weil davon auszugehen ist, dass es mit dem Essen noch eine Weile dauern wird, und ich vermeiden will, dass Mutter mich auf Brigitta anspricht, ignoriere ich ihren Wunsch, noch nicht über Marco zu reden.

»Er will mich zurück. Ich soll ihm verzeihen.«

»Das habe ich befürchtet«, erwidert sie knapp und setzt sich zu mir an den Tisch. »Es bleibt deine Entscheidung. Ich werde dir nicht hineinreden. Nur so viel: Ich hätte deinem Vater nicht verziehen, wenn er mich belogen und betrogen hätte. Eine Beziehung beruht auf Offenheit und Vertrauen.«

Die Ehe meiner Eltern diente mir stets als Vorbild. Aus heutiger Sicht kann ich froh sein, dass Paps Vaterschaft nicht zu seinen Lebzeiten herausgekommen ist. Andernfalls wäre ich wie viele andere ein Scheidungskind geworden.

»Erzähle doch mal. Was hast du in Schweden angestellt?«

»Ich war eisfischen. Leider sind wir nicht mehr dazu gekommen, die Barsche zu essen.«

Mama lächelt. »Du hast Brigitta eine Skulptur angefertigt.«

»Wenn du schon alles weißt, warum fragst du mich?«

»Sie hat es erwähnt, weil sie sich so sehr darüber gefreut hat.«

»Wieso haltet ihr überhaupt so engen Kontakt?«

»Brigitta und ich? Wir kennen uns länger als ein halbes Leben und sind zu engen Freundinnen geworden.«

Eine schöne Freundin hast du, denke ich. Eine Freundin, die dir seit vierunddreißig Jahren verheimlicht, dass sie ein Kind von deinem Ehemann zur Welt gebracht hat.

»Für dich ist ein Brief angekommen.« Mutter reicht mir das Kuvert, das ich bereits in Händen gehalten habe.

Ich öffne es und befriedige ihre Neugierde. »Der ist von Theo. Er ist ein ehemaliger Studienkollege von mir. Es handelt sich um eine Einladung zu seiner anstehenden Ausstellung.«

»Etwa von dem Theo, in den du unsterblich verliebt warst?«

»Das war ich nicht!«

»Wem willst du etwas vormachen? Natürlich warst du bis über beide Ohren verknallt in ihn. Er war für lange Zeit täglich Gesprächsthema bei uns. ›Theo hat … Theo meint … Theo ist …‹«

»Ich habe ihn für seine Kreativität bewundert. Mehr war da nicht.«

»Er hat mich neulich angerufen und mich um deine Handynummer gebeten. Hat er sich bei dir gemeldet?«

Ich schlucke. »Ja, das hat er. Ich wäre dir sehr dankbar, wenn du künftig nicht jedem x-Beliebigen meine Nummer verrätst.«

»Ich mache wohl alles falsch.«

Es tut mir augenblicklich leid, sie kritisiert zu haben. Ich stehe auf, um sie zu umarmen. »Aber nein. Ich habe dich unfassbar lieb. Zu wissen, dass du immer an meiner Seite stehst, bedeutet mir unendlich viel.«

Sie löst sich von mir. »In der Not kannst du dich immer auf mich verlassen. Aber du bist kein Kind mehr. Während dir dein ganzes Leben noch bevorsteht, habe ich die besten Jahre bereits hinter mir. Auch ich habe es verdient, die Zeit, die mir noch bleibt, so zu leben, wie ich es mir gewünscht habe.«

So ernsthaft wie in diesem Moment hat sie noch nie mit mir gesprochen.

»Wovon träumst du, Mama?«

»Statt all meine Urlaube in Schweden zu verbringen, hätte ich viel lieber die Welt bereist und andere Kulturen kennengelernt. Das war jedoch mit deinem Vater nicht möglich. Künftig werde ich das nachholen. Ich habe mir fest vorgenommen, die Zukunft in vollen Zügen zu genießen.«

Ich staune über den Elan meiner Mutter. Mit einem Blick der Bewunderung für sie hebe ich mein Glas und proste ihr zu. »Auf die Zukunft.«

KAPITEL 26

Hunderttageplan

Nichts ahnend betrete ich am Montagmorgen das Firmengebäude. Karina vom Empfang nickt nur kurz, als ich ihr »Guten Morgen« wünsche. Nach wochenlanger Abwesenheit hätte ich von meiner Kollegin eine herzlichere Begrüßung erwartet.

Ich lasse mir nichts anmerken und begebe mich an meinen Arbeitsplatz. Doch am Schreibtisch im Vorzimmer des Chefbüros sitzt bereits jemand. Die junge Frau reicht mir förmlich die Hand.

»Sie müssen Frau Kohler sein.«

»Sag Rieke. Wir duzen uns hier«, erwidere ich und lege meine Handtasche auf die Tischplatte. »Du bist bestimmt meine Vertretung.«

Sie setzt ein falsches Lächeln auf und macht keine Anstalten, den Stuhl für mich freizugeben.

»Wärst du bitte so freundlich und lässt mich an meinen Platz?«

»Vielleicht sprichst du erst mit Herrn Kuhn«, erwidert sie, ohne mich anzusehen.

Was geht denn hier ab?, frage ich mich und stelle meinem Boss Sekunden später genau diese Frage.

Er bittet mich um Verständnis. »Ich hatte keine andere Wahl, als den Posten neu zu besetzen. Deine Nachfolgerin hat sich erstaunlich schnell in den Aufgabenbereich eingearbeitet. Außerdem kostet sie mich deutlich weniger als du.«

»Sag mal, kündigst du mir gerade?«

»Natürlich nicht. Es wird sich im Unternehmen schon etwas Passendes für dich finden. Bis es so weit ist, kannst du Karina am Empfang unterstützen.«

»Ist heute der erste April?«

»Was erwartest du von mir? Du bist fast drei Monate ausgefallen.«

»Ich habe dir angeboten, früher zurückzukommen. Du hast darauf bestanden, dass ich meinen Urlaub nehme.«

»Es ist, wie es ist. Finde dich damit ab oder ...«

Dieser Feigling hat noch nicht einmal den Mut, seinen Satz auszusprechen. Aber damit lasse ich ihn nicht durchkommen.

»Oder was?«

»Es steht dir frei, selber zu kündigen. Ich wäre bereit, auf die Einhaltung der Frist zu verzichten.«

Für wie dumm hält er mich? Ich hatte eine Knie-, aber keine Kopfverletzung. »Du willst mich loswerden? Kein Problem. Zahle mir eine angemessene Abfindung, und ich stimme einem Aufhebungsvertrag zu.«

Ich räume ihm Bedenkzeit ein. »Bis du dich entschieden hast, nehme ich meinen gewohnten Posten ein.«

Hocherhobenen Hauptes verlasse ich sein Büro. Mit einer List vertreibe ich die Neue von meinem Arbeitsplatz.

»Der Boss hat nach dir gefragt.«

Flink huscht sie ins Chefbüro. Ich setze mich auf meinen

Drehstuhl und nehme mir fest vor, mich nicht zum Nulltarif ausbooten zu lassen.

Eine Stunde später unterzeichne ich den Aufhebungsvertrag. Neben einer stattlichen Abfindung, die ich ausgehandelt habe, erhalte ich meine schriftliche Freistellung.

»Ich hätte nicht gedacht, dass du mich derartig teuer zu stehen kommst«, beklagt sich mein ehemaliger Arbeitgeber.

Grinsend zwinkere ich ihm zu. »Ich habe schließlich vom Besten gelernt.«

Versöhnlich reichen wir uns zum Abschied die Hand.

Dieser denkwürdige Montag, an dem ich meine doppelte Freiheit erlange, schreit danach, gefeiert zu werden. Für meine berufliche Eigenständigkeit belohne ich mich mit einem ausgiebigen Frühstück im Elbcafé. Wenn ich am Nachmittag im Besitz von Marcos Schlüssel bin, werde ich meine private Ungebundenheit mit einer Flasche Champagner zelebrieren. Dafür kehre ich auf dem Nachhauseweg in meine Lieblingsvinothek ein. Doch beim Blick auf das Preisschild packt mich der Geiz. Ich entscheide mich für den günstigeren Crémant von der Loire.

Gut gelaunt komme ich zu Hause an. Gerade öffne ich den Briefkasten, um nach Post zu schauen, als meine Nachbarin aus dem ersten Stock die Stufen hinuntersteigt. Ich sehe ihr an, dass sie mich liebend gern fragen würde, was der gestrige Krach im Treppenhaus zu bedeuten hatte. Da sie sich offensichtlich nicht traut, komme ich auf das Thema zu sprechen.

»Es tut mir leid, dass es gestern Abend laut geworden ist. Gewöhnlich tragen wir unsere Differenzen hinter verschlossenen Türen aus. Ich kann Ihnen versichern, dass es nicht wieder vorkommen wird.«

»Ach, Frau Kohler. Machen Sie sich bloß keine Gedanken. So ein Streit hat doch eine reinigende Wirkung. Ich vergleiche es gern mit einem Gewitter. Erst blitzt und donnert es, aber danach ist die Luft wieder rein, und die Sonne scheint.«

Nachdem wir uns gegenseitig einen schönen Tag gewünscht haben, trennen sich unsere Wege. Sie verlässt das Haus, ich gehe hinauf.

Ungeduldig schließe ich die Wohnungstür auf. Ich kann es kaum erwarten, nachzusehen, ob Marco schon mit dem Packen begonnen hat. Ein Blick in den Kleiderschrank verrät, dass er damit noch gar nicht angefangen hat.

Obwohl es mir in den Fingern juckt, ihm die Arbeit abzunehmen, lasse ich es. Stattdessen rufe ich im Zahnlabor an und stelle ihn zur Rede.

»Habe ich mich gestern nicht klar ausgedrückt? Ich sagte ›spätestens 17 Uhr‹. Du hast noch nicht einmal damit begonnen, dein Zeug zusammenzuräumen.«

»Woher willst du das wissen? Bist du nicht in der Firma?«

»Antworte mir nicht mit einer Gegenfrage. Sag, wann du herkommen wirst, damit ich vorzeitig verschwinden kann.«

»Beabsichtigst du, ständig vor mir davonzulaufen?«

Er hat es schon wieder getan und mich damit zur Weißglut gebracht. »Alles, was du bis 17 Uhr nicht abgeholt hast, landet auf der Straße. Ab 17.01 Uhr hast du keinen Zutritt mehr zur Wohnung. War das deutlich genug?«

Wutschnaubend lege ich auf.

Wenn ich eine Sache von meiner Mutter gelernt habe, dann ist es das Gebot, niemals leere Drohungen auszusprechen.

Deshalb sollte ich mich schleunigst auf den Weg machen und ein neues Türschloss besorgen, damit ich meiner Ankündigung Taten folgen lassen kann.

Als ich eine Stunde später vom Heimwerkermarkt zurückkehre, stelle ich überrascht fest, dass Marco zwischenzeitlich eingetroffen ist.

»Warum nicht gleich so«, murmle ich leise vor mich hin. Da ich keinen einzigen Umzugskarton entdecken kann, will ich wissen, wie er gedenkt, seine Sachen zu transportieren.

»Ich ziehe nicht aus«, erwidert er in einer Tonlage, die an Arroganz grenzt. »Das ist unsere gemeinsame Wohnung. Du kannst mich nicht einfach rauswerfen.«

»Willst du, dass ich gehe?«

»Nein, ich möchte, dass du mir zuhörst. Du sollst wissen, dass ich das, was ich getan habe, zutiefst bereue. Aus heutiger Sicht begreife ich selber nicht, was mich geritten hat. Vielleicht war das ›verflixte siebte Jahr‹ daran schuld.«

»Das ist deine Erklärung? Du bemühst diesen Mythos, um deinen Betrug zu rechtfertigen? Das ist wirklich armselig.«

»Wenn es in einer Beziehung kriselt, ist es nie die Schuld eines Einzelnen.«

»Das ist das erste gescheite Wort aus deinem Mund.«

»Rieke, ich liebe dich immer noch, und ich will dich nicht verlieren. Das ist mir in Tirol bewusst geworden. Nur deshalb bin ich früher abgereist.«

»Du beleidigst meine Intelligenz. Du bist früher zurückgekommen, weil dein Zahnarzt damit gedroht hat, eure Zusammenarbeit zu beenden, solltest du nicht umgehend auf der Matte stehen.«

Er widerspricht sofort. »Das ist absoluter Unfug. Es ist so, wie ich gesagt habe. Mich hat die Reue gepackt, und ich habe dich unendlich vermisst.«

Sollte Marco nur einen Funken Ahnung von Körpersprache besitzen, wird er erkennen, dass ich ihm kein Wort glaube.

»Lass uns Tacheles reden. Ich weiß, dass dir das Wasser bis Oberkante Unterlippe steht und du dir die Miete allein nicht leisten kannst.«

»Wie kommst du auf die Idee? Die Auftragslage im Labor ist prächtig. Ich kann mich vor Arbeit kaum retten.«

»Sicher. Deshalb musstest du den Wagen unverzüglich zurückgeben.«

»Der Leasingvertrag war ausgelaufen. Ich wollte ihn nicht verlängern und habe den Wagen fristgerecht abgegeben. Du hast die Kutsche nie gemocht. Ich dachte, wir suchen das nächste Auto gemeinsam aus.«

Ich gebe klein bei. »Also gut, wenn du bleiben willst, werde ich ausziehen. Zwar kann ich mir etwas Schöneres vorstellen, als in meinem Alter vorübergehend bei meiner Mutter unterzukriechen. Aber wenn du dich stur stellst, habe ich keine andere Wahl.«

»Doch, die hast du. Gib mir die Möglichkeit, dir zu beweisen, dass es sich lohnt, an unserer Beziehung festzuhalten. Jeder Mensch hat eine zweite Chance verdient.«

»Ist dir mal in den Sinn gekommen, dass ich an dieser Beziehung gar nicht festhalten will? Glaubst du, dass ich die letzten Monate glücklich an deiner Seite war? Du hast mir ein Leben aufgezwungen, das ich nie wollte.«

»Und trotzdem hast du um mich geweint, als du dachtest, ich sei verunglückt. Streite es nicht ab. Paul hat mir erzählt, wie sehr du gelitten hast. Das beweist doch, dass du noch Gefühle für mich hast.«

Er greift nach meinen Händen. Ich ziehe sie sofort zurück.

»Wage es nicht, mich zu berühren!«

»Okay, schon gut. Ich fasse dich nicht an. Ich habe nur eine Bitte an dich. Gib mir einhundert Tage. Danach ziehen wir beide Bilanz. Sollte es mir innerhalb dieser Zeit nicht gelingen, dich von meiner Aufrichtigkeit zu überzeugen, werde ich gehen.«

»Du erwartest, dass ich mir hundert Tage die Wohnung mit dir teile?«

Er verspricht hoch und heilig, mir nicht nahezukommen. »Wenn du willst, schlafe ich auf dem Sofa.«

»Das wäre die Grundvoraussetzung, um deinem Vorschlag überhaupt zuzustimmen. – Ich werde weder für dich einkaufen noch für dich kochen. Um deine Wäsche kümmerst du dich selber. Du wirst dich an der Hausarbeit beteiligen.«

»Einverstanden. Aber an einem Abend pro Woche gestattest du mir, dich auszuführen. Du bestimmst Zeit und Ort.«

Ich habe meine Zweifel, ob das funktionieren wird. Andererseits bin ich bereit, es zu versuchen. Marco weiß, dass der Deal beim ersten Regelverstoß platzt.

Mein Freedom Monday endet anders als erwartet. Dennoch köpfe ich die Flasche Crémant.

Sichtlich erleichtert über meine Zusage, holt Marco zwei Gläser aus dem Schrank.

»Was wird das?«, frage ich ihn. »Getrennt von Tisch und Bett bedeutet, dass du von meinem Sekt keinen Tropfen abbekommst.«

»Im Ernst? Ich besorge morgen eine neue Flasche.«

Na, das fängt ja gut an, denke ich und schenke uns ein.

KAPITEL 27

Mister Perfect

Es ist Marcos Wecker, der im Wohnzimmer klingelt und mich um sieben aus dem Schlaf reißt. Kurz darauf öffnet er einen Spalt weit die Tür und lugt herein. »Willst du vor mir ins Bad?«

»Ich habe keine Eile«, antworte ich knapp, drehe mich noch einmal auf die andere Seite und nicke wieder ein.

Es ist der Duft seines Rasierwassers, der mir Minuten später in die Nase steigt. Ich schlage die Augen auf und sehe ihn nackt vor dem Kleiderschrank stehen.

»Ich wäre dir dankbar, wenn du künftig abends deine Sachen aus dem Schlafzimmer holen würdest.«

»Musst du nicht auch langsam aufstehen? Es ist schon halb acht.«

»Nee, ich muss gar nichts mehr.« Aber da ich nun hellwach bin, kann ich auch aufstehen. Barfuß watschle ich in die Küche. Er hat schon Kaffee gekocht. Ich schenke mir einen Becher ein und stelle mich ans Fenster.

»Bist du noch krankgeschrieben?«

»Nein, ich habe gestern gekündigt.«

Jetzt ist es so weit, denke ich. Er wird das Gesicht verziehen und mich fragen, ob ich noch alle Tassen im Schrank habe. Doch er sagt nur: »Aha.«

»Ich werde mich ab sofort nur noch der Kunst widmen.«

Erneut überrascht er mich. »Wenn du das willst, solltest du das tun. Ich werde dich dabei unterstützen.«

»Wie bitte?«

»Vermutlich wird es eine Weile dauern, bis du damit Geld verdienen kannst. Aber da es im Labor wieder richtig gut läuft, musst du dir keine Sorgen machen.«

»Wir haben getrennte Kassen vereinbart. Ich komme für meinen Part auf, du für deinen.«

Er trinkt seinen Morgenkaffee auch im Stehen.

»Weil ich gestern Mittag schon Feierabend gemacht habe, ist viel Arbeit liegen geblieben. Daher wird es heute später bei mir.«

»Du musst dich weder bei mir an- noch abmelden und kannst kommen und gehen, wann du willst.«

Er tritt einen Schritt näher an mich heran und neigt seinen Kopf. Kurz bevor seine Lippen meine berühren, weicht er ruckartig zurück. »Sorry, Macht der Gewohnheit. Hab einen schönen Tag, Rieke.«

Als er die Tür hinter sich zuschlägt, atme ich tief durch. Ich bin mal gespannt, wie lange er durchhält, mir ›Mister Perfect‹ vorzugaukeln.

Mein erster Weg an diesem Morgen führt mich wieder zum Heimwerkermarkt. Ich gebe das Türschloss zurück und lasse mir den Betrag auszahlen. Danach schiebe ich den Einkaufswagen durch die Gänge und besorge Kleister, mehrere Rollen Krepp und Klebeband, Rundstäbe sowie zweimal zehn Meter verzinkten Hasendraht, bevor ich in der Werkzeugabteilung richtig zuschlage. Mich beschäftigt nicht die Frage, was ich für meinen umfangreichen Einkauf bezahlen muss, sondern wie ich das ganze Zeug im Bus nach Hause schaffen soll. Ich rufe Johanna an. Vielleicht hat sie heute frei und kann mich fahren. Aber sie geht nicht ran.

Mir bleibt nichts anderes übrig, als schon wieder ein Taxi zu bestellen. So geht das nicht weiter, denke ich, während ich nach der Nummer meines Stammfahrers suche. Ich brauche dringend einen eigenen fahrbaren Untersatz. Vielleicht schaffe ich mir ein Lastenfahrrad an, oder ich kaufe mir einen gebrauchten Motorroller mit Hänger.

»Wollen Sie einen Kaninchenstall bauen, Frau Kohler?«, fragt mich mein Fahrer und hilft mir wie selbstverständlich beim Hinauftragen. Ich bin mir sicher, dass ihm die Künstlerin Niki de Saint Phalle nichts sagt. Sie hat sinnliche bunte Frauenfiguren mit ausgeprägten Rundungen gestaltet, die als ›Nana-Plastiken‹ bekannt sind. Da ich jedoch nicht beabsichtige, ihren Stil zu kopieren, antworte ich ihm, ohne mit meinem Fachwissen zu prahlen.

»Nein, daraus fertige ich menschliche Figuren in Lebensgröße.«

Er lacht. »Ich habe schon davon gehört, dass sich Frauen ihren Traummann backen, aber noch nie davon, dass sie sich einen Pappkameraden bauen. Sie sind doch eine hübsche Frau. Warum suchen Sie sich keinen aus Fleisch und Blut?«

»Mit denen hatte ich in letzter Zeit wenig Glück. Ich bin ausnahmslos an Lügner, Betrüger und Feiglinge geraten.«

Plötzlich fällt mir das Motto für meine anstehenden Arbeiten ein. *Männer, die meinen Weg kreuzten.*

Ich bedanke mich bei ihm für die Eingebung. »Sie werde ich auch nachbilden und Sie den ›Hilfsbereiten‹ nennen.«

Für mein Projekt sind riesige Mengen an Papier nötig. Ich entscheide, mich an die Nachbarn zu wenden und sie zu bitten, mir ihre gelesenen Zeitungen zu überlassen. Statt bei jedem zu klingeln, schreibe ich Zettel und stecke sie in die Briefkästen. Danach begebe ich mich mit einer Plastikwanne hinaus zum Altpapiercontainer.

Meine Plünderung wird von einigen Passanten argwöhnisch beobachtet, doch davon lasse ich mich nicht von meinem Vorhaben abbringen.

Mit einer ansehnlichen Ausbeute stiefle ich die Treppe hinauf, als mein Handy in der Hosentasche klingelt. Es ist Johanna.

»Sorry, ich habe gerade erst gesehen, dass du mich angerufen hast«, entschuldigt sie sich.

Die Hintergrundgeräusche lassen darauf schließen, dass sie im Dienst ist. »Eigentlich hat es sich bereits erledigt. Aber vielleicht hast du Lust, dich nach Feierabend mit mir zu treffen?«

»Lust habe ich, allerdings weiß ich nicht, wann ich Schluss machen kann.«

»Egal, komm einfach zu mir, wenn du fertig bist.«

»Wohin soll ich kommen?«

»Na, zu uns nach Hause.«

Sie quiekt wie ein junges Ferkel. »Du gibst Marco eine zweite Chance? Mensch, Rieke, das freut mich. Ich hatte bereits eine Heidenangst, dass ich dich als Freundin verliere, wenn ihr euch trennt.«

Ihrer Logik kann ich nicht folgen. Was hat unsere Freundschaft mit meiner Beziehung zu Marco zu tun? Das werde ich sie später fragen, denn sie beendet das Gespräch.

Ich brauche Platz. Da nicht davon auszugehen ist, dass ich in naher Zukunft Gäste bewirten werde, kann ich auf den Esstisch und die Stühle verzichten. Ich schiebe die Möbel an die Wand und lege den Boden mit einer Plastikplane aus, um das Holzparkett vor Nässe und Schmutz zu schützen.

Auf der Suche nach einer Schere fällt mir ein Maßband in die Hände. Ratzfatz kürze ich es auf einen Meter, stecke einen Nagel durch das Loch der Metallkappe und hämmere es an die Wand. Jeder Zentimeter steht für 24 Stunden, die ich in dieser WG durchhalten muss. Da ich den gestrigen Tag mitzähle, schneide ich die Zahl Hundert ab. Morgen früh werde ich die 99 abschnibbeln. Übermorgen die 98 und so weiter, bis Marco spätestens Mitte Juni das Feld räumt.

Mir kommt ein schrecklicher Gedanke. Und wenn er sich dann immer noch sperrt? Dann habe ich mit Zitronen gehandelt und wertvolle Zeit verloren, statt mich rechtzeitig um eine eigene Wohnung zu kümmern. Das Risiko gehe ich nicht ein.

Online begebe ich mich auf die Odyssee nach bezahlbarem Wohnraum in der Stadt.

Zu klein, zu groß, indiskutabel, zu teuer, zu weit abgelegen. Ein Inserat klingt vielversprechend. Aber mit Makler. Egal, ich rufe an.

»Ist die Wohnung schon vergeben?«

»Nein, das Auswahlverfahren läuft noch. Liegen uns Ihre Unterlagen bereits vor?«

»Äh, nein. Welche Unterlagen benötigen Sie denn von mir?«

Mir wird schwindelig, als ich höre, was ich alles beibringen soll, um überhaupt als Mieterin in Betracht zu kommen. Bisher hatte Marco sich immer um solche Angelegenheiten gekümmert.

»Eine Bescheinigung meines Arbeitgebers? Die habe ich nicht. Ich bin freiberufliche Künstlerin.«

»Dann reichen Sie Ihren letzten Steuerbescheid ein.«

»Wozu denn das?«

»Damit sich der Eigentümer davon überzeugen kann, dass Sie solvent sind.«

»Und wie legt er dar, dass das bei ihm der Fall ist? Ich halte das für eine recht einseitige Vorgehensweise. Schließlich möchte auch ich wissen, mit wem ich ein Vertragsverhältnis eingehe, Kaution leiste und obendrein eine gepfefferte Courtage zahlen muss.«

»So läuft das. Wenn Sie damit nicht einverstanden sind, kann ich Ihnen wenig Hoffnung machen.«

»Das ist skandalös«, schimpfe ich und lege auf. Dennoch registriere ich mich auf der Webseite des Immobilienmaklers als Wohnungssuchende.

Ich verspüre Durst. Bei der Durchsicht der Vorräte greife ich zu einer Packung Tee. Den kann ich guten Gewissens aufbrühen, denn der wurde von mir bezahlt.

Noch während er zieht, hole ich meinen Skizzenblock und setze mich an den Küchentisch.

Ich zeichne Männer in verschiedenen Posen. Mein erster Entwurf zeigt einen Typen, der seine Hände lässig in den Hosentaschen vergräbt. Ich habe sofort eine Assoziation.

Der Nächste verschränkt die Arme vor der Brust, den Dritten zeichne ich mit überkreuzter Beinhaltung. Ich beginne gerade mit der letzten Zeichnung für heute, als es klingelt.

»Sorry, früher habe ich es nicht geschafft«, entschuldigt sich Johanna und schaut sich verwundert um. »Habt ihr einen Wasserschaden?« Sie blickt zur Decke. »Wieso hast du die Möbel beiseitegestellt? Und was hat die Plane auf dem Boden zu bedeuten?«

Sie erhält die Kurzfassung. »Das ist meine künftige Wirkungsstätte. Ich arbeite nicht mehr im Fitnessstudio, sondern konzentriere mich ausschließlich auf die Kunst. Willst du dir meine ersten Entwürfe ansehen?«

Ich bitte sie, mir in die Küche zu folgen.

»Das ist Marco, der Untreue. Theo, der Lügner. Lovis, der Unehrliche. Mein Ex-Chef, der Feigling. Und zu guter Letzt der Geheimniskrämer, mein Vater.«

»Wer sind Theo und Lovis?«

»Das ist eine lange Geschichte. Die erzähle ich dir beim Essen. Ich lade dich in ein Restaurant ein, denn hier kann ich dir nichts anbieten. Alles, was sich im Kühlschrank befindet, gehört Marco und ist tabu.«

Sie versteht nur Bahnhof. »Ich dachte, ihr seid wieder zusammen.«

»Wir wohnen lediglich zusammen, weil er sich weigert, auszuziehen, und ich meine Mutter nicht um Asyl bitten will. Das ist die ganze Geschichte.«

»Das hat Marco Paul gegenüber aber ganz anders geschildert. Er meinte, ihr würdet es noch einmal miteinander versuchen.«

»Er scheint fest davon auszugehen, dass sein Hunderttageplan funktioniert.«

»Du glaubst nicht daran?«

»Wie könnte ich, nach dem, was alles passiert ist? Komm, lass uns aufbrechen. Ich habe einen Mordshunger.«

KAPITEL 28

Der Kapern-Test

Auch der nächste Tag beginnt wieder mit dem Klingeln von Marcos Wecker. Heute kommt er nicht ins Schlafzimmer. So, wie ich ihn gebeten habe, hat er sich am Vorabend seine frischen Klamotten aus dem Schrank genommen.

Nur weil ich ein dringendes Bedürfnis verspüre, steige ich aus dem Bett und gehe ins Bad. Auf dem Flur treffe ich prompt auf ihn.

»Guten Morgen. Hattest du gestern einen netten Abend mit Johanna?«

Was geht es ihn an? »Nein, wir haben gestritten wie die Kesselflicker.«

»Habt ihr? Warum?«

»Das war ein Witz. Wir haben gut gegessen und stundenlang gequatscht.«

»Auch über mich? Mir haben nämlich pausenlos die Ohren geklingelt.«

»Dann solltest du umgehend einen HNO-Arzt aufsuchen. Mit einem Tinnitus ist nicht zu spaßen.«

Er schaut mich an, als hätten wir uns zuvor noch nie gesehen. »Du bist kaum wiederzuerkennen, Rieke.«

Ich nehme das mal als Kompliment.

»Hat es mit deiner Arbeit zu tun? Ich habe deine Zeichnungen gesehen. Was hast du damit vor?«

»Spar dir das, Marco. Ich weiß, dass du keinerlei Interesse daran hast.«

»Das stimmt nicht. Richtig ist, dass ich keine Ahnung davon habe. Aber ich hätte gern welche. Es wäre schön, wenn du mich in deine Welt einführen würdest. Lass uns doch mal zusammen ein Museum oder eine Galerie besuchen.«

Ich bin baff. »Hattest du nicht gesagt, ich dürfe bestimmen, was wir an unserem gemeinsamen Abend unternehmen?«

»Hast du schon eine Idee?«

Ich verpasse ihm eine geballte Ladung vor den Bug. »Wir könnten Samstagabend meine Mutter besuchen. Sie macht Klopse in Kapernsoße.«

»Deine Mutter hasst mich, und ich verabscheue Kapern.«

»Wenn du nicht bereit bist, dieses kleine Opfer für mich zu bringen, scheint es mit deiner Liebe zu mir nicht sehr weit her zu sein.«

Er schluckt. »Okay, ich habe verstanden. Du willst mich bestrafen. Also gut. Samstag essen wir bei deiner Mutter.«

Mit den Worten »Ich wünsche dir gutes Gelingen« verlässt er die Wohnung.

Am Wochenende überrascht Marco mich mit einem opulenten Frühstück. »Fühle dich eingeladen.«

Ich leiste keinen Widerstand und nehme sein Angebot liebend gern an. Die letzten Tage habe ich stundenlang mit der Gestaltung der ersten Plastik verbracht und bin nicht zum Einkaufen gekommen.

»Ich mag den Burschen. Wirst du ihn noch bemalen?«

Ahnungslos zucke ich mit den Schultern.

»Soll er noch Zähne bekommen?« Er streckt die Arme in die Luft. »Dann bin ich dein Mann.«

Ich komme aus dem Staunen nicht mehr heraus. »Dazu wärst du bereit?«

Er beteuert, alles zu tun, was dazu beiträgt, dass ich mich ihm gegenüber nicht mehr so abweisend verhalte.

»Es ist nicht so, dass ich nicht merke, wie sehr du dich bemühst. Aber es bleibt dabei. Du schläfst auf dem Sofa.«

»Ich sehne mich nach dir. Fehlt dir unser Sex denn gar nicht?«

Nach dieser Frage kippt die Stimmung. »Ich habe es monatelang ohne Sex überlebt, während du dich anderweitig amüsiert hast. Bisher weiß ich noch immer nicht, wer sie war und wo ihr es getrieben habt. Hier kann es nicht passiert sein, denn ich konnte auf Krücken die Wohnung wochenlang nicht verlassen.«

»Bitte, erspar uns die Einzelheiten. Das bringt doch nichts.«

»Mich musst du nicht schonen.«

Er verlässt den Tisch und zieht sich im Flur die Jacke an. »Ich fahre jetzt zum Autohaus und hole den Wagen ab, den wir heute Probe fahren können.«

»Wir? Ich komme nicht mit auf deine Spritztour. Es ist dein Wagen.«

Zum ersten Mal seit Tagen verzieht er das Gesicht. »Du machst es mir nicht leicht, Rieke.«

Ich will nicht zickig sein. »Was hältst du von Kino heute Abend?«

Seine Gesichtszüge entspannen sich. »Tolle Idee.«

KAPITEL 29

Kapverden

Noch 80 Zentimeter. Wir sind bei Paul und Johanna zum Brunch eingeladen. Mit einer Flasche Wein schlagen wir bei ihnen vormittags auf. Paul grinst und fragt, bei wem er sich für den guten Tropfen bedanken soll. »Bei dir oder bei Rieke?«

»Der ist von uns beiden«, erklärt Marco und boxt seinem Buddy auf die Schulter.

Ich frage Johanna, ob ich ihr helfen kann. Sie lehnt ab und erkundigt sich nach dem Fortschritt meiner Arbeiten.

Marco kommt mir zuvor und antwortet statt meiner. »Mittlerweile stehen vier Kerle bei uns in der Wohnung. Wenn Rieke weiterhin so fleißig ist, hat sie bald eine Fußballmannschaft zusammen.«

»Hast du schon Käufer für deine Plastiken gefunden?«, fragt Paul.

Mir entgeht nicht, dass Marco die Brauen hochzieht. Seine Miene zeigt mir deutlich, dass er meine Arbeit nach wie vor belächelt.

»Nein, Paul, ich beginne erst mit der Vermarktung, wenn ich ein Dutzend voll habe.«

»Dann kannst du einen Kalender machen«, spottet er.

Johanna spürt, dass es in mir brodelt. Sie bittet zu Tisch.

»Eigentlich wollte ich bis nach dem Essen warten, aber ich kann mich nicht mehr zurückhalten. Paul und ich haben über Ostern ein Strandhaus an der Nordsee gemietet. Wir möchten euch fragen, ob ihr mitkommt.«

Marco lehnt sofort ab. »Ich habe schon andere Pläne für Rieke und mich.«

Erstaunt schaue ich ihn an. Nicht nur, weil er ohne mich Entscheidungen für uns trifft, sondern weil er mit der Hand über meinen Rücken streicht und mich sehnsüchtig ansieht. »Ich möchte mit dir in die Sonne fliegen.«

Mir bleibt die Luft weg. Versöhnung unter Palmen mit allem Pipapo? Hat er sich das so vorgestellt? Weil ich ihn vor unseren Freunden nicht bloßstellen will, lächle ich gequält. Sobald wir wieder zu Hause sind, werde ich ihm den Zahn ziehen.

»Wo soll es denn hingehen?«, will Johanna wissen.

»Ich dachte an die Kapverden, aber das letzte Wort hat Rieke.« Er greift nach meiner Hand und drückt sie. »Mir ist alles recht. Hauptsache, wir kommen mal raus und können den Alltag vergessen, oder, Schatz?«

Statt ihm zu antworten, räuspere ich mich.

Paul öffnet eine Flasche Sekt. »Lasst uns darauf anstoßen, dass alles wieder wie früher ist.«

Mit seinem Trinkspruch hat er das Fass zum Überlaufen gebracht. Ich kann mich nicht mehr beherrschen. »Darauf trinke ich nicht! Denn das will ich gar nicht. Es tut mir leid, Johanna. Du hast dir so viel Mühe gegeben, aber ich muss jetzt gehen.«

Ich greife nach meiner Handtasche und verlasse das Haus meiner Freunde.

Die Bushaltestelle liegt in greifbarer Nähe, als Johanna in ihrem Kleinwagen neben mir hält und mich auffordert, einzusteigen.

Ich habe gerade Platz genommen. Schon legt sie los.

»Du weißt, dass ich immer auf deiner Seite war, aber wie du dich jetzt verhältst, finde ich nicht richtig. Marco tut alles für dich. Wenn du nichts mehr von ihm willst, dann sei fair und sag es ihm. Mit seinen Gefühlen zu spielen, nur weil du die Wohnung behalten willst, ist mies!«

»Es geht mir doch gar nicht mehr um die Wohnung. Marco ist mir nicht gleichgültig, aber ich bin noch nicht so weit, einen Schritt weiter zu gehen. Du kannst das nicht nachempfinden. Paul hat dich nie betrogen.« Ich klopfe mir auf die Brust. »Wenn so etwas geschieht, dann geht hier drinnen etwas kaputt.«

»Teile ihm mit, was du fühlst, und bitte ihn, etwas Tempo herauszunehmen.«

KAPITEL 30

Jubiläum

Seit dem Brunch ist Marco auf Distanz gegangen. Er redet nur das Nötigste mit mir. Wenn er abends gegen acht nach Hause kommt, nimmt er sich sein Bettzeug, legt sich aufs Sofa und sieht fern. Nach den ›Tagesthemen‹ stellt er den Fernseher aus und löscht das Licht.

Heute ist er früher heimgekommen. Nach einem kurzen Gruß verzieht er sich ins Schlafzimmer und verschwindet kurz darauf im Bad. Ich sehe, dass er seinen dunklen Anzug an die Garderobe gehängt hat.

»Musst du zu einer Beerdigung?«, frage ich durch die verschlossene Badezimmertür.

»Heute feiert Doktor Zahn sein zehnjähriges Jubiläum. Er hat in einen feinen Schuppen eingeladen.«

»Nur dich?«

»Nein, seine ganze Belegschaft.«

»Das meine ich nicht. Hat er nur dich oder auch mich eingeladen?«

Er öffnet die Tür. »Uns beide. Aber ich bin nicht davon ausgegangen, dass du mich begleiten würdest.«

»Du hättest mich wenigstens fragen können. Wann soll es denn losgehen?«

»Zwanzig Uhr.«

»Das schaffe ich.« Allerdings muss ich mich beeilen. Für eine Dusche bleibt keine Zeit mehr. Ich flitze ins Schlafzimmer, ziehe die Schublade der Kommode heraus, um zu überprüfen, ob sich darin halterlose Strümpfe befinden. Bingo! Ich wechsle die weiße Unterwäsche gegen schwarze und setze mich auf die Bettkante. Vorsichtig raffe ich die Nylons und schlüpfe mit den Zehen in den Fußteil, als ich bemerke, dass Marco mich lüstern beobachtet.

»Wollen wir nicht lieber hierbleiben? Ich rufe an und entschuldige uns.«

Ich überhöre seinen Vorschlag. »Rock und Bluse oder lieber ein Kleid?«, frage ich und öffne die Tür meiner Schrankseite. Ich stelle mich auf Zehenspitzen und strecke meinen Arm aus, um an den Bügel zu gelangen, an dem mein Kleid hängt, als ich seine Hände auf meinem Hintern spüre.

»Hör auf damit!«

»Lass mich dich nur einmal in den Arm nehmen.«

»Ich kenne dich und weiß, dass es nicht bei einer Umarmung bleibt.«

»Wäre das so schlimm?«

Ich müsste lügen, wenn ich behaupten würde, dass mich seine Berührungen kaltlassen. Aber wenn ich nach Monaten der Entbehrung über meinen Schatten springe, um endlich wieder Sex zu haben, erwarte ich keine schnelle Nummer, sondern das volle Programm. »Dafür bleibt jetzt keine Zeit.«

Ich bitte Marco, mir bei meinem engen Etuikleid mit dem Reißverschluss behilflich zu sein.

»Der Doc wird es mir bestimmt nicht übel nehmen, wenn ich absage«, raunt er an meinem Hals.

»So kurzfristig? Das wäre sehr schlechter Stil.« Ich drehe mich um und zwinkere ihm kess zu. »Aber niemand erwartet von uns, dass wir bis zum Schluss bleiben.«

Rasch flitze ich ins Bad, um vor dem Spiegel ein wenig Rouge aufzulegen. Es folgen Wimperntusche, Lipgloss, ein Pumpstoß Eau de Toilette, und schon bin ich startklar.

Wie in guten Zeiten legt Marco den Arm um mich, als wir kurz vor acht über den Parkplatz des Lokals zum Eingang gehen. Ich lasse ihn gewähren, denn es fühlt sich vertraut an. Just in diesem Moment fährt Doktor Zahn nebst Gattin vor. Seine vier Helferinnen sind bereits eingetroffen. Sie warten geduldig vor der Tür.

Nach einer kurzen Begrüßung betreten wir das Restaurant und werden freundlich empfangen. Der Doc erklärt, eine Reservierung für acht Personen zu haben. Während er seiner Frau aus dem Mantel hilft, spricht er mich an.

»Ich fühle mich sehr geehrt, dass Sie für den heutigen Abend auf Ihre Urlaubsreise verzichtet haben.«

Ich tappe im Dunkeln und weiß nicht, was ich darauf antworten soll.

»Die Kapverden laufen uns nicht weg«, erklärt Marco und hilft mir aus der Jacke.

Wir werden zum Tisch geführt und erfahren, dass wir nicht à la carte essen, sondern der Gastgeber ein Menü bestellt hat.

Der Ober annonciert die Speisefolge. Bei ›Vitello tonnato‹ höre ich Marco leise aufstöhnen.

»Heute ist nicht dein Glückstag«, flüstere ich und lache mir heimlich ins Fäustchen.

»Ich hätte doch absagen sollen«, nuschelt er unter vorgehaltener Hand.

Mit einem spritzigen Aperitif stoßen wir auf die nächsten zehn Jahre mit dem Jubilar an.

Noch verläuft die Konversation sehr holprig. Erst nach der Vorspeise löst sich die verkrampfte Stimmung.

Die Helferinnen hängen an den Lippen ihres Chefs. Ich unterhalte mich angeregt mit Frau Zahn über Barcelona und das überwältigende Angebot an zeitgenössischer Kunst, das diese Stadt zu bieten hat. Marco schweigt und wirft mir unentwegt vielsagende Blicke zu.

Noch vor dem Hauptgang bietet sie mir das Du an.

»Ich bin Sandra.«

Nach dem Dessert fragt sie mich, ob ich sie an die Bar auf einen Digestif begleiten würde. Ich nicke, obwohl Marco mit dem Finger auf seine Uhr klopft.

»Ich wollte es nicht vor den anderen ansprechen, aber ich finde es ganz großartig, dass ihr wieder zusammen seid. Marco ist ein hervorragender Techniker, aber als Partner einer Frau muss er noch viel dazulernen. Ich ziehe meinen Hut vor dir. Ich weiß nicht, ob ich an deiner Stelle heute hergekommen wäre.«

Wir werden unterbrochen. »Wir wollten uns auch bei Ihnen bedanken«, sagt eine der Helferinnen. Alle Frauen verabschieden sich von Sandra per Handschlag, mir nicken nur drei von ihnen zu, die vierte verlässt das Lokal, ohne mir Beachtung zu schenken.

»Na, was schnasselt ihr beiden Hübschen?«, erkundigt sich der Doc und schnuppert am Glas seiner Frau. »Grappa? Den nehmen wir auch, oder Marco?«

»Für mich nicht. Ich muss noch fahren«, lehnt er ab und gibt mir unmissverständliche Handzeichen.

»Sei kein Spielverderber. Ich lade euch auf einen Zug durch die Gemeinde ein.«

»Lieber ein anderes Mal«, mische ich mich ein und kippe den Tresterbrand in einem Zug hinunter.

Leicht beschwipst trotte ich neben Marco zum Parkplatz.

»War doch nett«, bemerke ich, als wir den Wagen erreichen.

»Es war die Hölle«, entgegnet er, als wir uns anschnallen. »Ich habe jede Sekunde daran gedacht, wie wir den Abend angenehmer hätten verbringen können.«

Seine Hand wandert von meinem Knie über meinen Oberschenkel hinauf zu meinem Slip. »Oh, Rieke, ich könnte dich hier auf der Stelle …«

Meinen Einwand erstickt er mit einem leidenschaftlichen Kuss.

»Gib Gas«, kichere ich albern, was ich dem Wein zuschreibe, der vom Kellner laufend nachgeschenkt wurde, sobald ich einen Schluck getrunken hatte.

Als wir an einer Kreuzung halten müssen, frage ich ihn, weshalb er unser Privatleben in der Praxis ausgebreitet hat. »Es war mir sehr unangenehm, von Sandra darauf angesprochen zu werden.«

»Dass unsere Trennung bekannt wurde, konnte nicht vermieden werden. Dass sie das heute Abend thematisiert hat, hätten wir umgehen können, wenn wir zu Hause geblieben wären.«

»Hör auf, dich zu beklagen. Die Nacht ist doch noch lang.«

Marco hat nur eine Sache im Sinn. Schon im Flur öffnet er den Reißverschluss meines Kleides und lässt es zu Boden fallen. Ich kann mich nicht auf seine Liebkosungen einlassen. Mich beschäftigt noch immer Sandras Bemerkung.

»Wieso hat sie mir Respekt gezollt, weil ich dich heute Abend begleitet habe?«

»Denk doch jetzt nicht an die Plaudertasche. Entspann dich, Schatz.«

Ich finde mich rücklings auf dem Bett wieder. Während seine Hände über meinen Körper gleiten, rattert es in meinem Kopf.

»Kann es sein, dass die Frau, mit der du mich betrogen hast, heute anwesend war?«

Er lässt sofort von mir ab. Das reicht mir als Antwort. Meine anfängliche Lust ist dahin.

»Es war die Trulla, die mich weder begrüßt noch sich von mir verabschiedet hat, richtig? Wie konntest du mich bloß in eine solch peinliche Situation bringen?«, schreie ich ihn an.

»Du hast darauf bestanden, mitzukommen. Hättest du meinem ursprünglichen Vorschlag zugestimmt und wärst mit mir verreist, wären wir gar nicht in die Verlegenheit gekommen, hingehen zu müssen.«

»Wann hattest du vor, mir zu sagen, dass ihr zusammen arbeitet?«

»Das ist doch gar nicht der Fall. Sie ist in der Praxis für die Prophylaxe zuständig und hat mit meinem Labor gar nichts zu tun.«

»Verkaufe mich nicht für dumm! Ihr seid in einem Gebäude tätig und lauft euch ständig über den Weg.«

»Na und? Du bist die Frau, die ich will.«

»Raus aus meinem Bett!«

»Wie soll es mir gelingen, dich von meiner Liebe zu überzeugen, wenn ich weiterhin auf dem Sofa schlafen muss?«

Marco überschüttet mich mit Küssen. Er weiß genau, welche Knöpfe er bei mir drücken muss. Nach seinen Liebesbeteuerungen kapituliere ich, aber ich kann es nicht genießen. Während er versucht, mich zu verwöhnen, läuft ein Film vor meinen Augen ab, in dem er und ›Lady Prophylaxe‹ die Hauptrollen spielen. Ich bekomme die Bilder nicht aus dem Kopf und bin heilfroh, als er sich auf die Seite rollt.

»Es geht doch nichts über Versöhnungssex«, knurrt er zufrieden, streckt seinen Arm aus und lädt mich ein, meinen Kopf auf seine Brust zu legen.

Ich warte, bis er eingeschlafen ist. Dann steige ich vorsichtig aus dem Bett und gehe duschen, um mir seinen Schweiß von der Haut zu waschen.

KAPITEL 31

Bergfest

Bergfest, denke ich und kürze das Maßband um einen weiteren Zentimeter. Während Marco davon ausgeht, seine Mission bereits erfolgreich abgeschlossen zu haben, stelle ich einen weiteren Rohling fertig. »Wohin mit dir?«, frage ich den ›Denker‹. Vielleicht nenne ich ihn Hans, in Anlehnung an ›Hanns Guck-in-die-Luft‹. Welchen Namen er letztendlich bekommen wird, ist zweitrangig. Viel wichtiger ist die Frage, wo meine Jungs ihren Anstrich bekommen. Dass ich sie in der Wohnung bemale, ist ausgeschlossen. Küche, Wohn- und Esszimmer habe ich bereits in Beschlag genommen. Bisher hat Marco kein Wort darüber verloren, aber ich weiß, dass ich ihm diese Wohnverhältnisse nicht länger zumuten kann.

Ich rufe meine Mutter an. »Hast du den Laden schon vermietet?«

Sie verneint, und ich forme meine Finger zu einer ›Becker-Faust‹. »Würdest du mir die Räume überlassen? Ich zahle dir auch Miete. Nicht so viel, wie die Drogeriekette dir angeboten hat, aber es soll sich für dich lohnen. Ich brauche dringend ein Atelier für meine Männer und mich.«

»Na endlich, ich dachte schon, du fragst nie.«

Wenn ich könnte, würde ich durch die Telefonleitung springen und sie umarmen. »Ich besorge einen Leihtransporter und komme später zu dir.«

Ich könnte warten, bis Marco nach Hause kommt und mir beim Beladen hilft. Aber weil ich nie weiß, wann er eintrudelt, und ich den Wagen stundenweise gemietet habe, muss ich es allein bewältigen. Ich verfluche die Treppen. Doch die Aussicht darauf, künftig ebenerdig zu arbeiten, lässt mich durchhalten.

Nach zwei Stunden habe ich die Plastiken und alle nötigen Werkzeuge und Utensilien auf der Ladefläche des Kastenwagens verstaut. Auf geht's zum Alten Markt.

Ich fahre nicht auf direktem Weg dorthin, sondern mache einen Schlenker zum Labor, um Marco die freudige Nachricht zu übermitteln, dass die Mansarde ab sofort wieder Wohnzwecken dient. Aber es gibt keinen freien Parkplatz. Den Kleinlaster unbeaufsichtigt in zweiter Reihe abzustellen, kommt für mich nicht infrage. Ich rufe ihn kurzerhand an.

»Wie lange bleibst du bei deiner Mutter?«

»Ich weiß nicht. Bis ich fertig bin. Warum?«

»Wenn du ohnehin nicht zu Hause bist, werde ich heute länger arbeiten. Ich ersticke in Aufträgen.«

Das Ausladen geht deutlich schneller, weil Mutter mir beim Tragen hilft. Sie hat einen Kuchen gebacken und schlägt vor, einen Kaffee zu kochen.

»Lass mich erst den Wagen zurückgeben. Wenn ich zurück bin, haben wir alle Zeit der Welt, um ausgiebig zu quatschen.«

Auf dem Weg zur Mietstation fahre ich erneut am Labor vorbei. Nur dieses Mal parkt Marcos Wagen nicht auf dem reservierten Stellplatz.

Wo ist er? Sagte er nicht, er hätte so viel zu tun? Steckt er wirklich kniehoch in Arbeit, oder steckt er in ihr? Mein Pulsschlag erhöht sich, denn der Film, den ich nicht bestellt habe, läuft zum wiederholten Mal vor meinen Augen ab.

Mutter ist des Lobes voll. Ihre Begeisterung ist echt. »Der Knabe mit der Schirmmütze ist mein Favorit.«

Ich muss schmunzeln, denn sie hat sich spontan in den ›Geheimniskrämer‹ verguckt. »Das ist Paps«, erkläre ich und gehe vor ihr in die Küche.

»Was deine Kreativität betrifft, muss ich mir keine Gedanken machen. Aber wie läuft es privat?«, will sie von mir wissen.

»Gut. Marco gibt sich redlich Mühe.«

Sie setzt ihren gefürchteten Mutterblick auf. »Mich interessiert nur, wie es dir dabei geht. Bist du wirklich glücklich?«

Was soll ich ihr antworten? Dass ich nicht mehr von ihm berührt werden will, seit ich weiß, mit wem er mich betrogen hat? Dass ich ihm ständig misstraue, wenn er vorgibt, länger arbeiten zu müssen? Dass ich keinerlei Hoffnung hege, dass wir jemals das zurückbekommen, was uns verloren gegangen ist?

»Mach dir keine Sorgen. Mit mir ist alles fein.«

Seit einer Stunde stiefle ich wie ein Tiger im Käfig durch das Wohnzimmer. Als Marco endlich eintrifft, stelle ich ihn bereits im Flur zur Rede.

»Wo warst du? Erzähle mir nicht, du hättest im Labor zu tun gehabt. Da warst du nicht. Also, wo hast du dich herumgetrieben? Warst du bei ihr?«

»Nein«, winselt er. »Wie kommst du bloß auf eine solche Idee? Ich habe mich mit Paul auf ein Bier getroffen. Ich musste dringend mit jemandem reden.«

»Reden kannst du mit mir.«

»Ja? Kann ich das? Dann erkläre mir bitte das!« Er zieht einen Brief aus der Innentasche seiner Jacke und wirft ihn mir vor die Füße. »Der ist heute Morgen für dich angekommen. Du suchst seit Wochen hinter meinem Rücken eine Wohnung! Unseren Deal hast du nie ernst genommen. Stattdessen hast du mit mir gespielt und mich zum Narren gehalten.«

Ich bücke mich und hebe das Schreiben des Immobilienbüros auf, auf dessen Portal ich mich registriert habe.

»Seit wann öffnest du meine Post?«, rege ich mich auf.

»Ich wollte wissen, weshalb dir ein Makler schreibt. Sag du mir, warum!«

»Das war eine reine Vorsichtsmaßnahme für den Fall, dass es mit uns nicht klappt.«

»Klappt es denn mit uns?«

Jetzt ist die Stunde der Wahrheit gekommen. Ich schüttle den Kopf. »Es tut mir leid. Ich sehe, wie sehr du dich anstrengst. Auch ich hatte die Hoffnung, dass es wieder wird wie vorher, aber ich … liebe dich nicht mehr.«

So, nun ist es raus.

Mir entgeht nicht, wie er schluckt und seine Augen sich mit Wasser füllen.

»Die hundert Tage sind noch nicht vorbei, Rieke.«

Ich reiße das Maßband von der Wand. »Doch, Marco. Es ist

vorbei. Lass es uns nicht unnötig in die Länge ziehen. Gefühle kann man nicht erzwingen. Noch können wir als Freunde auseinandergehen und uns künftig in die Augen schauen.«

»Ich habe alles kaputt gemacht.«

Ich nehme ihn in den Arm. »Nein, das haben wir bereits vor langer Zeit gemeinsam hinbekommen. Du kannst die Wohnung behalten. Ich ziehe morgen aus.«

KAPITEL 32

Muttertag

Für den zweiten Sonntag im Mai habe ich mir für meine Mutter eine Überraschung einfallen lassen. Ich möchte mit ihr an die Ostsee fahren, einen Strandkorb mieten und sie in ein Fischrestaurant zum Essen einladen. Noch weiß sie nicht, wohin ich sie entführe. Doch als ich sehe, dass sie völlig unpassend für den Strand angezogen ist, verrate ich ihr unser maritimes Reiseziel.

Sie fährt sich mit den Fingern durch die Haare und verzieht das Gesicht. »Wie oft müssen wir umsteigen? Viermal? Fünfmal? Ach, Rieke. Lass uns doch in Hamburg bleiben. Nur, weil heute Muttertag ist, müssen wir doch keinen Ausflug unternehmen.«

»Du steigst nur ein Mal ein und nur ein Mal aus. Wir fahren mit dem Auto.«

Sie reißt die Augen auf. »Du hast dir einen Wagen gekauft? Sag mir nicht, dass du das Schmerzensgeld und deine Abfindung in ein Auto investiert hast.«

»Sage ich nicht, weil es nicht zutrifft. Das Zauberwort lautet: Car-Sharing. Ich miete mir einen Wagen, wenn ich einen benötige. Nun komm schon. Das Wetter ist herrlich, und die Seeluft wird uns guttun.«

Sie gibt sich geschlagen und tauscht Rock gegen Hose und Pumps gegen Sneaker.

Wir haben bereits mehr als die Hälfte der Strecke zurückgelegt, als mein Handy klingelt. Der Name des Anrufers erscheint in Großbuchstaben auf dem Display.

»Wer ist Lovis?«, fragt Mutter.

»Lass es klingeln. Das ist nicht wichtig.«

»Lovis … der Name sagt mir doch was. Aber ich komme nicht darauf«, murrt sie. Sie wird lauter. »Lass mich nicht endlos grübeln, sondern verrate mir, wer er ist.«

»Ein Eisfischer, den ich in Schweden kennengelernt habe.«

»Na klar!«, ruft sie aus. »Der junge Mann, der seit Jahren bei Brigitta im Winter Urlaub macht. Was will er von dir? Ist er etwa der Grund, weshalb du Marco endgültig den Laufpass gegeben hast?«

»Quatsch. Er hat damit gar nichts zu tun.«

»Aber eine gewisse Rolle wird er spielen. Weshalb hättest du sonst eine deiner Figuren nach ihm benannt?«

»Könntest du dein Verhör bitte auf später verschieben? Ich muss mich auf den Verkehr konzentrieren.«

Sie schweigt, aber ich bin mir sicher, dass sie erst Ruhe geben wird, wenn ich ihr geantwortet habe. Ich lenke ihre Aufmerksamkeit auf die leuchtend gelben Rapsfelder, die rechts und links der Autobahn unter strahlend blauem Himmel blühen. Sie springt sofort darauf an.

»Ich liebe den Mai in dieser Region. Im Volksmund nennt man diese Zeit ›Gelbfieber‹. Wenn wir früher hergekommen sind, habe ich mir stets gewünscht, länger zu bleiben. Aber mehr als ein Tagesausflug war nie möglich. Der Laden ging immer vor.«

»Jetzt hättest du die Möglichkeit, ein paar Tage zu bleiben. Wenn du willst, gehen wir später beim Tourismusbüro vorbei und fragen nach freien Zimmern.«

»Ich bitte dich, Rieke. So etwas erledigt man heutzutage online.«

Statt mit ihrem Smartphone auf Recherche zu gehen, nimmt sie meins aus der Halterung.

»Es ist ein Mädchen.«

»Wie bitte?«

»Lovis schreibt, es sei ein Mädchen. ›Mutter und Kind sind wohlauf.‹ Er hat sogar ein Foto von dem Neugeborenen mitgeschickt.«

»Was fällt dir ein, Mama? Du kannst doch nicht meine Nachrichten lesen.«

»Flippe nicht gleich aus. Ich werde dir nicht die Ohren langziehen, nur weil du dich in einen Mann verliebt hast, der gerade Vater geworden ist, zumal es mir mit deinem Paps ebenso ergangen ist.«

Ich bekomme Schnappatmung. »Ebenso? Du weißt, dass …«

»Dass Madita die Tochter deines Vaters ist? Selbstverständlich. Wären wir sonst jedes Jahr ins Land der Mücken gereist?«

»Wieso habt ihr das stets vor mir verheimlicht?«

»Brigitta hat darauf bestanden, dass es unter uns bleibt. Sie hatte Angst, Madita würde irgendwann lieber bei uns in Deutschland leben wollen als bei ihr.«

Aus Furcht, verlassen zu werden, hat sie ihre Tochter jahrelang belogen. Jetzt ist sie allein. All die Lügen haben sie nicht davor bewahrt.

»Das war nicht richtig, Mama. Madita hatte das Recht zu erfahren, wer ihr leiblicher Vater ist.«

»Klage nicht mich an. Ich war immer dafür, mit offenen Karten zu spielen. Wenn du dich beschweren willst, gehe zum Friedhof und schimpfe dort. Als Madita es herausgefunden hat, wollte ich, dass du es auch erfährst. Aber dein Paps war zu feige, es dir nach all den Jahren zu sagen.«

»Wieso rückst du jetzt damit heraus?«

»Warum nicht? Ich habe doch nichts mehr zu befürchten? Dein Vater ist tot.«

»Das Baby, das gerade das Licht der Welt erblickt hat, ist Maditas Tochter. Brigitta ist zum zweiten Mal Großmutter geworden. Sie wird es nie erfahren, weil sie sich mit einer bitterbösen Bemerkung disqualifiziert hat.«

»Sie hat doch nur das laut ausgesprochen, was alle gedacht haben.«

Ich fasse es nicht. »Du billigst ihr Verhalten?«

»Maditas Junge war wirklich kein hübsches Baby. Wir hegten alle die Hoffnung, er würde sich noch zurechtwachsen.«

Vor lauter Entsetzen trete ich auf die Bremse und wechsle auf die rechte Spur. »Aber so etwas sagt man doch nicht! Erst recht nicht der Mutter.«

»Zugegeben, das war nicht sehr feinfühlig von Brigitta. Aber meines Wissens hat sie sich dafür tausendmal entschuldigt. Wenn du mich fragst, sollte sie endlich anfangen, mal an sich zu denken. Das rate ich ihr schon seit Jahren.«

»Obwohl du ihr den Mann ausgespannt hast, seid ihr trotzdem beste Freundinnen geworden.«

Mutter lacht. »Ausgespannt? Als ich mich auf deinen Vater eingelassen habe, war es zwischen den beiden längst vorbei.

Vor meiner Zeit führten die beiden eine Fernbeziehung, die zum Scheitern verurteilt war. Er wollte nicht zu ihr nach Schweden ziehen, sie nicht zu ihm nach Hamburg. Trotzdem ist er all die Jahre seiner Verantwortung nachgekommen.«

»Das sieht Madita anders. Und ich kann sie verstehen.«

»Woher weißt du, was Madita denkt?«

Ich berichte von meinem unerfreulichen Besuch bei ihr und Lovis in Malmö.

»Zu erfahren, dass sie meine Halbschwester ist, hat mich regelrecht aus den Socken gehauen. Madita hasst mich. Sie hält mir vor, ihr den Platz gestohlen zu haben, der ihr gebührt hätte.«

»Sie hat keinen Grund, dich zu hassen. Als sie die Wahrheit erfahren hat, hätte sie Kontakt zu Christian und zu dir haben können. Aber das wollte sie nicht. Sie hat es noch nicht einmal für nötig gehalten, zur Beerdigung zu kommen.« Mutter stöhnt laut auf. »Warum wird diese alte Geschichte jetzt wieder aufgewärmt? Ich habe inständig gehofft, dass sich das Kapitel ›Madita‹ mit dem Tod deines Vaters endlich erledigt hat. Weshalb musstest du unbedingt bei ihr aufkreuzen?«

Jetzt soll alles meine Schuld sein? Das wird ja immer schöner. Dabei war es Mutter, die den Stein ins Rollen gebracht hat. Hätte sie nicht vorgegeben, in der Tombola gewonnen zu haben, wäre ich nie nach Schweden gereist.

»Was wolltest du von ihr?«

»Ihr ins Gewissen reden.«

»Das haben schon ganz andere versucht. Vergiss sie und lass die Sache ruhen!«

Abrupt wechselt sie das Thema.

»Ich habe der Blumenfrau bei uns ums Eck Bilder von

deinen Skulpturen gezeigt. Sie stellt in diesem Jahr wieder auf der Home & Garden aus. Vielleicht sprichst du mal mit ihr. Sie sucht noch jemanden, der sich den Stand mit ihr teilt.«

»Du gehst mit den Fotos meiner Arbeiten hausieren?«

»Irgendjemand muss doch dafür sorgen, dass die Welt deine Männer zu sehen bekommt.«

»Ich weiß nicht, ob eine Gartenausstellung der richtige Rahmen dafür ist.«

»Was wäre denn der passende Rahmen? Etwa das Museum of Modern Art in New York? Um es dorthin zu schaffen, musst du deine Arbeiten zunächst der Öffentlichkeit präsentieren, anstatt sie hinter beklebten Schaufenstern zu verstecken. Oder zweifelst du schon wieder an dir? Das musst du nicht. Du hast so viel …«

Ich stelle meine Ohren auf Durchzug, bis der Name Theo fällt. »Was hast du gerade gesagt?«

»Er ist total begeistert und hält deine Skulpturen für großartig.«

»Wie kann er so etwas behaupten? Er kennt meine Arbeiten gar nicht.«

»Doch. Brigitta hat sie ihm anlässlich seiner Ausstellung gezeigt. Er soll es aufrichtig bedauert haben, dass du seiner Einladung nicht gefolgt bist. Ich habe das für einen Fehler gehalten. Du hättest hinfahren und die Möglichkeit nutzen sollen, Kontakte zu knüpfen. Bei einem derartig renommierten Künstler sind doch gewiss einflussreiche Leute zugegen.«

»Es reicht! Wenn das mit uns funktionieren soll, dann halte dich aus meinen Angelegenheiten heraus. Und besprich nicht jeden Pups, den ich lasse, mit Brigitta!«

Sie grinst. »So, wie du gerade in die Luft gehst, scheine ich mit meiner anfänglichen Vermutung goldrichtig gelegen zu haben. Es ist Theo, der dir nicht aus dem Kopf geht.«

»Hat deine geschwätzige Busenfreundin dir denn gar nicht erzählt, dass er gebunden ist?« Ich spreche ein Machtwort. »Und jetzt Schluss damit! Solltest du noch ein weiteres Wort über Schweden verlieren, fahre ich uns sofort zurück.«

KAPITEL 33

Das Video

Meine Jungs erhalten die finale Schicht Klarlack. Obwohl ich einen Mund-Nasen-Schutz trage, steigen mir die Dämpfe zu Kopf. Ich öffne die Ladentür, um frische Luft hereinzulassen. Es dauert nur wenige Minuten, bis der erste neugierige Passant hereinschaut und fragt, ob das Geschäft wiedereröffnet wird.

»Wow«, staunt ein älterer Herr und tritt ungefragt näher. »Haben Sie diese lustigen Gesellen selber gemacht?«

Ich nicke und bitte ihn, die Figuren nicht zu berühren. »Die Versiegelung ist noch nicht getrocknet.«

»Verstehe. Sie machen sie wetterfest, damit sie auch draußen stehen können und dem Regen strotzen.«

Das ist der Plan. Ich hoffe inständig, dass er aufgeht, andernfalls war die ganze Arbeit umsonst.

»Was kostet so eine Figur?«, will er wissen.

Ich bin dankbar, dass just in diesem Moment mein Handy klingelt und ich ihm nicht antworten muss. Noch habe ich keine Ahnung, welchen Preis ich verlangen werde.

»Entschuldigen Sie mich. Aber da muss ich rangehen.«

Ich warte, bis er den Laden verlassen hat. Erst dann schaue ich auf das Display. Der Anrufer ist Lovis. Fast täglich schickt er mir Bilder von ›meiner Nichte‹, auf die ich mit lächelnden Emojis antworte. Ich will nicht mit ihm sprechen. Aber weil ich ihn nicht wegdrücken möchte, stelle ich mein Handy lautlos.

Um in Ruhe weiterarbeiten zu können, schließe ich die Tür. Keine Minute später erscheint der nächste Störenfried. Mutter betritt den Raum durch die Verbindungstür und ruft mich zum Essen.

»Puh, stinkt es hier.«

Ich widerspreche nicht. Der Geruch ist wirklich eine Zumutung. »Das Beste wird sein, ich fahre sofort zum Baumarkt und besorge einen anderen Lack.«

»Und was ist mit dem Mittagessen?«

»Dafür habe ich jetzt keine Zeit. Ich wärme es mir später auf.«

Beleidigt zieht sie wieder ab. Dass Mutter nicht erkennt, wie sehr ich unter Zeitdruck stehe, ärgert mich. Letztendlich ist sie dafür verantwortlich, dass ich auf der Home & Garden mit sechs Exponaten teilnehmen werde. Eigentlich wollte ich der Blumenhändlerin absagen. Auch sie vertritt die Meinung, dass ich keine Figur verkaufen werde. Allerdings soll es ein großes Presseaufgebot geben, das beste Werbung verspricht.

Nach zwei Stationen mit dem Bus erreiche ich den Heimwerkermarkt. Der Fachberater aus der Farbenabteilung rät mir dringend davon ab, die Marke zu wechseln. »Für den Außenbereich ist dieser Lack der beste.«

»Das nützt mir wenig, wenn ich bei der Anwendung bewusstlos werde.« Ich schlage seine Empfehlung in den Wind und greife zu einem Produkt mit Öko- und Umweltsiegel.

Jetzt nur noch zwei Rollen Luftpolsterfolie besorgen und dann ab zur Kasse, sporne ich mich an.

Mir klappt das Visier herunter, als ich die ellenlange Schlange sehe.

»Hallo!«, ruft eine Frau ungeduldig hinter mir. »Ist es vielleicht möglich, eine zweite Kasse zu besetzen? Ich habe nicht den ganzen Tag Zeit!«

Die Stimme kenne ich doch. Ich drehe mich auf der Stelle um. Tatsächlich handelt es sich bei der Meckerziege um Alina. Sie hat keinen Einkaufswagen dabei und hält nur einige Tüten Kräutersamen in der Hand. Schnell ziehe ich den Kopf ein, um nicht von ihr erkannt zu werden.

»Entschuldigung, würden Sie mich vorlassen? – Ich habe es wirklich eilig. – Danke. – Darf ich vor Ihnen zahlen? Ich habe nur wenige Sachen eingekauft. – Danke.«

Es ist ihr gelungen, sich nach und nach vorzudrängeln. Jetzt spricht sie mich an. »Verzeihung, darf ich … Rieke? Was machst du denn hier?« Sie inspiziert meine Einkäufe. »Klarlack und Verpackungsfolie? Was hast du damit vor?«

»Das brauche ich für meine Arbeit.«

»Es hat sich schon herumgesprochen, dass du wieder kreativ bist.«

Während ich meine Einkäufe aufs Laufband lege, reicht sie der Kassiererin die Saattüten.

»Wir sollten uns mal unterhalten. Heute bin ich allerdings in Eile. Ich muss schnellstens nach Hause. Die Kinder wollen mit ihrem Vater ein Gemüsebeet anlegen. Hast du vielleicht morgen Zeit?«

»Das ist ganz schlecht. Ich bin total im Stress. Bis zur Messe bleiben mir nur noch wenige Tage, und ich habe noch unendlich viel zu tun.«

»Welche Messe? Sag bloß, du nimmst an der Home & Garden-Ausstellung teil?«

Ich habe das Gefühl, dass sie mich belächelt.

»Ich mache nur mit, weil ich einer Freundin einen Gefallen tun will«, behaupte ich und zahle. Vor ihr verlasse ich im Laufschritt den Baumarkt.

»Die Kinder wollen mit ihrem Vater ein Gemüsebeet anlegen«, äffe ich sie nach. Dann wird Theo wohl in Hamburg sein. Was geht es mich an? Wieso denke ich überhaupt noch an ihn?

Als ich zu Hause ankomme, ist Mutter in großer Aufregung. In ihrer Küche riecht es schlimmer als bei mir im Laden.

»Was ist passiert? Ist dir etwas angebrannt?« Der Topf im Spülbecken lässt diesen Rückschluss zu.

»Ich habe telefoniert und dabei völlig vergessen, dass noch die Kartoffeln auf dem Herd stehen.«

»Das ist doch kein Weltuntergang und gewiss kein Grund, um zu weinen.«

»Ich heule doch nicht wegen des Missgeschickes. Es sind Freudentränen. Sieh nur, was Brigitta mir geschickt hat.«

Mutter reicht mir ihr Smartphone, auf dem ein Video läuft. Es zeigt Brigittas Garten. Jemand filmt den Weg zur Stuga. Dort, wo vor wenigen Monaten noch hoher Schnee gelegen hat, blüht auf saftigem Gras der Löwenzahn.

»Wo ist mein Engel?«, höre ich Lovis rufen.

»Hier! Wir sind auf der Veranda.«

Nächste Einstellung. Brigitta sitzt im Schaukelstuhl und

hält ein Baby in ihren Armen. Kurz darauf erscheint Madita neben ihr, legt den Arm um die Schultern ihrer Mutter und winkt freudestrahlend in die Kamera. »Viele Grüße nach Hamburg.«

Lovis wechselt die Einstellung. Jetzt ist auch er zu sehen. Der stolze Papa strahlt über das ganze Gesicht. Ein Junge kommt ins Bild. Er ist der Einzige, der nicht lächelt.

»Nun sag es, wie wir es geprobt haben!«, fordert Lovis ihn auf.

»Am Wochenende feiern wir ›Midsommar‹.«

Plötzlich kreischen alle simultan. »Aber nicht ohne euch!«

Ich finde keine Worte und schaue Mutter verdattert an.

»Ist das zu fassen?«, quietscht sie. »Brigitta ist überglücklich. Gestern ist Madita mit Lovis und ihren Kindern völlig unerwartet bei ihr aufgetaucht.«

Das erklärt, warum er mich vorhin angerufen hat. Sein Bestreben, die Familie zu versöhnen, hat tatsächlich geklappt. Ich würde gerne erfahren, wie es ihm gelungen ist.

»Wir brauchen Geschenke. Mit leeren Händen können wir nicht bei ihnen aufschlagen. Schließlich ist die kleine Ebba das Enkelkind deines Vaters und deine Nichte. Schau doch, was für ein niedlicher Wonneproppen sie ist.«

»Geh mal vom Gas, Mama. Ich kann nicht zu Brigitta reisen. Am Wochenende findet die Messe statt.«

»Mist! Und ich habe versprochen, dir zu helfen.«

»Fahre ohne mich. Ich finde schon jemanden, der mir beim Auf- und Abbau zur Hand geht.«

Meine Freundin Johanna wird mir gewiss keinen Korb geben, wenn ich sie frage, ob sie mich unterstützen wird. Ich schicke ihr eine Nachricht und bitte sie um Rückruf.

KAPITEL 34

Midsommar

Mutter ist ganz aus dem Häuschen. Man könnte glauben, nicht Brigitta, sondern sie wäre Oma geworden. Seit zwei Tagen durchstöbert sie sämtliche Läden der Stadt nach einem passenden Geschenk für die kleine Ebba. Daneben hat sie diverse Flaschen Wein und Schnaps besorgt, die sie in ihrem Hackenporsche nach Schweden mitnehmen will. Ich hatte keine Zeit, um sie auf ihrem Shopping-Marathon zu begleiten. Mein Präsent habe ich online bestellt. Es muss nur noch hübsch verpackt werden. Selbstverständlich übernehme ich das selber. Ich möchte noch ein paar Zeilen an Madita beifügen. Lovis meint, dass mein Besuch in Malmö den Ausschlag für ihren Sinneswandel gegeben habe. Madita sei zur Erkenntnis gelangt, dass sie ihren Frust an der falschen Person ausgelassen hat. Während der Geburt soll sie unter Schmerzen nach ihrer Mutter gerufen haben. Im Hochgefühl des Glücks fand Tage später die Versöhnung statt.

Ich sitze in der Küche und schreibe ihr auf feinstem Büttenpapier.

Liebste Madita,
sosehr ich mich für dich freue, bedauere ich es, nicht an eurem Fest teilnehmen zu können. Wir haben viele Jahre verloren, in denen Geschwisterliebe hätte wachsen können. Aber ich bin zuversichtlich, dass es uns in Zukunft gelingen wird, die verlorene Zeit nachzuholen.
In Liebe, deine Schwester Rieke

Ich stecke die Karte zwischen Strampler, Jäckchen und Söckchen, als es klingelt. Es ist Johanna, die nicht zurückgerufen hat, sondern persönlich vorbeigekommen ist.

Mal wieder beginnt sie ihre Begrüßung mit dem Wort »Sorry«.

Ich führe sie durch die Wohnung und bitte sie, mir in den Laden zu folgen. »Diese Burschen muss ich morgen zum Polo-Club bringen, aber allein schaffe ich es nicht. Würdest du mir helfen? Es wird nicht länger als eine Stunde dauern.«

»Die passen doch gar nicht in meinen Wagen.«

»Ich weiß, deshalb habe ich bereits einen Leihtransporter organisiert.«

Wieso schaut sie mich so merkwürdig an?

»Morgen kann ich nicht. Wieso hast du nicht früher Bescheid gesagt?«

»Noch früher? Ich habe dir vor zwei Tagen eine Nachricht geschickt.«

»Auch dann hätte ich dir absagen müssen. Wir erwarten Besuch.« Sie wendet ihren Blick ab. »Marco kommt. Und er kommt nicht allein.«

»Soll ich raten? Er ist wieder mit der ›Zahnreinigungs-Trulla‹ zusammen.«

»Du weißt es?«

»Nein, aber es überrascht mich nicht. Ist das der Grund, weshalb du dich in letzter Zeit so rargemacht hast?«

»Ich mich? Du und Marco bringt Paul und mich in eine verdammt unangenehme Lage. Ich weiß gar nicht, wie ich damit umgehen soll. Der Männerfreundschaft wird die neue Konstellation nichts anhaben. Aber was ist mit uns beiden?«

»Was soll mit uns sein? Wir waren, sind und bleiben Freundinnen.«

Sie mustert mich von unten bis oben. »Eine tolle Freundin bist du. Du lässt mich doch gar nicht mehr an deinem Leben teilhaben, sondern meldest dich nur, wenn ich dich irgendwo hinfahren soll.«

»Es tut mir leid, wenn ich diesen Eindruck bei dir erweckt habe. Die letzten Wochen habe ich Tag und Nacht gearbeitet.«

»Wie gesagt, morgen kann ich nicht. Richte deiner Mutter Grüße von mir aus.« Zack! Weg ist sie.

Was war denn das für ein Auftritt?

Als ich Mutter kurz darauf zum Bahnhof bringe, erzähle ich ihr von Johannas Vorwurf.

Sie bringt Verständnis für meine Freundin auf. »So ist das, wenn Paare sich trennen. Die Freunde müssen sich für eine Seite entscheiden. Schreibe Johanna und Paul ab. Oder willst du stets das fünfte Rad am Wagen sein?«

In den Zug hinein helfe ich ihr mit dem Gepäck. Hinaus wird Lovis ihr unter die Arme greifen. Ich wünsche ihr eine angenehme Fahrt und bitte sie, sich zwischendurch zu melden.

»Ich schicke dir Bilder.«

»Ich dir auch«, verspreche ich und winke dem abfahrenden Zug nach.

Den Nachmittag verbringe ich damit, meine Jungs transportsicher zu verpacken. Gerade nehme ich die zweite Rolle Luftpolsterfolie in die Hand, als es energisch an die Schaufensterscheibe klopft. Ich fische den Schlüssel aus meiner Hosentasche und schließe die Tür auf.

Marco steht mir gegenüber. Er ist weiß wie die Wand.

»Hast du einen Moment?«

Ich lasse ihn eintreten und warte gespannt darauf, dass er mir den Grund seines Besuchs verrät.

»Johanna hat mich angerufen. Du benötigst Hilfe beim Transport?«

»Das schaffe ich. Ich habe beim Verleiher eine Sackkarre dazugebucht.«

Er beißt sich auf die Unterlippe. »Wann wolltest du es mir sagen?«

»Was, Marco? Ich verstehe weder, warum du hergekommen bist, noch, was du von mir hören willst.«

»Wie weit bist du? Ist das Kind von mir?«

»Bitte was?« Ich schlage mir die Hand vor die Stirn, denn nun begreife ich, was passiert ist. Johanna hat die Babysachen auf dem Tisch liegen sehen, als ich sie durch die Wohnung geführt habe. Sie ist davon ausgegangen, dass ich sie für mich gekauft habe. Das erklärt auch ihre Bemerkung, ich würde sie nicht mehr an meinem Leben teilhaben lassen.

»Ich bin nicht schwanger.«

Der Stein, der ihm gerade vom Herzen fällt, ist laut zu hören. Zu sehen, wie er sich über die ›Entwarnung‹ freut, bringt mich zum Lachen.

»Ich kann mir bildlich vorstellen, wie dir der Hintern auf Grundeis gegangen ist, als Johanna dir von ihrem Verdacht berichtet hat. Magst du ein Bier auf den Schreck? Dann begleite mich in die Küche. Keine Sorge, meine Mutter ist nicht da.«

Ich hole zwei Flaschen aus dem Kühlschrank, hopse auf die Arbeitsplatte und stoße mit ihm an. »Erzähl doch mal. Wie geht es dir? Bist du glücklich?«

»Ich würde den Zustand als zufrieden bezeichnen. Tina gibt meinem Leben wieder Stabilität. Wir überlegen, ob wir an den Stadtrand ziehen. Sie mag die Wohnung nicht. Ihrer Meinung nach hängen zu viele Erinnerungen daran. Sollten wir kurzfristig etwas Passendes finden, kannst du die Mansarde gerne übernehmen.«

»Tina hat recht. Es hängen zu viele Erinnerungen daran. Auch ich schaue lieber nach vorn als zurück.«

Er verlässt die Küche und geht zurück in den Laden. Verwundert schaut er hinter die Abtrennung, in der sich meine Matratze, ein kleiner Tisch und ein Fernseher befinden. »Hier haust du?«

»Mit Bad- und Küchenbenutzung inklusive Halbpension. Ich bekomme täglich Frühstück und wahlweise eine warme Mahlzeit am Mittag oder am Abend serviert.«

»So, wie du klingst, muss ich kein schlechtes Gewissen haben.«

»Das musst du wirklich nicht. Komm her und lass dich noch einmal umarmen. Aber danach raus mit dir! Ich habe noch viel zu tun.«

Er geht nicht, sondern schaut mich prüfend an. »Wieso ist es dir so leichtgefallen, einen endgültigen Schlussstrich unter unsere gemeinsame Zeit zu ziehen? Hast du auch einen anderen?«

»Nein, Marco, den habe ich nicht. Aber du solltest dir endlich eingestehen, dass ich schon immer die Klügere von uns beiden war. Ich habe – wenn auch reichlich spät – erkannt, dass unsere Lebensentwürfe einfach nicht kompatibel sind. Wir beide verdienen es, mit dem richtigen Partner glücklich zu werden. Ich wünsche dir, dass Tina besser zu dir passt als ich, und wünsche euch von Herzen alles Gute.«

Ich habe ihn zuvor noch nie so milde lächeln sehen. »Das wünsche ich dir auch, Rieke.«

Erleichtert und zufrieden zieht er von dannen. Erleichtert, weil ich kein Kind von ihm erwarte, zufrieden, weil Tina ihm Stabilität verleiht. Na ja, jedem das Seine. Ich würde höhere Ansprüche an meinen künftigen Lebenspartner stellen. Aber der ist nicht in Sicht. Was soll's? Solo komme ich prima zurecht. Wie heißt es so treffend? ›Lieber glücklich allein als unglücklich zu zweit‹.

KAPITEL 35

Home & Garden

Das Gute ist, dass heute die Sonne scheint und die Wettervorhersage verspricht, dass es die nächsten Tage keinen Regen geben wird. Das weniger Gute ist, dass meine Figuren unter dem weißen Stoffpavillon zwischen all den Hortensien gar nicht zur Geltung kommen.

»Stelle sie doch vor das Zelt«, rät mir meine Partnerin, die Blumenfrau. »Dort sind sie ein Blickfang und locken die Besucher an den Stand.«

Meine Eyecatcher ziehen Besucher an, die bei ihr Pflanzen kaufen, während meine Plastiken betatscht und vermutlich beschädigt werden.

»Du weißt schon, dass es sich um Kunstgegenstände handelt, oder?«, knurre ich und beschrifte Schilder mit den Worten: *Bitte nicht berühren. Vielen Dank. Paper-Art-Work Rieke Kohler.*

Die Tore sind für Besucher noch nicht geöffnet, als ich von einem Mann angesprochen werde. Er stellt sich mir als Hersteller exklusiver Teakholzmöbel vor.

»Sind Sie die Künstlerin? Haben Sie auch Figuren in Sitzposition? Die würden sich nämlich ausgezeichnet als Hingucker auf meinen Gartenbänken machen.«

»In meinem Atelier befinden sich zwei. Aus Platzmangel habe ich darauf verzichtet, sie mitzubringen.«

Ich zeige ihm Fotos von den beiden Plastiken. Er möchte sie mir sofort abkaufen.

»Wir stellen international aus. Unterbreiten Sie mir einen fairen Preis, und ich mache Ihre Arbeiten in ganz Europa bekannt.«

Für diese Messe überlasse ich ihm leihweise den ›Unehrlichen‹, obwohl das auf Lovis gar nicht mehr zutrifft, sowie einen Stapel Visitenkarten, die ich auf Anraten der Blumenfrau in großer Auflage habe drucken lassen.

Ihm folgen weitere Aussteller, die meine Jungs gern als Deko nutzen würden. Hätte ich vorher gewusst, wie begehrt meine Kunstwerke sind, müsste ich mich nicht an den horrenden Standkosten beteiligen. Andererseits wäre ich nie mit diesen Messeteilnehmern zusammengekommen, hätte ich das Angebot der Blumenfrau ausgeschlagen.

Die ersten Besucher stürmen das Gelände.

Wie oft meine Plastiken bisher fotografiert worden sind und ich von DIY-Enthusiastinnen angesprochen wurde, kann ich nicht zählen.

»Welche Materialien verwenden Sie? Ich bin handwerklich auch sehr begabt und traue mir durchaus zu, so etwas nachzubauen.«

»Bieten Sie auch Kurse an?«

»Wie lange dauert es bis zur Fertigstellung?«

»Kann man damit wirklich Geld verdienen?«

Teilweise sind die Leute an Dreistigkeit nicht zu überbieten.

»Bitte nicht berühren«, rufe ich aufgebracht, als ein Knirps gerade versucht, auf eine Figur zu klettern.

»Komm her, Adrian«, pfeift ihn seine Mutter zurück und entschuldigt sich bei mir. In dem Moment, als sie ihn auf den Arm nimmt, erkenne ich, dass es Alina und ihr kleiner Teufel sind.

»Du bist doch wohl nicht meinetwegen hergekommen?«

Sie setzt ihren Sohn auf den Boden. »Geh zu Papa und sag ihm, dass ich Rieke gefunden habe«, befiehlt sie dem Kleinen.

Mir rutscht augenblicklich das Herz in die Hose.

»Selbstverständlich bin ich wegen dir hier. Lass uns zum Getränkeausschank gehen. Bei einem Glas Schampus können wir in Ruhe reden.«

»Was denkst du dir? Ich kann hier nicht weg. Du siehst doch, was hier los ist.«

»Ja, das sehe ich. Hunderte Gartenbesitzer bestaunen deine Arbeiten, aber niemand kauft welche. Um das zu ändern, will ich dich mit Tim bekannt machen. Er ist freier Journalist und berichtet über diese Ausstellung. Ich habe dich ihm für ein Interview vorgeschlagen.«

»Warum?«

Sie grinst. »Um dir die Scheu vor der Presse zu nehmen. Später kommt noch ein Fernsehteam und wird über dich berichten. Zwar wird die Sendung vermutlich nur im Regionalprogramm ausgestrahlt, aber in der Kürze der Zeit habe ich nicht mehr auf die Beine stellen können.«

Ich frage sie noch einmal: »Warum tust du das für mich?«

»Weil eine Hand die andere wäscht. Ich würde dich gern unter meine Fittiche nehmen. Du würdest meine Referenzliste bereichern.«

»Aha«, entgegne ich, obwohl ich keinen Schimmer habe, wovon sie spricht.

Ein Typ klopft ihr auf die Schulter. »Kommt in die Gänge, Mädels. Wenn der Bericht noch in der Wochenendausgabe erscheinen soll, dann ist Eile geboten.«

»Rieke, darf ich vorstellen, das ist Tim.«

Er reicht mir die Hand. »Die ganze Vorgeschichte kannst du dir sparen. Ich kenne deine Vita und weiß, dass du mit Alina studiert hast. Was mich interessiert, ist, wie du auf die Idee gekommen bist, diese Kerle zu erschaffen.«

Ich fühle mich völlig überrumpelt.

Der kleine Adrian zieht an Tims Jacke. »Papa, wie lange dauert das noch? Mir ist langweilig.«

»Papa?«, wiederhole ich und schaue Alina irritiert an.

»Tim ist mein Mann. Habe ich das nicht erwähnt?«

Mit ganzer Kraft ziehe ich sie vom Stand weg. »Du bist mit diesem Mann verheiratet, und er ist der Vater deines Zweitgeborenen?« Sie nickt. »Und was hast du mit Theo zu tun?«

»Er ist Sams Vater und seit Kurzem mein Klient.«

Nun brauche ich doch etwas zu trinken. Ich schleppe sie zum Ausschank und bestelle zwei Gläser Erdbeerbowle.

»Theo und du habt einen gemeinsamen Sohn. So weit habe ich es kapiert. Was ich nicht verstehe, ist, weshalb du mich in Stockholm aufgefordert hast, die Finger von ihm zu lassen.«

»Du solltest mir beruflich nicht in die Quere kommen. Ich stand kurz davor, Theo davon zu überzeugen, dass ich die Beste bin, um seine Interessen zu vertreten. Er war es mir schuldig, nachdem ich Sam all die Jahre ohne ihn großgezogen habe. Ich wollte endlich wieder arbeiten und nicht mehr nur Mutter und Hausfrau sein. Schon immer habe ich davon geträumt, Kuratorin zu werden. Aber dann bist du wie Kai aus der Kiste aufgekreuzt, und ich habe meine Felle davonschwimmen sehen. Mir war sofort klar, dass Theo dir den Vorzug geben wird, zumal du in kaufmännischer und organisatorischer Hinsicht viel mehr vorzuweisen hast als ich.«

Während des Studiums hatte ich häufig das Bedürfnis, Alina den Hals umzudrehen, aber das ist Pillepalle gegen das Verlangen, das ich in diesem Moment verspüre.

»Du hast mich glauben lassen, ihr beide seid ein Paar. Nur deshalb habe ich mich zurückgezogen!«

»Können wir loslegen, Rieke?«, fragt Tim. »Ich habe schon einige Fotos gemacht, aber ich brauche noch eins mit dir. Wie können dich die Leser erreichen? Hast du eine Webseite?«

»Noch nicht.«

»Du hast keine Homepage?«, echauffiert Alina sich. »Wie kommt man in der heutigen Zeit ohne Webpräsenz aus? Aber kein Problem, ich kümmere mich noch heute darum.«

Tim stellt seine Fragen. »Warum ausgerechnet männliche Figuren? Wer hat dich zu diesen Arbeiten inspiriert?«

Er schießt noch Fotos von mir neben den Plastiken und verabschiedet sich.

»Stopp! Hast du nichts vergessen, Schatz?«, ruft Alina ihm hinterher. Offensichtlich nimmt er an, dass sie auf einen Abschiedskuss pocht, aber sie will nicht geküsst werden. Sie drückt ihm Adrian aufs Auge. »Heute passt du auf ihn auf. Ich habe zu tun.«

Ich nutze den ungestörten Moment und erkundige mich bei ihr nach Theo. »Wie geht es ihm? War seine Ausstellung erfolgreich?«

Sie schaut mich gar nicht an, sondern hebt die Arme in die Luft und winkt. »Das Fernsehteam ist im Anmarsch.«

Alina busselt den Kameramann und reicht der Redakteurin förmlich die Hand. Als sie mit ausgestrecktem Arm auf mich deutet, wird mir ganz flau im Magen. Ich bin es nicht gewohnt, im Mittelpunkt zu stehen, und halte Abstand. In sicherer Entfernung folge ich der Anmoderation.

»Heute berichten wir aus Hamburg von der Home & Garden, der Messe für Lebensgenuss, Wohnambiente und Gartenkultur. Bis Sonntag ist die beliebte Lifestyleausstellung zu besuchen. Für Sie wollen wir heute schauen, was es alles zu entdecken gibt. – Schnitt!«

Die TV-Leute wollen sich zunächst einen Überblick verschaffen und schreiten über das Ausstellungsgelände. Nach einer halben Stunde erscheinen sie an unserem Blumenstand. Ich sterbe sieben Tode, als ich vor laufender Kamera interviewt werde.

Alina beruhigt mich. Sie ist der Auffassung, ich hätte das ganz prima hinbekommen. »Der Beitrag wird auch im ›Morgen- und Mittagsmagazin‹ gesendet. Jetzt könnten wir uns eigentlich zurückziehen und über unsere Kooperation sprechen.« Sie zückt einen vorbereiteten Vertrag aus ihrer Handtasche und erwartet von mir, dass ich ihn an Ort und Stelle unterzeichne.

»Immer langsam mit den jungen Pferden! Bevor ich eine Verpflichtung mit dir eingehe, werde ich den Vertrag erst auf Herz und Nieren prüfen. Lass mich einige Nächte darüber schlafen. Ich melde mich, sollte ich mich für eine Zusammenarbeit entscheiden.«

Mit dieser Reaktion hat sie nicht gerechnet. »Wow, du bist keinesfalls wohlwollend und warmherzig, wie Theo behauptet hat, sondern knallhart.«

Ich grinse. »Das hat er über mich gesagt?«

Sie reicht mir ihre Visitenkarte. »Ich wünsche dir viel Erfolg. Egal, wie du dich entscheidest.«

Mit müden Beinen kehre ich am Abend nach Hause zurück. Es ist ein gutes Gefühl, die Wohnung für mich allein zu haben. Dennoch verspüre ich den Wunsch, Mutter von meinem erfolgreichen Messetag zu berichten. Ich sende ihr eine Sprachnachricht.

»Hätte nicht besser laufen können. Bin morgen im Fernsehen zu sehen. Am Samstag erscheint ein Bericht in der Zeitung. Habe heute zwei meiner Jungs verkauft. Ich wünsche euch viel Spaß. Liebe Grüße an alle.«

Kurz darauf klingelt mein Handy. Die Nummer trägt die Landesvorwahl +46, was darauf schließen lässt, dass mich jemand aus Schweden anruft. Ich tippe auf Madita, denn die Nummern von Brigitta und Lovis habe ich gespeichert, sie würden mir nicht als ›unbekannt‹ angezeigt werden.

Ich gehe sofort ran. »Na, Schwesterchen.«

»Ich bin es nur. Bist du jetzt enttäuscht?«

Mein Herz hüpft, als ich Theos Stimme wahrnehme. »Nicht die Spur enttäuscht. Ich freue mich, dich zu hören.«

»Wie mir zugetragen wurde, hattest du heute einen erfolgreichen Tag.«

»Du hast mit Alina gesprochen?«

Er lacht. »Sie ist ziemlich angefressen, weil du ihren Vertrag nicht unterzeichnet hast.«

»Zugegeben, sie hat sich enorm engagiert. Dennoch möchte ich weder beruflich noch privat etwas mit ihr zu tun haben. Sie ist so …«

»Anstrengend? Ja, das ist sie zweifellos, aber sie ist auch gut in dem, was sie macht. Schick mir mal ihren Entwurf. Ich werde ihn für dich prüfen.«

»Dazu müsste ich auflegen. Das möchte ich nicht. Viel lieber würde ich stundenlang mit dir quatschen.«

»So? Nachdem du mich dreist blockiert hast, willst du jetzt stundenlang mit mir quatschen?«

»Das war dumm von mir …«, gebe ich kleinlaut zu.

»Ich würde auch gern lange mit dir reden. Aber noch sehnlicher wünsche ich mir, dich endlich wiederzusehen. Setz dich in den Flieger und komm her. Am Samstag wird in ganz Schweden Midsommar gefeiert. Ich habe eine Einladung von Brigitta erhalten. Sie würde sich bestimmt freuen, wenn wir gemeinsam bei ihr aufschlagen.«

»Ich weiß. Meine Mutter ist schon bei ihr. Obwohl ich große Lust habe, ihnen Gesellschaft zu leisten, muss ich in Hamburg bleiben. Die Veranstaltung geht bis Sonntag.«

Insgeheim hoffe ich, dass er vorschlägt, zu mir zu kommen, doch das sagt er nicht.

»Wieso heißt eine deiner Figuren Theo, der Lügner? Wann habe ich dich jemals angelogen?«

»Ähm«, stottere ich. »Es hatte den Anschein. Aber ich habe mir bereits überlegt, all meinen Jungs andere Attribute zuzuweisen. Denn aus heutiger Sicht habe ich mich gewaltig geirrt.«

»Wie sagt man gemeinhin? Einsicht ist der beste Weg zur Besserung.«

»Denkst du manchmal noch an unsere Zeit in Kiruna?«

»Nein, daran denke ich ständig. Besonders an Abisko.«

»Dann hast du mich auch ein wenig vermisst?«

»Leg jetzt auf und schick mir Alinas Vertrag.«

»Ich öffne dir gerade mein Herz, und du würgst mich ab?«

»Ja, ich muss, denn ich habe noch etwas Dringendes zu erledigen, das keinen Aufschub duldet.«

Ich wage mich mutig vor. »Werden wir morgen wieder miteinander reden?«

»Wenn du diese Nummer nicht blockierst, dann ja. Ruhe dich jetzt aus. Und schick mir den Vertrag!«

KAPITEL 36

Ticket ins Glück

Am zweiten Messetag verzichte ich auf unbequeme Schuhe. Wie vereinbart treffe ich mich mit der Blumenfrau um acht Uhr vor ihrem Geschäft. Sie hatte angeboten, mich mitzunehmen. Doch eigentlich hat sie nur jemanden gesucht, der ihr beim Einladen der Schnittblumen hilft. Ich packe mit an und bewundere ihre Gebinde aus nostalgischen Rosen, die einen betörenden Duft verströmen.

»Wenn ich in diesem Jahr wieder nicht auf den grünen Zweig komme, war das meine letzte Ausstellung«, murrt sie.

»Aber wir hatten doch gestern einen regen Zulauf.«

»Du hattest ihn. Für mich hat es sich nicht gelohnt.«

Ich spreche ihr Mut zu. »Heute und morgen wirst du Kasse machen. Die Leute werden an deinen wunderschönen Sträußen nicht vorbeikommen.«

Bis mittags preise ich ihre Blumen an, als ich Alina auf uns zukommen sehe. Sie fragt nicht, ob ich einen Moment Zeit für sie habe, sondern schlägt ihren gefürchteten Befehlston an. »Komm mit, du hast gewonnen!«

Sie marschiert zu den Stehtischen und breitet eine Mappe aus. »Mich mit einer derartig geringen Provision abzuspeisen, ist dreist, Rieke. Aber ich bin bereit, deine Forderungen zu erfüllen. Hier ist der geänderte Vertrag. Unterzeichne ihn und mach einen Abflug! Das Flugticket habe ich dir bereits auf dein Handy geschickt. Richte Theo aus, dass er es sich nie wieder erlauben soll, mich dermaßen an die Wand zu drücken.«

»Von welchem Ticket sprichst du?«

»Von deinem Flug nach Stockholm. Er geht in drei Stunden. Du hast also noch ausreichend Zeit, um zu packen.«

»Ich kann hier nicht weg.«

»Doch, du kannst. Ich werde bis Sonntag deinen Posten übernehmen, damit ihr gemeinsam das Mittsommerfest feiern könnt.«

Das war also die wichtige Angelegenheit, um die er sich gestern kümmern musste.

»Ich brauche deinen Schlüssel, damit Tim und ich nach Messeschluss deine Skulpturen zurückbringen können.«

»Alina, ich kann kaum glauben, dass du das für mich machst.«

»Das tue ich gewiss nicht für jeden, aber so, wie es scheint, gehörst du schon bald zur Familie. Da herrschen andere Gesetze.«

Ich will sie umarmen, doch sie bittet mich, es nicht zu übertreiben. »Es reicht völlig aus, wenn du den Vertrag unterzeichnest.«

Ich unterschreibe und habe ab sofort eine PR-Managerin.

Zwei Stunden später warte ich auf meinen Abflug nach Stockholm. Kurz vor dem Boarding rufe ich Theo an. »Du Schlawiner. Warum hast du mir nicht schon gestern verraten, was du vorhast?«

»Du hast mich Monate im Ungewissen gelassen. Was sind dagegen ein paar Stunden? Sitzt du schon im Flieger?«

»Noch nicht. Ich kann es kaum erwarten, dass es losgeht.«

»Dann darf ich sicher sein, dass du dieses Mal kommst? Oder versetzt du mich erneut in letzter Sekunde?«

»Nie wieder. Heiliges Ehrenwort.«

»Sag mir, was dir lieber ist. Möchtest du mit deiner Familie bei Brigitta feiern, oder genießen wir unsere Zweisamkeit ohne sie?«

Meine Familie lernt er noch früh genug kennen. Jetzt soll es nur um uns beide gehen.

»Letzteres«, kichere ich, verrate ihm jedoch noch nicht, wo wir die gemeinsame Zeit verbringen werden. Auch ich kann Überraschungen planen. Online habe ich Weiterflüge nach Kiruna gebucht, einen Mietwagen bestellt und uns die Lodge in Abisko reserviert, wo die Sonne im Juni nicht untergeht. Vorerst für eine Woche. Sollte ich bis dahin keinen Elch in freier Natur sehen, bleibe ich so lange mit Theo in Lappland, bis sich einer blicken lässt.

Ende